SACHMET  6

SECHSTER TEIL

DAS GESETZ DER MAAT

ROMAN
KATHARINA REMY

2012 AD:
Saarbrücken und Luxor

Was als geplante Auszeit und erholsamen Urlaub über die Weihnachtstage begann, endet im neuen Jahr in einer Katastrophe!

Deutschland versinkt in diesem Winter im Schnee und während Raphael hofft, mit Anna gemeinsam ein besinnliches Weihnachtsfest zu feiern, durchlebt Georg seinen fürchterlichsten Alptraum! Seine letzte Rettung scheinen Anna und Raphael zu sein. Doch beide Männer, erbitterte Feinde um Annas Gunst, müssen sich erst zusammenraufen, wenn sie gemeinsam diese harte Prüfung bestehen wollen.

Am Ende steht Anna, allein nach Luxor zurückgekehrt, vor einer schweren Entscheidung. Das wertvolle Artefakt, einst aus der Statue geraubt und in Annas Besitz, weckt Begehrlichkeiten und hoch über *Deir el Medine* findet ein Kampf auf Leben und Tod statt …

1383 v. Chr.:
Uaset, Kemet

Bent in ihrer Position als Hohepriesterin des Isistempels ist zu einem prunkvollen Fest geladen: Die Hochzeit des Kronprinzen! Hoffte sie nach den aufregenden vergangenen Jahren endlich Ruhe und Erholung zu finden, so wird ihr schmerzhaft bewußt, daß sie niemals zu dieser Feier erscheinen darf. Denn hat nicht Sachmet selbst vor Jahren einst prophezeit, mit Bents Hilfe den Prinzen töten zu wollen? Doch eine Absage läßt Pharao Amenhotep nicht gelten!

Beistand erhofft Bent sich von Tachut, ihrer mütterlichen Freundin. Doch die, alt und gebrechlich, scheint dem unglaublichen Geheimnis des Allerheiligsten auf die Spur gekommen zu sein und ist bereit eine schwere Sünde zu begehen …

Die Autorin:

Ich bin im Saarland (Deutschland) geboren, lebe in der Nähe von Saarbrücken und bin verheiratet. Reisen - nicht nur nach Ägypten - sind unsere Passion.

Seit ich Kind war fühle ich eine unerklärliche Liebe für Ägypten - das Land am Nil ist seit Jahrzehnten das Reich meiner Leidenschaften und Träume. Um diese versunkene Kultur, den Glanz der Pharaonen in all ihrer Pracht vor meinen Augen erstehen zu lassen, begann ich mit dem Schreiben. Die Lebens- und Denkweise der alten Ägypter, ihr unerschütterlicher Glaube an die Götter und an *Maat*, die alles im Gleichgewicht hält, ist das, was mich inspiriert und all meinen bereits erschienenen Romanen Leben einhaucht.

*Es gefiel meinem Herzen, gewaltige Monumente zu erschaffen, wie es sie seit
Anbeginn der Beiden Länder nie gegeben hatte*

Amenhotep, Gott, Herrscher von Uaset

*Die Feder der Maat
symbolisiert das empfindliche Gleichgewicht der Welt*

Mein Dank an Jürgen, für seine unermüdliche Tatkraft und Unterstützung
bei der Entstehung dieses Romans.
Ein herzlicher, ganz liebevoller Dank geht auch dieses Mal an Elke Bassler
für ihre tollen Bilder, mit denen ich abermals ein zauberhaftes
Cover erstellen durfte.

Bibliographische Information der Deutschen Nationalbibliothek
Die Deutsche Nationalbibliothek verzeichnet diese Publikation in der Deutschen Nationalbibliographie; detaillierte bibliographische Daten sind im Internet über http://dnb.d-nb.de abrufbar.

Impressum

Sachmet Das Gesetz der Maat
Band 6
1. Auflage November 2021

ISBN 9783755716341
Titel: Copyright © Katharina Remy
http://www.amhorizontdersonne.de
Titelbild und Umschlaggestaltung:
Copyright © Katharina Remy und
Copyright © Elke Bassler
Herstellung und Verlag: BoD - Books on Demand, Norderstedt

DENN ICH VERMAG
WAHRHAFT ZU MEISTERN
SETH,
MEINEN GROSSEN FEIND,
AM TAGE
DER GROSSEN GEWITTER
(Aus dem Amduat)

PROLOG

Sie erwachte, schaute zur Uhr, bezwang die Tränen, betrachtete das Schlafzimmer als sähe sie es zum ersten Mal. Da hing der weiße, seidene Traum immer noch auf seinem gepolsterten Bügel an dem messingfarbenen verschnörkelten Haken! Aus weiß Gott wievielen Metern Rüschen und Spitze, mit Puffärmchen, zuckersüß wie ein Sahnebaiser!

Zeit, daß sie das mal wegräumte bevor es völlig zustaubte oder gar verschoß. In diesem vom Licht durchfluteten Raum, dieser von Licht durchfluteten Wohnung hoch über der Stadt. Vaters teuerster Wohnung, mitten in Saarbrücken, das schönste Penthouse überhaupt. Nichts als Glas ringsum, ein Blick nicht mit Geld zu bezahlen. Hinüber zum Schloß, hinüber zum Theater und dem Stadtpark, dazwischen der glitzernde Fluß, auf der anderen Seite reichte der Blick über Saarbrückens schicke Flaniermeile an der Saar: die gesamte *Berliner Promenade.* Für seine geliebte Tochter war dem Herrn Thiel nichts zu teuer! Und brachte sie ihm nicht den Schwiegersohn, den er sich stets erträumte? War sie nicht eine brave Tochter?

Was war das bloß für ein klirrendkalter Winter? Bald Ende Februar. Schnee, Kälte, immer noch alles weiß, genau wie das Kleid.

Weiß und kalt!

Und dann diese Traumhochzeit! Der Pastor so selig über den gelungenen Plan des neuen Pfarrheims, daß er es sich nicht nehmen ließ, sie am ersten Weihnachtstag in der festlich geschmückten Kirche zu trauen. Ein Weihnachten wie im Märchen! Meterhoher Schnee, strahlendblauer Himmel, Sonnenschein! Eiszapfen glitzerten. Hat es nicht weiße Flocken geschneit, als sie aus der Kirche traten? Wie süße kleine Federchen schwebten sie über dem jungen Glück! Als würden kleine Engel sie verloren haben.

Kleine Engel!

Schon wieder kamen die Tränen, sie schluckte sie runter. Es hatte alles so vorzüglich geklappt. Niemand wäre je auf den Gedanken gekommen, daß die Tochter des größten Immobilien-Moguls an der Saar unter diesem Traum aus weißer Seide im dritten Monat war. Sah sie nicht aus wie Lady Di? Was für eine glanzvolle Hochzeit! Was für ein hübscher, stolzer Bräutigam, was für eine strahlende Braut! Jung und bezaubernd, gerade mal achtzehn Jahre alt. Und erst die zauberhafte Hochzeitsreise. Nach Kitzbühel, noch mehr Schnee, noch mehr blauer Himmel! Schlittenfahrt mit Pferden und Glöckchen, wie romantisch!

Oh, was haben wir nur gemacht!

Sie stand auf, riß das Brautkleid von dem Bügel, stopfte es lieblos, beinahe rabiat in die hinterste Ecke des Kleiderschranks, zog einen schwarzen Hosenanzug von den Bügeln, einen schwarzen Rolli aus dem Gefach, zog sich an.

Weiß wie Schnee, rot wie Blut, schwarz wie Ebenholz … Das Märchen war vorbei!

Nie wieder weiß!

Nie wieder Weihnachten!

Nie wieder Kälte!

Zeit weiterzumachen!

„Mein Schatz!" Er betrat gutgelaunt das Schlafzimmer, in seiner Hand ein Tablett mit Kaffee und Frühstück, einer weißen Rose. „Guten Morgen, Süße."

„Morgen."

„Was machst du?"

„Zur Arbeit gehen. So wie ich es seit Jahren gewohnt bin! Vater wird froh sein, wenn ich komme um ihm wieder ein Teil der Büroarbeit abzunehmen. Ich bin lange genug im Selbstmitleid zerflossen!"

„Nicht doch!" Er stellte das Tablett ab.

„Wenn du die Scheidung willst, ich bin einverstanden."

„Was redest du denn?"

„Ich bin es nicht wert! Die Eltern warten auf einen Enkel, du hast dich so gefreut und was mach ich dumme Kuh? Zu dumm um ein Kind zu gebären! Ich habe euch alle enttäuscht!"

„Mäuschen!" Er umarmte sie liebevoll, drückte sie auf das Bett, nahm sie tröstend in den Arm. „Sch! Nicht! Nicht weinen, ich bin doch da! Du hast mich noch nie enttäuscht, wie kommst du nur darauf."

„Ich hätte dich von mir runterschubsen sollen!", schluchzte sie in seinem Arm „Wir hätten das nicht tun dürfen!"

„Wir haben's aber gemacht! Und wir stehen das zusammen durch. Kopf hoch, mein Schatz, ich liebe dich! Egal was kommt. Und du wirst …"

„Denk nicht mal dran!"

„Doch. Ich denke daran! Du wirst die Fehlgeburt irgendwann vergessen haben, dann können wir es nochmal versuchen. Ich werde warten, geduldig sein, selbst wenn es Millionen Jahre dauert! Und so lange verwöhne ich dich! Hm? Komm, zieh diesen dummen Hosenanzug aus. Meine Frau braucht nicht arbeiten! Das hast du gar nicht nötig. Mach es dir bequem, du mußt dich noch ausruhen!"

DEUTSCHLAND, SAARBRÜCKEN

Samstag, 17. Dezember 2011 A.D.

„Verdammt!", fluchte Anna, krallte sich in ihre dünne Jacke, duckte sich, drehte sich weg. Ein eiskalter, strammer Ostwind wehte ihr eisigen Schnee ins Gesicht, stechend und schmerzend wie Millionen kleiner Nadeln, sie schlotterte wie Espenlaub. Raphael legte fürsorglich den Arm um ihre Schultern, schob sie durch die automatische Tür zurück, hinein in die Wärme.

„Nix wie wieder rein! Verfluchte Scheiße, ist das kalt!" Er verschwand nochmal raus, holte den Kofferwagen.

„Auf so eine verrückte Idee konntest auch nur du kommen!" Anna versuchte die feuchten Haarsträhnen aus dem Gesicht zu bekommen, schaute sich in der warmen Flughafenhalle um. „Und jetzt? Bis wir am Taxi sind, sind wir erfroren! Selbst wenn sie gerade mal ein paar Meter weiter weg am Bordsteinrand stehen."

„Ich hab zwei Sweat-Shirts im Koffer. Und T-Shirts mit langem Arm. Wir gehen einfach zu den Waschräumen und ziehen das über. Wo sind die?"

„Da hinten, links, gegenüber", maulte sie, nickte mit dem Kopf in die Richtung. „Weihnachten in Deutschland, im Schnee!", zeterte Anna, als sie hinter ihm und dem ratternden Kofferkarren zu den Waschräumen zockelte, die Abkürzung quer durch das kleine Bistro mitten im Terminal nahm, dabei elegant den ebenholzfarbenen Bistrostühlen mit ihren hellgrünen Bezügen auswich. „Pah! Du spinnst doch! Seit gefühlten hundert Jahren ist hier zu Weihnachten kein Schnee mehr gefallen und ausgerechnet jetzt versinkt die Welt im weißen Chaos! Hoffentlich kommt das Taxi noch durch. Bete Freundchen, bete!"

Grinsend zog er ihr die Kapuze seines Sweat-Shirts ins Gesicht, als sie wieder aus dem Waschraum kam. „Niedlich! Wie ein Zwerglein. Hei-hi, hei-ho!" Liebevoll krempelte er sie ein wenig um. „Siehste wieder was?"

„Hmpf!"

„Du liewes bissje!", stöhnte der Taxifahrer nachdem er Raphael geholfen hatte die Koffer und Reisetaschen zu verstauen. Er ließ sich auf den Sitz fallen, schnallte sich an, fuhr los. „Wo kummen ihr'n her? Das dóó iss vielleicht ebbes! Hann ihr Glick gehat, daß na noch runnerkumm sinn. Die mache gleich alles discht. Das dóó war jo schunn long nimmé dóó."

„Hä?"

„So ein Wetter gab es hier schon lange nicht mehr! Ein richtiger Schneesturm! Der Flugbetrieb wird gleich eingestellt. Ihr hattet Glück!"

„Können Sie ihre Heizung ein bißchen höher drehen?"

„Ist schon die höchste Stufe. Hann'da Urlaub gemach? Die warm Jack vergess, hä?", grinste der Mann in den Rückspiegel. Raphael drückte die bibbernde Anna fest an sich. „Hochzeitsreise, was?", lachte der Fahrer verständnisvoll. Raphael drückte Anna nochmal, schaute ihr liebevoll tief in die Augen.

„Ja, Hochzeitsreise!", flüsternd.

„Ich mach dir gleich den Kamin an!" Raphael klopfte sich den Schnee ab, wuchtete die Koffer in den Korridor, die Taschen obenauf, schloß die Haustür ab, verschwand in der Doppelgarage, kehrte zurück mit einem Korb voller Feuerholz.

„Hab ich vielleicht einen Kohldampf. Ist was im Kühlschrank? Hat deine Frau Becker eingekauft?"

„Nicht nur das!", rief Anna ins Wohnzimmer. „Sie hat uns sogar was gekocht!"

„Ich knutsch sie, wenn ich sie sehe! Dein Handy bimmelt!"

Anna kramte das bimmelnde Ding unten aus der Handtasche.

„Berger."

„Wo steckst du denn? Seit Stunden versuche ich dich zu erreichen!"

„Och Georg!"

„Hast du das Ding mal wieder vergessen aufzuladen?"

„Nein. Was willst du?"

„Nur hören, wie es dir geht. Hier über Deutschland wütet ein Schneechaos. Sowas war seit Jahren nicht da."

„Echt?"

„Völlig irre. Überall Schnee, meterhoch."

„Sag bloß! Georgy, was willst du?"

„Alles ok in Luxor?"

„Bis vor ein paar Stunden war es das noch."

„Aha. Wie geht's an deiner neuen Ausgrabungsstätte?"

„Beschissen! Muß mir was gezerrt haben oder so, vielleicht auch den Ischiasnerv eingeklemmt. Hab mir ein paar Tage frei gemacht, gehe Montag zum Arzt. Ich seh kommen, das gibt einen Krankenschein."

„Ach du Armes."

„Ich bin hier, Georg, und über die Feiertage in Saarbrücken. Bin eben erst zur Tür rein. Macht es dir was aus, wenn wir ein ander Mal reden?"

„Nein! Nein, natürlich nicht. Kurier dich aus. Nimm ein heißes Bad … Und Raphael?"

„Der ist mitgekommen!"

„Achso. Ok, mein Schatz. Bis dann."

„Bis dann mein Liebling."

Anna legte das Handy nachdenklich auf die Arbeitsplatte, stellte den Topf auf den Herd, schaltete denselben ein.

„Sag mal, riecht der das?" Raphael hob den Deckel hoch, begutachtete selig den Eintopf. „Linseneintopf! Lecker!"

„Der hörte sich gar nicht gut an!"

„Vielleicht hat er sich 'ne Beule ins Auto gefahren oder sein Single Malt ist alle. Feuer brennt!"

„Wie schön. Was war das denn?"

„Hörte sich an wie weit entfernter Donner."

Es war tatsächlich dröhnender Donner! Ein tosender Wintersturm fegte durch die Nacht heran, Blitze so dicht aufeinanderfolgend wie Stroboskoplicht rissen das niedergehende Schneegestöber unentwegt aus der Dunkelheit, die Luft geschwängert mit kosmischer, verheerender Energie. Unaufhörliches, bis tief ins Mark treffendes wütendes Donnergrollen ließ Anna zu Raphael auf die Couch flüchten. Schutzsuchend drückte sie sich fest an ihn, fühlte die grausame, gnadenlose Macht der Natur und die zerstörerische Urgewalt, die Kraft der mit Millionen Volt geladenen elektrisierten Luft selbst bis in die zarten, rosigen, empfindsamen Spitzen ihrer Brüste.

Müde starrte sie in die prasselnden Flammen des Kaminfeuers, hielt das Glas Rotwein in Händen, kuschelte sich tiefer in die weiche Felldecke und in Raphaels starken, beschützenden Arm, sinnierte über den vergangenen Sommer, vor allem über den letzten Septembertag nach.

Diese Bedrohung! Dieser Mann! Die Gefahr, die von ihm ausging! Sie hoffte so sehr, daß sie sich das alles nur eingebildet hatte, schob dieses gruselige Erlebnis in Saras Wohnung ihrer überbordenden Phantasie und den vorangegangenen aufreibenden, aufwühlenden Erlebnissen zu. Wahrscheinlich brauchte sie einfach mal sowas wie Urlaub. Abschalten von allem, es war einfach alles zuviel gewesen in den letzten Monaten. Vermutete obendrein, die Luft war geschwängert von dem, was Sara in ihren Keksen verbacken hatte. Ihre ganze Wohnung roch an dem Tag nach dem Gras. Wahrscheinlich war sie, Anna, davon high geworden und hatte sich diese bodenlosen Unverschämtheiten, diese rüpelhaften Anstößigkeiten, diesen ekelhaften Geruch nach Blut, Schweiß und Sperma nur eingebildet. Welch eine dreckige Phantasie! Anna meinte immer noch, seine harte, rauhe Zunge an ihrem Hals, ihrer Hand zu spüren. Und was viel schlimmer war: an ihren Lippen, in ihrem Mund. Dazu die fordernde, grapschende, brutale Hand in ihrem Ausschnitt, an ihrem Busen und am Hintern auf dem Weg zwischen ihre Beine. Sie fühlte sich in diesem Augenblick völlig herabgewürdigt, benutzt, vergewaltigt, gedemütigt; behandelt wie ein unwürdiges Stück Vieh, welches man zur Schlachtbank führt. Noch dazu gingen ihr seine Worte nicht aus dem Kopf. Worte, von denen es ihr nicht gelang sie zu glauben:

… Und irgendeiner mußte ja den Krieger machen, der zu dir zurückgeschickt wurde! Es ist mir doch gelungen? Oder? Bist du zufrieden mit ihm? Besorgt er es dir anständig? …

Von der Seite her betrachtete sie Raphael; diesen wunderschönen, verdammt attraktiven Mann, sein dunkelblondes, fast golden wirkendes, leicht gewelltes Haar mit dem dunklen Ansatz, die leuchtenden dunkelgrünen Augen mit den langen, dichten Wimpern, die vollen, begehrenswerten Lippen, seine markante Kinnlinie, dieses unvergleichlich schöne, sinnliche Männergesicht.

Anna suchte vergebens irgendeine Ähnlichkeit mit dem Mann, der da so unverhofft bei Sara aufgetaucht war, sich ihnen als Sebastian Roth vorstellte, konnte aber außer der Ähnlichkeit zu seiner Mutter nichts an Raphael feststellen. Und selbst wenn das alles wahr wäre, nicht ihrer blöden Phantasie entsprungen … Raphael dürfte es niemals erfahren! Man stelle sich das einmal vor! Urplötzlich taucht eine dunkle Macht auf, *„Ich bin dein Vater"*, schnaufend! Was für ein Quatsch!

Abermals zuckte Anna vor Schreck zusammen, zerriß brüllender, mächtiger Donner die Stille der Winternacht.

… jetzt gibst du mir das Herz aus Glas, Madame Berger, oder du wirst meinen Zorn am eigenen Leib erfahren …

Worte laut und hart wie Schlachtenlärm. Sie dröhnten immer noch in ihren Ohren.

Das will ich nicht riskieren! Ich will gar nicht wissen, wer du bist! Meine Phantasie reicht dazu nicht aus – nein, meine Phantasie ist dazu zu mächtig! Ich glaube, ich weiß ganz genau wer du bist! Aber mein Hirn spielt da nicht mit, mein Verstand setzt da einfach aus!

Und vor ihrem geistigen Auge erblickte sie ein Bild, kroch eine vage, uralte Erinnerung in Annas Gedächtnis. Wie sie in einem dunklen, von schwachem Kerzenlicht erhellten riesigen Raum einer älteren Frau …

… auf die Füße half.

„Du bist der Stern, den du gesehen hast, *du* warnst uns vor dem roten Mond!", hörte sie die Alte sagen und Anna kam es vor, als höre sie Sara reden. „Er hat Böses vor, aber du bist die, der Re sich nähert, also bist du die von Gott begnadete. Du hast mit dir selbst geredet, das sage ich dir!"

„Du weißt doch mehr, als du zugibst, oder?", hörte Anna sich selbst unwirsch sagen. „Du weißt ganz genau, wer er ist. Willst es mir nicht sagen! Der Herr der Schmieden? Ein Gott der Handwerker! Warum sollte so einer mein Herz stehlen?"

„So einer? Du wirst nicht wissen wollen, zu was er alles fähig ist!" Die Alte klang ärgerlich. „… ich bin Nebethat, die Herrin des Hauses!" Laut pochte ihr Stock auf den Boden, daß es nur so dumpf von Wänden widerhallte. „Ich bin

die Älteste unter den Weisen! Erweise dem Alter Respekt! … er ist vor allem der Gott des Sturmes, der Gott der Wüsten, der Gott des Chaos! Wage es nicht, ihn zu unterschätzen! Er ist die reine Bosheit, dagegen ist deine Sachmet ein schnurrendes Kätzchen!"…

Einer heftigen Explosion gleich erschütterte ein weiterer bösartiger, knallender Donnerschlag die Luft, zerriß die Atmosphäre mit grimmiger Wucht, so laut, daß selbst die Gläser in den Vitrinen klirrten. Als würden die Götter in diesem Augenblick ihre ewigen Kämpfe um Gut und Böse über ihrem Haus austragen. Anna zog sich zitternd die Decke höher, kuschelte sich noch tiefer in Rafaels Arm, beschloß nachher als erstes im Safe nachzusehen, ob noch alles an seinem Platz stand. Ich werde es *Ihr* zurückgeben! Nur *Sie* allein kann mich vor ihm beschützen! *Sie* allein hat dazu die Macht! Aber wo soll ich *Sie* finden? Im Säuseln des ewig wehenden Nordwinds? Am Abendhimmel? Während dem Sundowner auf der Terrasse des Winter Palace? Sitzend im Sonnuntergang? *Sie* hat vergessen mir ihre Adresse zu geben! Falls ich mal schreibe! Postkarten oder so. Was für ein genialer, saublöder Witz!

Viel zu hastig trank Anna ihren Wein aus, meinte wie nebenbei:

„Ist Saras Bekannter eigentlich nochmal aufgetaucht? Wer war das überhaupt? Kanntest du ihn?"

„Nein! Hat wahrscheinlich nur Urlaub gemacht. Bestimmt irgendein Ex-Hippie aus ihrem früheren Leben, einer der Karriere gemacht hat, in Rente ging und die alten Liebschaften aufwärmen will. Kannst du mir mal sagen, was sie sich dabei dachte?" Raphael schenkte sich einen letzten Schluck Wein aus.

„Sich diesen Lollipop da anzulachen? Ihn einzuladen? Nein. Ein Widerling. Dem möchte ich nicht nochmal begegnen."

„Ich hatte den Eindruck, der wollte was von dir. Und er wußte, wer du bist. Ihr kanntet euch doch? Woher?"

„Er wohnte im Frühjahr im Winter Palace. Hat da gemeint, ich könnte ihm günstig Antiquitäten besorgen."

„Ach die Sorte."

„Das Gewitter ist endlich weitergezogen. Gehen wir schlafen?"

Raphael trank aus, zog ihr die Decke weg. „Jo!"

ANNAS HAUS
SONNTAG, 18. DEZEMBER

„Geht's besser mit deinem Rücken?"

Raphael kam von draußen rein, wo er bestimmt über eine Stunde Schnee beiseite geschippt hatte und verschwand in der Küche.

„Ja! Die Wärmflasche hilft ein bißchen." Anna wandte den Blick von dem knisternden Kaminfeuer ab, starrte - immer noch über den mysteriösen Besucher bei Sara grübelnd und froh, wenn auch keineswegs beruhigt darüber, daß sie ihren Safe unangetastet fand - hinaus in den dunkel werdenden Dezemberhimmel, wurde das Gefühl von drohendem Unheil einfach nicht los.

„Bleib liegen, ich hab den Rest vom Eintopf auf den Herd gestellt. Ich bring alles hierher. Frau Becker meinte es gut, hm?"

„Schmeckt eben am besten beim dritten Aufwärmen!", versuchte Anna ein Schmunzeln und schaute ihm nach, wie abermals in der Küche verschwand.

„So lang hält der nicht." Raphael – die Vorfreude auf einen leckeren Teller heiße Suppe stand ihm buchstäblich ins durchgefrorene Gesicht geschrieben – stellte die Teller hin, legte die Löffel dazu, setzte sich zu ihr auf die Couch.

„Was hältst du von einem richtig schönen, kitschigen Weihnachtsfest. Mit allem Drum und Dran?", meinte er kurz darauf, füllte die Teller mit dem dampfenden, deftigen Eintopf.

Wie bitte? Anna griff nach dem Teller, dem Löffel, total perplex. Das hätte sie ihm nicht zugetraut. Was für ein sentimentaler süßer …

„Tut mir leid, Kerl! Ich feiere keine kirchlichen Feste!", knallte sie ihm barsch vor den Latz.

„Ho, ho, nicht so aufbrausend, Schönheit! Ja, das erwähntest du mal. Trotzdem. Bei diesem schönen Winterwetter. Ein Tannenbaum mit Glocken und Lametta … Es schneit übrigens schon wieder. Hätt' mir die Schipperei sparen können." Als sei ihm der Appetit vergangen stocherte er auf einmal lustlos in seinen Teller rum.

„Ich glaub, ich hör' schlecht! In *meinem* Wohnzimmer? Lametta? Eine harzende Baumleiche? Auf meinem Parkett?"

„Ich mein ja nur …", unvermittelt stellte er seinen Teller ab, rieb sich stöhnend mit schmerzverzerrtem Gesicht die Narbe am Hals. „Linsen …"

„Was ist denn?"

„Es waren verdorbene Linsen …"

„Hör auf!"

„Ich bin nicht aus deinem Leben verschwunden! Ich bin elendig verreckt!"

„Raphael, laß!"

„Ein Messer … aus Eisen … du hast mir nicht geholfen …"

„Ich habe dir mehr geholfen als du glaubst!"

„Lange Winterabende, Bent! Es *sind* lange Winterabende! Was war mit dem Messer?"

„Ich will mich nicht erinnern!"

„Aber ich! Ich will wissen, was damals passiert ist!" Er starrte düster vor sich hin, in das knisternde Kaminfeuer. „Es ist wie ein schwarzes Loch in meiner Seele! Und ich weiß, daß da etwas geschehen ist! Da war ein Raum. In blutiges Rot getaucht. Ein kalter harter Sitz, eine Frau, nein. Eine Priesterin.

Überall blutverschmiert, schreiend, klagend, betend … und das Messer … Und eine weitere Frau. Eine Heilerin? Sie reichte mir ihre Hand, riß mich aus dem Dunkel … ich fürchtete mich vor ihren blauen Augen …"

„Du lagst im Fieberwahn!", giftete Anna.

„Nein!"

„Man stirbt nicht an verdorbener Linsensuppe!"

„An was denn?"

Anna knallte unwirsch ihren Teller auf den Tisch. „Was weiß denn ich!"

„… Augen so blaßblau wie deine, als Sara uns zum Kaffeeklatsch einlud …"

Anna starrte ihren Liebhaber an, als sei er nicht bei Sinnen.

„Meine Au… Was willst du hören?"

Das du fast gestorben bist? In meinen Armen? Du warst doch schon tot als *Sie* dich zurückholte … Denn *Sie* läßt dich sterben bevor sie dir ihre Gnade erweist! *Sie* allein ist die Geisterfürstin, Totengöttin, die Mutter aller Götter …

Dingdong

Anna zuckte schon wieder zusammen, anscheinend taugte ihr Nervenkostüm nicht mehr viel, war nicht mehr das Allerbeste. Es läutete Sturm.

Jetzt wurde an die Tür gehämmert.

„Ich geh schon! Bleib sitzen."

Trotzdem schlug sie die Decke zur Seite, zerrte die heiße Wärmflasche aus ihrem Kreuz, schaute Raphael nach, der die Haustür öffnete. Wind fegte Schnee in die Diele, jemand Vermummtes kam herein, wirkte wie gehetzt, als wäre der Teufel hinter ihm her, drückte Raphael ein dickes Bündel in den Arm, „Halt mal, Nachtwächter!", schob sich die Kapuze vom Kopf und eine dicke Reisetasche und ein großes Paket in den Flur.

„Das ist jetzt nicht dein Ernst!", schimpfte sie erbost, eilte trotz ihrer Rückenschmerzen in den Flur. „Bist du jetzt vollkommen übergeschnappt, Georgy?"

Er gab keine Antwort, nahm von draußen noch ein Paket in Empfang. Anna linste durch die Tür, bemerkte ein Taxi auf der Straße.

„Danke! Warten Sie auf mich. Es dauert nicht lang!", brummte Georg dem Fahrer zu und schloß die Haustür hinter sich. Entgeistert zupfte Anna an der dicken Decke, die Georg eben Raphael in den Arm gedrückt hatte.

„Wann kommt die Polizei?", bemerkte sie bissig.

„Sch, Anna! Mach ihn nicht wach!", murmelte Raphael.

„Spinnst du!", zischte sie Georg wütend zu. „Wie kannst du mit dem Kind hier aufkreuzen? Was hast du gemacht?"

Georg lehnte sich schnaufend an die Wand, zog den Zipper der dicken Daunenjacke auf, schaute Anna flehend ins Gesicht, wirkte so unwirklich wie ein Wesen von einem anderen Stern, „Ihr seid meine letzte Rettung", keuchend, „Tizia ist tot!"

„Um Gottes willen!", entfuhr es Anna. „*Was* hast du gemacht?"

„Nichts!", brauste er auf und hielt anscheinend mühsam Tränen zurück. „Wollte schon früher kommen um mit euch in Ruhe zu reden, aber dieser verdammte Schneesturm hat meinen ganzen Zeitplan durcheinander gebracht. Wir waren verabredet. Tizia und ich, Montag letzte Woche. Wollten klären, wie wir den Umgang mit dem Kind halten wollen. Ich wartete auf sie im Café, sah sie an der Ampel stehen … den Kinderwagen neben sich. Diese Scheiß LKW's! Er hat die Kurve nicht richtig gekriegt! Das Heck scherte ein bißchen aus. Touchierte sie … erwischte sie am Kopf … sie war sofort tot, wie mir später der Arzt berichtete … bekam nicht mal mehr mit, wie sie auf den Boden schlug. Und ich hab das verdammt nochmal mitansehen müssen!"

„Ich glaub, mir wird schlecht!"

„Wenn dem Kleinen was passiert wäre, Anna … das hätte ich nicht ausgehalten! Es stand mit dicken Lettern geschrieben in allen Schlagzeilen der Berliner Gazetten. Immobilienmogul verliert geliebte Freundin bei tragischem Unfall. Sie hinterläßt ein kleines Kind blabla …"

„Komm rein, Kumpel. Schick das Taxi weg."

„Nein! Ich hab keine Zeit."

„*Wie* keine Zeit? Georg, was wird das hier?"

„Ich muß nach Frankfurt, meinen Flieger erwischen."

„Was machst du denn dort?"

„Ich muß in Frankfurt meinen Flieger nach Chicago erwischen."

„Drehst du jetzt ganz am Rad? Hast du sonst keine Sorgen?"

„Das ist schon lange geplant. Herrgott nochmal, ich kann das nicht absagen oder irgendeinen lauen Ersatz hinschicken! Ich bin als Hauptredner bei einem *Congress of Real Estate and Investment* eingeplant, treffe mich mit führenden…"

„Spinnst du?"

„Und ich will, nein, muß mir mit eigenen Augen ein Bild von der US-Immobilienkrise machen … ich werde mir diese einmalige Chance nicht entgehen lassen, Anna! Das ist verdammt wichtig für unsere Branche, wenn diese Immobilienblase platzt hat es weltweite Auswirkungen!"

„Dann nimm ihn mit! Oder noch besser, bring ihn zu seinen Großeltern! Was soll ich mit dem Kind hier?"

„Ich kann doch das Kind nicht mit in die USA nehmen! Wer soll sich denn dort um ihn kümmern? Und er hat sonst niemanden … Scheiße! Verdammt! Nur mich! Und ich habe keine Zeit! Weder jetzt noch überhaupt!"

„u-äh"

„Ruhe!", zischte Raphael.

Georg drückte Anna einen Umschlag in die Hand, öffnete die Haustür.

„Kauft was er benötigt, und ich muß wirklich! Nach den Weihnachtstagen bin ich wieder da! Ich melde mich, wenn ich angekommen bin. Und keine

Angst: der ist sowas von pflegeleicht!" Schon war er die Treppe hinunter, öffnete die Tür vom Taxi.

„Ey, Großmaul!", rief Raphael ihm durch das Schneegestöber hinterher.

„Was?"

„Wie heißt der Setzling?"

„Leon!"

Anna schloß entgeistert die Haustür, musterte die Pakete, starrte Raphael perplex, geradezu sprachlos ins Gesicht.

„Dein Schorsch als Klapperstorch! Das ging ja mal flott!", flachste er. „N fix und fertig gebratenes! Ich leg ihn mal auf die Couch, wenn's der frischgebackenen Mutti recht ist."

„Ich geb dir gleich Mutti!"

„Und ihn auspacken, sonst kocht er noch in den warmen Sachen. Guck mal in der Tasche nach und was in den Paketen ist."

„Ein Reisebettchen und ein Hochstuhl", meinte Anna kurz darauf. „Krachneu. Das muß er eben erst gekauft haben. In der Tasche sind seine Sächelchen, Spielzeug, Fläschchen, Töpfchen, Windeln und das dazugehörige Gedöns, in einer Vakuumtüte seine Bettsachen, und ein Babyphone."

„Wickel das kalte Bettzeug mal um deine Wärmflasche und bring mir einen Imbusschlüssel."

„Was?"

„Sag mir wo du dein Werkzeug aufbewahrst, ich hol's mir selbst."

„Woher weißt du, was für einen Schlüssel du brauchst?"

„Ist ne schwedische Marke, da geht nur Imbus", spaßte er. „Der ist zum fressen niedlich, guck mal."

„Das hat Mutter Natur mit Absicht gemacht! Das du schön drauf reinfällst!", giftete Anna und öffnete das Kuvert. „Auf all die kleinen Monster mit den Kulleraugen und niedlichen Näschen."

„Sauer? Doch nicht auf dieses arme Würmchen?"

„Stinksauer!" Sie zog erbost zwei Fünfhunderter Noten aus dem Umschlag, „Für den Kronprinz ist ihm nichts zu teuer!", lästernd.

„Ein Spiegel, Anna", grollte Raphael gefährlich, „für ein paar Kröten! Ein kleiner, blöder billiger Zusatzspiegel für den toten Winkel und das Kind hätte noch seine Mutter!"

Sie setzte sich innerlich zitternd und bebend, von den Ereignissen der letzten Minuten vollkommen überfahren auf die Couch, betrachtete das schlafende Kind, zupfte die Decke zurecht, nahm ihm die Plastikkette mit dem Schnuller ab, schaute Raphael zu wie er geschickt das Bettchen zusammenbaute.

„Er ist wirklich süß", meinte sie dann zaghaft, legte Mützchen, Jäckchen und Handschuhchen zusammen. „Sieht aus wie sein Papa."

„Naja, man kann nicht alles im Leben haben. Entweder Geld *oder* Schönheit."

„Du Spinner!", gelang ihr nach außen ein Lächeln; tief drinnen in ihr tobte ein Sturm. Ein gewaltiger Sturm. Da war es, das drohende Unheil! Das da stellte ihr ganzes zukünftiges Leben gründlich auf den Kopf!

„Dann mal hopp. Ins Gästezimmer mit ihm. Du nimmst den Setzling, ich das Bett."

„Nein!" Es hörte sich fast wie ein panischer Schrei an.

„Alles gut?"

„*Ich* nehm das Bett. Wegen meinem Kreuz …"

„Ok."

Als sie erwachte war er längst weg, der Platz an ihrer Seite erkaltet. Noch müde schlich Anna in aller Herrgottsfrühe barfuß durchs Treppenhaus, hörte Raphael in der Küche rumoren. „Sie wird gleich da sein", hörte sie ihn sagen. „Und wehe, sie bekommt ihren Espresso nicht sofort! Dann ist der Teufel los, glaub mir!"

Sie schlich an der angelehnten Küchentür vorbei ins Eßzimmer, setzte sich auf einen Stuhl, linste von dort neugierig in die Küche. Besuch so früh am Morgen? Raphael, barfuß, in hellgrauen Sporthosen und dunkelblauem T-Shirt, schälte einen Apfel, schnitt schmale Scheibchen ab, redete mit jemandem, der anscheinend am Küchentisch saß. Anna beugte sich vor und … nicht wirklich!

Da saß der Zwerg in seinem nigelnagelneuen schwedischen Kindersitz und schaute Raphael fröhlich quietschend interessiert zu, in der Hand einen großen Holzrührlöffel.

„Und wenn ich sie morgens so sehe … echt, sie ist das süßeste Mädchen daß mir je begegnet ist. Mit ihrem strubbeligen Haar, unausgeschlafen, morgenmuffelig … hier, probier *das* mal, das ist lecker … im Schlafanzug oder diesem knuffligen langen T-Shirt …"

„ga"

„Ich sag doch, Apfel ist lecker! Ehrlich Krümel, diese Frau ist einfach ne Wucht. Gib mal den Löffel, Kumpel, den brauch ich jetzt für die Eier. Da! Nimm ein Stück von dem Knäckebrot."

„a-ga"

„Außerdem sollte ich mal die Schweinerei mit den Eier- und Apfelschalen entsorgen, was meinste?"

„da da"

„Eben. Sonst wird sie wirklich sauer. Ich sag dir Kumpel, wenn du sie siehst, bist du hin und weg! Du wirst sie lieben, dich für alle Zeiten unsterblich in sie verlieben!"

„ja-i ja-i ja-i bfff"

Anna mußte schmunzeln. Männergespräch. Aber das geht doch wohl zu weit? Raphael schüttete das ohne Fett gebackene Rührei in eine neue, kalte Pfanne, pustete, wartete bis es abgekühlt war, stellte es auf das Tischchen des Hochstuhls, zog einen Stuhl bei, setzte sich dem Kind gegenüber.

„Vergiß deine Gläschen, Krümel, vergiß den Brei! Wir zwei machen jetzt ein richtiges Männerfrühstück, was? Mit ordentlich Wumms drin, damit du groß und stark wirst, nicht so wie dein Paps. Da brauchen wir keine Löffelchen, lang zu, so lange es noch warm ist."

„ei jei jei"

„Bioeier! Von glücklichen Hühnern!"

„ma ma"

„Sorry Kumpel, aber Mama ist nicht da, mußt mit mir vorlieb nehmen!"

Anna schossen heiße Tränen in die Augen. Was mußte Georg da nicht durchgestanden haben? Seine so perfekt geplante Welt von ein auf die andere Sekunde ins Chaos gestürzt und auf den Kopf gestellt. Diese Aufregung! RTW, Notarzt, Polizei, Martinshorn, gaffende Idioten, das schreiende Kind im Kinderwagen, seine tote Geliebte … wenn sie auch getrennt waren, so eiskalt war Georg nicht, daß er nichts mehr für sie empfunden hätte. Und sie so da liegen sehen … eine junge Frau, sinnlos mitten aus dem Leben gerissen … die Mutter seines Kindes … das arme Kind … gottseidank verstand er es nicht … was wird nun aus ihm? Was zum Geier wird mit dem Kind? Wie soll es denn jetzt weitergehen? Georg kennt nur seinen Beruf … Es muß doch Verwandte geben, irgendwen? Tante, Onkel, Geschwister? Letizia kann doch nicht alleine im Leben gestanden haben? Oder? Jeder hat doch irgendwo Familie!

Ich nicht!

Jugendamt? Pflegeeltern? Kinderheim?

Was für blöde Gedanken!

Georg mit dem Kind zusammen im Büro, auf Baustellen oder einem Maklertreffen, Kundentreffen? Mit dem Lätzchen über der Schulter des Armani-Anzugs! Was für eine göttliche Vorstellung!

Ein noch blöderer Gedanke!

Und trotzdem! Millionen berufstätiger Mütter in der ganzen Welt sind alleinerziehend und schaffen das! Da wird Georg doch klar kommen! Mit seiner Zielstrebigkeit, alles getaktet, der muß sich doch Gedanken über die Zukunft seines Prinzen gemacht haben?

Nein!

Ein Kindermädchen!

Ja, das ginge!

Wie oft im Jahr ist er weg? Zusammengerechnet annähernd drei Monate, wenn nicht noch mehr … das Kind völlig alleingelassen in den Händen einer fremden Person?

Idiotisch!

Das ist sein Sohn! Sein Kronprinz! Alles, was er sich im Leben wünschte! *Niemals* gibt er das Kind in fremde Hände!

Wie soll das denn gehen?

Wer soll sich da kümmern?

Anna und Raphael?

Ha! Saublöd! Wirklich!

Der dümmste Gedanke überhaupt!

Ich kann ihn doch nicht hängen lassen!

… Was willst du dann? So eine anscheinend neuerdings überall moderne Patchwork-Scheiße? …

Aber doch nicht so!

Als hätte ich es geahnt

… Bist eine starke Frau, meine Heldin, mutig und draufgängerisch. Ich war und bin immer stolz auf dich. Läßt dir nichts gefallen, läßt dich nicht unterkriegen. Und falls doch mal was wäre: ich bin immer für dich da! …

Sollte das nicht auch umgekehrt gelten?

Ach was! Er sollte einfach kürzer treten! Wurde dieses Jahr fünfzig! Ein alter Sack! Ständig im Streß. Da wird der Herzinfarkt nicht mehr lange auf sich warten lassen! Wenn er so weiter macht, trifft ihn noch der Schlag! Und dieser neue Furz von ihm, in Luxor eine Ferienwohnanlage zu bauen … der spinnt doch! Als hätten wir nicht genug mit den vorhandenen Immobilien …

Es ist sein Leben …

Alles was er hat! Alles was er kann!

Er wird niemals kürzer treten!

Anna schaute dem Kind zu, wie es selig mit den kleinen Händchen in die Pfanne patschte und sich überglücklich von dem Ei in die süße kleine Schnute schob. Was war das ein süßer Schatz!

Georgs Kind!

Und ich?

Anna blieb der Atem stehen, das Herz stockte. Sie schluckte die aufsteigenden Tränen runter. Ein kalter Winter vor genau dreißig Jahren … draußen alles weiß, drinnen, im Herzen, alles tot …

Weiß wie Schnee, rot wie Blut, schwarz wie Ebenholz … Das Märchen war damals schon vorbei! Habe ich damals nicht geschworen?

Nie wieder weiß!

Nie wieder Weihnachten!

Nie wieder Kälte!

Anna ballte die Hände zu Fäusten, spürte nicht den Schmerz der langen Fingernägel die sich in ihre Handflächen bohrten.

Ich kann Georg nicht im Stich lassen! Er hat mich auch nie im Stich gelassen!

Sie betrachtete weiter das süße Kind, betrachtete Raphael, der sich liebevoll kümmerte.

Leon

Ein kleiner Löwe

Du wirst das Herz eines Löwen brauchen, Kleiner.

Das wird nicht einfach werden!

Ich will es versuchen!

Ich bin Anna und ich stehe das durch!

Es wird mir wohl nichts anderes übrigbleiben!

Anna stand auf, ging leise zurück in den Flur, wuschelte sich durchs Haar, öffnete die Küchentür, gähnte herzhaft. „Moin", nölte sie, durch die Küche schlurfend. „Ich brauch erst mal meinen Espresso! Oh wie siehts'n hier aus! Ihr Ferkel! Ich komm wieder, wenn Ordnung ist!"

„Das geht so nicht", meinte Raphael später und schüttelte im Schlafzimmer seine Decke auf. „Dieses klapprige Bettchen hoch und runterschleppen, damit man mal fünf Minuten nicht auf ihn aufpassen muß. Was ist?"

„Mein Rücken!", jammerte Anna und setzte sich auf ihr ungemachtes Bett.

„Ist das immer noch nicht besser?"

„Nein."

„Was hast du bloß gemacht?"

„Nichts!", fuhr sie hoch, schüttelte das Kissen. „Ich bin lediglich aus diesem blöden Loch gestiegen! Wie ich diese Ausgrabungsstätte hasse! Saß gefühlt stundenlang dort unten und schabte Schicht für Schicht Geröll und Sand beiseite. Für was? Nichts! Ein paar Ostraka, ein paar Scherben." Sie zog die Decke gerade und verließ jammernd das Schlafzimmer.

„Bleib mal stehen", meinte er als sie am Fuß der Treppe angekommen war. „Du hast da was im Haar, halt still." Er stand auf der untersten Stufe, strich ihr sanft durch das Haar, „Ein Federchen", schnurrend, küßte ihr den Nacken, umfaßte sie sanft von hinten, packte richtig fest zu, hob sie unverhofft hoch.

Knirsch knack krach

„A…", er ließ sie los, „ua!"

„Besser?"

„Spinnst du? Äh … ja."

„Na komm, umarm mich mal." Er bückte sich zu ihr runter. „Gib mir zum Dank 'n Kuß, Lady."

Sie legte ihm die Arme um den Hals und schon hob er sie wieder hoch.

Knirsch knack krach

„Jetzt langts aber!", schimpfte sie.

„Du warst ausgerenkt!"

„Bist du Orthopäde?"

„Alter Trick vom Knochendoc. Wenn's jetzt besser ist, fahr ich mal in die

Stadt. Muß was erledigen. Kommst du klar mit dem Zwerglein? Bück dich mal, dreh dich mal, aber zart."

„Es ist wirklich besser. Sag mal, was kannst du eigentlich nicht?"

„Polka tanzen", meinte er lachend und griff nach seinem Handy um ein Taxi zu rufen. „Wenn ich zurück bin", meinte er als er das Freizeichen hörte, „dann geh ich einen Schneemann bauen!"

Anna hörte das Garagentor hochfahren, einen Motor dröhnen! Sie schaute zu dem Kind hin, das am Boden auf der Decke aus Pelz saß, mit seinem Spielzeug ernsthafte Gespräche führte. Huschte dann in den Flur, schloß die Tür in der Diele auf, blickte fassungslos in die Garage. Raphael, gut verpackt in eine krachneue warme Jacke und ebenso neuen Stiefeln, stieg aus einem dicken Land Rover, zerrte vom Beifahrersitz einen hölzernen Schlitten mit Rückenlehne und die Tüte eines Bekleidungsgeschäftes, vollgestopft mit Pullovern, Handschuhen, Bommelmütze und Schal.

„Ok", meinte sie bissig und bemerkte mißmutig den festgezurrten Tannenbaum auf dem Dach. „Hast du im Lotto gewonnen?"

„Ich brauchte ein paar warme Sachen!"

„Das meine ich nicht!"

„Ist nur ein Leihwagen. Über die Feiertage."

„Ach nee!"

„Wenn das Kind krank würde und wir wegen der Feiertage kein Taxi bekämen, wegen dem Wetter ein Krankenwagen zu spät käme … Deshalb brauch ich das Auto, Anna. Ich will mir nicht nachsagen lassen, ich hätte auf die kostbare Frucht seiner Lenden nicht genügend aufgepaßt! Der Kindersitz ist geliehen, prima Service vom Autohaus." Er öffnete die Heckklappe, wuchtete ein Paket heraus.

„Und das?"

„Knastställchen", flachste er. „Da kommt er hinter schwedische Gardinen, damit wir unsere Ruhe vor ihm haben."

„Das wird auch bitter nötig sein!", kreischte Anna und verschwand eilends im Wohnzimmer. Der Setzling hatte rutschend und krabbelnd die kalte Asche im Kamin entdeckt und sah aus wie ein zu kurz geratener, furchtbar glücklicher kleiner Schornsteinfeger am Ende einer langen Schicht.

„Ich kann das nicht, Raphael! Ich habe keine Ahnung von kleinen Kindern und schon gar nicht die Nerven dazu!", echauffierte sie sich, kramte Handtücher aus dem Schrank.

„Ach, na komm. Das ist doch kein Drama!"

Sie schaute zu ihm hin, wie er mit dem fröhlich planschenden Kleinen in der Badewanne saß, aufpaßte, daß er nicht noch absoff. Wie wenn er mit Navajo schmuste! So zärtlich und fürsorglich!

Das Bild einer anderen Katze schlich sich in Annas Gedanken, einer hellen, sandfarbenen Katze; liebevoll hochgehoben um sie ordentlich zu knuddeln ... und das Bild eines Hündchens, eines kleinen schwarzen tapsigen Welpen ... Sie zwinkerte, rieb sich über die Augen.

„Alles ist mit Ruß verschmiert! Brauchst bloß den schwarzen Tapsen zu folgen! Auf der weißen Couch, dem hellen Teppich! Toll!"

„Das kann man alles abwaschen!"

„Ich kann das nicht! Was, wenn wir was falsch machen?"

„Solange wir oben genügend reinstopfen, gucken daß am anderen Ende alles sauber ist, er nicht nochmal auf Entdeckertour geht, kriegen wir das hin!"

„Georg hat mich damit komplett überrollt und ich hasse es, vor vollendete Tatsachen gestellt zu werden! Wie kannst du nur so gelassen bleiben?", schimpfte sie. „Dieser Wicht geht dich doch überhaupt nichts an! Und trotzdem benimmst du dich als ... wie ... wenn ... Als sei der Kleine ein Spielzeug! Und *du* der kleine Junge!"

„Ich weiß wie sich das anfühlt, Anna! Wenn ein Elternteil einfach verschwindet ..."

„Was? Ich ruf Georg an! Gleich wenn wir hier fertig sind! Was bildet der sich ein! Der soll gefälligst herkommen und das Kind dieser Frau an sich nehmen! Wer bin ich denn? Seine Putzfrau? Sein Mädchen für alles? Was denkt der sich überhaupt!"

„baupt dada"

„Genau!"

„nana"

„Jo, Anna ist mies drauf, Kumpel!"

„Du spinnst doch!", blaffte sie.

„He! Ist jetzt gut!"

„u-äh"

„Das hast du nun davon!"

„Ach, ihr könnt mich! Alle beide!" Die Tür knallend verließ sie das Badezimmer, verschwand in der Küche, im Putzschrank nach Eimer, Schrubber und Lappen suchend, machte sich daran die Schweinerei im Wohnzimmer wegzuwischen.

ANNAS HAUS
DIENSTAG, 20. DEZEMBER

Sie schaute Raphael zu, wie er den juchzenden Kleinen, zusätzlich gut in die Pelzdecke verpackt, auf dem Schlitten durch den Garten zog. Und kurz darauf baute er auf der Terrasse den größten und dicksten Schneemann, den sie je gesehen hatte. Gerade klopfte er sich halbherzig die Stiefel ab, betrat das

Wohnzimmer.

„Ey!", maulte sie. Er blieb stehen wo er war, mit schuldbewußter Miene.

„Ein Möhrchen, Anna! Bitte! Die dickste und längste Karotte aus deinem Kühlschrank. Wärst du so lieb?"

„Das Kind wird noch erfrieren!" Sie drückte ihm die Karotte in die Hand, bemerkte mißmutig die kleine Pfütze auf dem Parkett.

„Ach was! Es geht kein Wind und die Sonne scheint!"

Schon verschwand er wieder nach draußen, rammte dem Schneemann die Rübe in die dicke Birne, hängte an die Zweige, die seine Arme markierten, Meisenknödel. Hatte anscheinend im Schuppen hinter der kleinen Küche im Anbau einen tönernen Blumentopf gefunden, der mußte als Hut herhalten. Oben in das Loch steckte er einen kleinen Zweig von dem Tannenbaum. Das war der schönste Schneemann ever! Das glückliche Gesichtchen des Kleinen sprach Bände. Trotz allem mußte Anna schmunzeln. Sie öffnete die Terrassentür.

„Jetzt kommt schon rein ihr zwei, bevor ihr ganz durchgefroren seid! Den tollen Schneemann könnt ihr auch von hier drin bewundern!"

„Meine Fresse, was riecht denn hier so lecker?", rief Raphael von draußen, während er sich die Stiefel auszog.

„Dibbelabbes."

„Bitte *was*?" Er warf seine Jacke auf die Couch, schälte Leon aus seiner Verpackung, setzte ihn in das Laufställchen.

„Sowas wie ein riesiger Kartoffelpuffer, in einer Pfanne gebacken, mit Lauch und Dürrfleisch und Apfelmus."

Er schaute so entsetzt drein, als hätte sie gebeten, er solle fritierte Insekten essen.

„Saarländische Küche halt! Sowas kann man im Sommer nicht essen! Viel zu schwer, zu heiß … ist was für den Winter, voller Kalorien für schwer schuftende! Oder magst du lieber Endiviensalat dazu?"

„Das Apfelmus ist nicht mit da drin?"

Wie konnte man nur so erleichtert gucken!

„Nein!", lachte Anna, „Das gibt es dazu!"

„Ok, dann will ich's wagen." Er hievte Leon aus dem Ställchen. „Was mein Großer? Das schaffen wir!"

„bibbeldabbel bfff"

„Hoffentlich schmeckt es besser, als es sich anhört!", lachte er auf dem Weg zur Küche.

„dabbel dabbel dabbel"

„Du hast deine Gläschen!"

„pa pa" Was für ein glückliches, stolzes Lächeln über diese starke Leistung!

Raphael blieb jäh stehen, als hätte ihn jemand getreten.

„Scheiße!"

„Das ist sein Geplapper, Raphael."

Patsch hatte er das kleine Händchen im Gesicht. „pa pa"

„Halt das!" Er drückte Anna bärbeißig das Kind in den Arm und verschwand in dem kleinen Bad.

Da stand sie nun, mit dem Kind. Wie angewurzelt, versteinert. Draußen alles weiß, drinnen, im Herzen, alles tot … „Ich kann das nicht!", hauchend, dem Kind in die leuchtend blauen Augen sehend. „Ich hasse dich!"

„nana" Auch sie bekam die kleine warme Hand an die Wange gelegt, voller Zuneigung und Vertrauen.

„Sei still!"

„dill"

Sie sank aufgelöst auf die Felldecke am Boden, setzte den Kleinen vorsichtig ab, schaute mit Tränen in den Augen zu Raphael hin.

„Nicht mein Tag heute!", brummte er.

„Geht's wieder?", flüsterte Anna später, als sie im Bett lagen, schaute ihm ins Gesicht, streichelte seine Wangen, stupste ihn sanft auf die Nase.

„Ja, klar. Der Wicht weiß doch gar nicht was er tut."

„Ich sehe dich!"

„Ich dich auch, Süße!", schmunzelte er. „Die Nachttischlampe brennt schließlich."

„Ich sehe dich, wie du damals ausgesehen hast."

„Wie bitte?"

„Dunkles langes Haar, dunkle Augen."

„Was?", lachte er ungläubig, beugte sich über sie, knipste die Nachttischlampe aus, suchte im Dunkel ihre Lippen, hauchte: „Dich liebte wahrscheinlich ein kleiner, schmächtiger Ägypter."

„Nein! Ein großer, mächtiger Kämpfer."

„Dunkles Haar?" Sie spürte richtig wie er grinsend ungläubig den Kopf schüttelte. „Im Röckchen?"

„Eine Uniform mit dickem Lederbesatz. Ein Krummschwert, ein Messer."

„Conan der Barbar! Mit knappem Lendenschurz?"

„Hör auf zu lachen! Es ist mein Ernst! Siehst du mich nicht so? Hast du keine Erinnerung an mich?"

„Nein, mein Liebling."

„Ich glaube, ich brauche morgen mal den Land Rover. Meinst du, ich komm damit klar?"

„Du kommst mit einem uralten klapprigen Defender klar. Der Land Rover dürfte für dich kein Problem werden."

Am frühen Nachmittag wandte sie sich aus der Stadt, fuhr durch den Winterwald über die L270 auf der Pfaffenkopfstraße hinüber Richtung

Riegelsberg. „Verflixt! Hier war doch irgendwo die Abzweigung!" Sie war so lange nicht hiergewesen! Kannte sich kaum noch aus. Da! Da ging es links hinüber, von da kam man in den kleinen Ort! Oder?

Gar nicht so einfach sich in dem blendenden Weiß und bei der tief stehenden Sonne, die ihr geradewegs in Gesicht schien, zurechtzufinden. Kahle Bäume, unter der Schneelast wirkend wie eine weiße Kathedrale, die abschüssige, kurvige Straße nicht vom Schnee geräumt.

„Kein Winterdienst!", schnaubte sie abfällig über den Zusatz am Straßenschild und verfluchte die blöde Idee, die Abkürzung hier zu nehmen. Wäre sie doch nur obenherum gefahren! Die vier fünf Kilometer Umweg hätten nichts ausgemacht und die Landstraße wäre geräumt gewesen! Gleich würde sie in einer Schneewehe steckenbleiben! Aber nein! Der gängige Geländewagen schaffte den Weg mit Bravour! Und da vorne erblickte sie endlich das Ortseingangsschild: Stadt Kriechingen Stadtverband Saarbrücken.

Die Straße wurde immer schmaler, links Halteverbot, rechts alles zugeparkt, nichts wie Gegenverkehr, zusammengeschaufelte Schneeberge und Parkbuchten-freie-Einfahrten-Hopping. Stinksauer verfluchte sie ein weiteres Mal ihre blödsinnige Idee, heute diesen Besuch zu machen, zweifelte, ob sie überhaupt die richtige Abzweigung genommen hatte. Kopfschüttelnd betrachtete Anna die Weihnachtsdeko an den Häusern. Blinkende, kunterbunte Lichterketten, geschmückte Bäumchen, rote Schleifen und Tannenkränze an den Haustüren. Mannshohe Schneemänner, von innen beleuchtet und Plastiknikoläuse, die über Strickleitern die Hauswände erklommen. Was für ein schwachsinniger Firlefanz!

Und jetzt? Links hinüber! Ja, jetzt kannte sie sich wieder aus. Erblickte weiter vorne die gelb angestrichene Kirche, das war definitiv die richtige Straße, machte das Straßenschild aus: Rittersberger Weg. Sie war richtig! Fuhr an der Kirche vorbei in die ruhige Seitenstraße. Auch hier nichts wie am Straßenrand aufgehäufte Schneeberge, Müllkübel die auf die Leerung warteten, und unter Massen von Schnee begrabene, träumende Autos. Da stand es! Das Haus das sie suchte! Und der Hausherr hatte bereits ganze Arbeit geleistet. Die große Einfahrt vor der Garage glänzte gänzlich schneefrei!

Anna parkte dort, hoffte, die Hausherrin sei zu Hause, ihr Weg somit nicht umsonst, läutete. Heftiges Gekläff aus dem Haus; der kleine Jack Russell hopsend hinter der verglasten Seitenscheibe der Tür verteidigte sein Heim aufs Äußerste. Sie musterte das weiß verputzte Haus mit seinen hier und da bodentiefen Fenstern, seiner verschachtelten Bauweise, den Balkonen. Vor der Haustür lediglich ein hübsch geschmücktes Tannenbäumchen, an der Tür selbst ein geschmackvoller dicker Kranz mit roter Schleife. Anna spähte in den von der Hecke eingefaßten Garten, bemerkte reges Treiben an einem

Vogelhäuschen, hörte wie der Schlüssel umgedreht, die Tür geöffnet wurde.

„Das *du* dich hierher traust!", raunte die Dame drohend. Anna musterte sie, bemerkte das schwarze schicke Shirt mit den weißen Streifen, die flotte Kurzhaarfrisur in dem schwarzen Haar, die schmale, schlanke, zierliche, nahezu elfenhafte Gestalt. „Nach all den Jahren, Anna! Nach all den langen Jahren schaffst du endlich den Weg hierher!"

„Hallo Elke!"

„Du dumme Nuß! Laß dich drücken!"

„Schämst du dich wirklich nicht?"

Anna schüttelte lächelnd den Kopf, nahm vorsichtig die Tasse entgegen, nippte an dem duftenden Kaffee, nickte, als Elke ihr den Teller mit Weihnachtsgebäck hinrückte.

„Der Stollen ist auch selbstgebacken!" Es klang fast wie eine Drohung.

„Das habe ich nicht anders erwartet. Deine Plätzchen sind lecker. Schmecken wie früher die von meiner Mama."

„Spritzgebäck mit ganz viel Butter. Ordentlich durch den Fleischwolf gedreht. Das Rezept ist noch von meiner Mutter. Na komm, rück schon mit der Sprache raus. Was treibt dich hierher?"

„Es tut mir leid, Elke. Ich hätte mich schon viel früher mal melden sollen. Da kennen wir uns schon so lange und ich habe einfach vergessen mich hier und da mal in Erinnerung zu rufen. Es ist aber auch ständig soviel los. Die meiste Zeit bin ich unterwegs ..."

„Ich hab deinen ruhmvollen Weg genau verfolgt, Kleines!"

„Weißt du noch", Anna griff nach einem Stückchen Stollen, hielt die Serviette unter, „als wir beide in ehrfürchtigem Schweigen in Medinet Habu saßen? In völliger Stille und Einsamkeit, weil wegen der Anschläge kaum Touristen dort waren? Wie wir staunend die herrlichen Wandgemälde bewunderten?"

„Den traumhaften Tag werde ich nie vergessen!"

„Und der Weg, rechts am Hatschepsut-Tempel hoch hinauf ins Gebirge! Der Weg ins Tal der Könige! Was haben wir geschwitzt! Aber es lohnte sich; diese einmalig, unglaublich schöne, himmlische Aussicht über Luxor! Und wie wir gemeinsam mit deiner Freundin Brigitte, die gerade auf Urlaub da war, und mit Achmet, der übrigens immer noch der Vermieter unserer bescheidenen Archäologen-Unterkunft ist, auf den Scherben von Malkatta standen! Ich glaub, da hab ich noch 'n Foto von."

Anna nahm einen Schluck Kaffee, mußte sich das Kichern verkneifen.

„Aber die Härte war, als wegen des Sandsturmes unser Anschlußflug nach Luxor gecancelt wurde und wir zwei Tage in Kairo im Mena House festsaßen! Ich glaube, die reden heute noch von dem Spaß den wir zwei in der Bar hatten. Geht's Brigitte gut?"

„Ich würde so gerne nochmal hin. Hör auf, die ollen Kamellen ans Licht zu zerren! Ich krieg Sehnsucht! Erinnerst du dich noch, als wir auf der steinernen Bank vor der Stufenpyramide saßen? Wie der Welt entrückt, als seien wir die einzigen, die dieses erhabene Gebäude bewundern? Und wie wir ganz alleine Hatschepsuts wunderbaren Terrassentempel besuchten? Oh Anna, ich vermisse Ägypten! Es ist meine einzige Leidenschaft, meine größte Liebe." Elke nahm einen Schluck des dampfenden, aromatischen Filterkaffees, stellte die Tasse ab, „Brigitte ist schwer krank", flüsternd. „Sie wird nicht mehr gesund."

„Das tut mir leid zu hören, mein Liebes. Komm! Nicht! Hier, nimm ein Taschentuch! Reden wir schnell von was anderem. Haben wir nicht Kent Weeks damals dort getroffen? An dem Tag, als wir Malkatta unsicher machten. Hast du die Scherben noch? Ja? Hüte sie bloß! Ich hab meine auch noch! Er war doch mit den Ausgrabungen an KV 5 beschäftigt. Damals waren gerade mal knapp siebzig Kammern bekannt. Ich glaub, ich hab seinen Erzählungen mit offenem Mund gelauscht. Und was hab ich ihm seinen Erfolg gegönnt! Meinen kleinkarierten Neid, als die kleine unbedeutende Aushilfsausgräberin die ich damals war, hab ich gut übertüncht", lachte Anna. „Und er hat nicht damit gerechnet, daß das Grab wahrscheinlich und letztendlich hundertfünfzig und mehr Räume hat – unglaublich! Ja, bevor du fragst, er ist immer noch der Leiter vom *Theban Mapping Project*. Komm doch rüber, Elke, einfach mal vorbei, wenn ich wieder dort bin. Du mußt dir das alles mal wieder ansehen! Wir tun soviel!"

„Laß nur! Es ist zu anstrengend für mein Kreuz. Vier Stunden Flug ist mir viel zu stressig."

„Du hättest dich nicht an der Bandscheibe operieren lassen sollen! Jetzt ist es schlimmer als vorher."

„Damit muß ich nun leben, mein Schatz."

„Wie geht es deiner Tochter?"

„Sie lebt glücklich verheiratet in München."

„Wie schön!"

Anna bemerkte den forschenden Blick in Elkes Augen. Ihre alte Freundin, Lehrerin! Sie war es, die Annas erste Zeit als Archäologin begleitete, sie anleitete, lehrte. Was hatten sie schöne Stunden zusammen verbracht. Gleichgesinnt, auf gleicher Welle schwimmend, den gleichen Humor, die gleichen Interessen. Bis Elkes Rücken diese Arbeit nicht mehr aushielt, sie sich zurückzog, in der Hoffnung, nach der Operation würde alles besser. Ein Trugschluß. Es wurde nicht besser und so kehrte Elke an die Universität zurück, wo sie Ägyptologie lehrte. Doch mittlerweile genoß sie ihren Ruhestand.

„Du wirkst verändert, Mädchen. Berlin bekommt dir gut!"

„Ich wohne nicht mehr dort."

„*Du?* Willst du mir was sagen?"

„Bin wieder hier, Elke."

Elke stellte entrüstet ihre Tasse ab. „Und Georg?"

„Der ist in Berlin. Er war so frei, seine Angestellte zu schwängern, sie so in den Adelsstand zu erheben. Beinahe wäre sie Frau Berger die Zweite geworden."

„Das ist jetzt nicht dein Ernst!"

„Wir haben uns in Freundschaft getrennt."

„Das kann doch nicht wahr sein!"

„Doch!"

„Willst du bleiben? Dieter hat vor, später den Kamin anzuzünden und eine Feuerzangenbowle zu machen. Als Probelauf für den Heiligen Abend sozusagen. Nicht daß da was schiefgeht!", zwinkerte Elke grinsend.

„Ich muß noch fahren. Das ist ein Leihwagen, da kann ich keinen heißen Rum in mich kippen."

„Könntest hier schlafen. Wir quatschen die Nacht durch, erzählen uns aus unserem bewegten Leben."

… *Falls das Kind krank würde, wegen dem Wetter kein Krankenwagen durchkäme…*

„Ich kann nicht, mein Liebes. Herzlich gern, aber es geht nicht. Und ich bin tatsächlich aus einem ganz bestimmten Grund hier."

„Wußt' ich doch, daß ein Haken an der Sache ist", lästerte Elke.

Anna schenkte der Freundin ihr bezauberndstes Lächeln. „Du mußt mir einen Gefallen tun."

„Muß ich das?"

Anna kramte aus ihrer Handtasche eine Mappe, entnahm ihr Fotos von Raphael und von der Statue, hielt beides Elke hin.

„Du arbeitest doch mit diesen unendlich komplizierten Computerprogrammen. Kannst Gesichter erstellen und so …"

„Morphen."

„Keine Ahnung wie du das nennst. Meinst du, du kannst aus diesen Fotos Bilder machen, die einem echten Menschen ähneln?"

„Und was ist der hier? Ein Android? Ist der nicht schon echt? Du liebe Güte, Badehosenfotos von so einem Kerl. Nein, komm, der ist gewaltig gefotoshopt, gib's zu! So sieht kein echter Mann aus! Du meine Güte, zu schön um wahr zu sein! Erinnert mich an Franco Nero. Steck das weg, da kommt man ja ins Träumen! Selbst so eine alte Schachtel wie ich!"

„Du bist doch keine alte Schachtel! Hör auf mit dem Quatsch! Ich bräuchte die Bilder als Weihnachtsgeschenk."

„*Was* willst du von mir? Kommst daher, ein paar Tage vor Weihnachten, nachdem du dich Jahre nicht gemeldet hast, verlangst von mir, daß ich dir Bilder erstelle? Was denkst du dir bloß? Meine Tochter und mein

Schwiegersohn kommen morgen zu Besuch, ich muß einkaufen, die Menüs vorbereiten, den Baum schmücken! Das Gästezimmer richten! Fällt dir kein besserer Zeitpunkt dafür ein? Sowas braucht Stunden, wenn nicht gar Tage!"

„Entschuldige. Das ist vermessen von mir." Anna stopfte die Bilder in die Mappe zurück.

„Gib her!" Elke riß sie ihr aus der Hand. „Natürlich mache ich das! Komm mit an meinen PC, und sag mir, wie der Typ da heißt, wo er wohnt und ob er noch zu haben ist!"

„Er heißt Raphael", sagte Anna und schaute Elke, die die eingescannten Bilder am PC begutachtete, über die Schulter. „Er ist mein Ma… Liebhaber. Und er sieht wirklich so aus."

„Und das sagst du mir so einfach ins Gesicht?"

„Ja!", lachte Anna.

„Du liebes bißchen. Und was soll ich jetzt machen?"

„Ihm dunkles langes Haar geben. Den Bartschatten dunkel färben, der Augenfarbe ein leuchtendes, warmes Braun geben. Ihn in altägyptische Klamotten stecken, mit Waffen am Gürtel, Lederriemen über der Brust, einem Schwert, Messer …"

„Und was soll ich mit dem Foto der Statue?"

„Sie echt aussehen lassen. Das man nicht mehr erkennt, daß es sich um Gips und Farbe handelt."

Elke zoomte das Gesicht der Statue bei, betrachtete sie eingehend. „Ich hab sie nie so genau angesehen. Sie gleicht jemanden, wenn ich nur dahinter käme wem … Sie ist so außergewöhnlich, Anna! So perfekt. Nie sah ich vergleichbares."

„Sie ist kaputt, Elke!"

„Ach nein!"

„Jemand hat ihr die Brust aufgerissen und das Glasherz rausgenommen."

„So ein Schwein! Während der Verwüstungen des Arabischen Frühlings? Hat man den Frevler?"

„Nein. Vermutlich Antiquitätensammler. Du weißt, wie solche Leute ticken."

„Eine Sauerei sondergleichen!"

„Ja!"

„Gilt deine alte E-Mail-Adresse noch?"

„Ja, natürlich."

„Dann schick ich dir die fertigen Bilder per Mail. Morgen. Mein Rechner ist zwar schnell, aber er braucht für's rendern trotzdem ein paar Stunden. Dann kannst du mir sagen, ob du noch was abgeändert haben willst. Denn auf Anhieb werde ich nicht unbedingt treffen, was du dir vorstellst."

„Du triffst auf Anhieb genau das, was ich mir vorstelle! So gut kenne ich dich! Und nun muß ich los, mein Schatz. Es war schön mit dir!" Anna stand auf, Elke ebenso, sie fielen sich um den Hals. „Nach den Feiertagen, bevor ich zurück nach Luxor fliege, komm ich nochmal vorbei. Und dann quatschen wir ausgiebig! Versprochen! Habt ein schönes Weihnachtsfest und kommt gut ins neue Jahr!"

Kurz vor ihrem Zuhause, bevor sie in die kleine Sackgasse abbog, erblickte Anna in der Dunkelheit des frühen Dezemberabends eine große vermummte Gestalt, einen Schlitten hinter sich herziehend. Sie hielt an, öffnete das Fenster, pfiff dem Typ hinterher.

„Wohin, Süßer?"

„nana"

„Da vorne am Pfarrheim ist Weihnachtsmarkt! Komm, park die Karre, und wir machen uns einen schönen Abend, Schönheit. Ich warte hier solange auf dich."

„Och Raphael!"

„Na los jetzt!"

Hand in Hand schlenderten sie wenig später über den schön erleuchteten, heimeligen kleinen Weihnachtsmarkt rund ums Pfarrheim. Diese Duftmischung von gebrannten Mandeln, Glühwein, Kartoffelpuffern, Zimtwaffeln, Tannen, Rostwürsten, heißen Maronen und Gebäck erinnerte Anna schmerzlich an ihre unbeschwerte Kindheit und Jugend. Und das Gebäude selbst erinnerte sie viel zu sehr an Georg, der damals mit den Plänen und der Ausführung des Baus betraut war.

„Viel schöner als die großen Märkte in den Städten. So gemütlich! Du glaubst gar nicht wie ich das vermißt habe, jetzt wo ich es wieder erleben darf. Das ist so heimelig, die Leute genießen die schöne Zeit vor Heiligabend. Sieht es nicht aus, als sei die Welt märchenhaft in Puderzucker getaucht? Und wie das riecht! Ich fühl mich wie ein kleiner Junge! Könnt glatt ne Schneeballschlacht machen! Da spielen sogar ein paar mit Trompete und so. Schön!" Raphael hängte ihr ein Lebkuchenherz - *Für meine Süße* - um den Hals, schob den Kleinen auf dem Arm höher, rief dem Standbetreiber zu, ja gut auf den Schlitten aufzupassen, sonst könne er was erleben, hielt Anna die Tüte mit den gebrannten Mandeln hin.

„Nein danke."

„Aber eine Wurst nimmst du?"

„Auch nicht."

„Einen Glühwein?"

„Aber ja doch! Keinen Weihnachtsmarkt ohne Glühwein!", gelang ihr ein säuerliches Lächeln, grüßte wie nebenbei hier und da Leute, nahm das Herz ab, versenkte es in der Handtasche, ignorierte Raphaels kritisierenden Blick, machte sich auf zum Spießrutenlauf.

„Jesses, das iss jóó die Anna!", rief die alte Dame fröhlich hinter dem Glühweinstand, reichte Raphael die Tasse. „Einsvierzig, junger Mann."

„Für beide?"

„Ei gehéért der zu dir, Anna? Ach, der Georg! Haschda é Bart wachse lasse? Jetzt erkenn ich dich! Zweiachtzig! Das kommt davon, wenn man die Leut nicht mehr so oft sieht. Unn dann noch die Kapp. Jaja, wir wollen es wegen den Preisen ja nicht mit unserer Kundschaft verderben, gell. Was haschde dann dóó dabei? Es Enggelsche! Ach wie lieb, iss dir wie aus'm Gesicht geschnitten, Anna! Isses e Bub oder e Määdche?"

„Gleich platz ich!"

„Was meinschde? Ich hör nimmé so gudd, Anna."

„Ein Junge, Frau Schmitt, ein Bübchen."

„Ach was ist der goldisch! Daß *du* Oma genn bischt!"

„Wiedersehn Frau Schmitt."

„Wiedersehn, Anna, unn frohe Weihnachte!"

„Danke!"

Fuchsteufelswild drehte sie sich zu dem freien Stehtisch neben dem tannengeschmückten Holzhäuschen, stellte den dampfenden Humpen ab, fühlte eine schwere Hand auf ihrer Schulter.

„Hannda noch é Platz für úús zwei?"

„Harald! Hallo Helga!"

„Hallo!"

„Unn?", fragte Harald leutselig, grinste Raphael an, als könne er seine Antwort kaum abwarten.

„Gudd!", polterte Raphael und klopfte ihm so kameradschaftlich die Schulter, daß Harald förmlich nach vorne stolperte. „*Ich* hab meine Lektion in saarländisch gelernt!"

„Also wennde mich fóóe gengscht …"

„Harald! Jetzt sprechen wir aber deutsch! Denk dran, ich bin nicht von hier!" Raphael setzte den Kurzen auf den Tisch, stieß mit seinem Humpen an Haralds.

„Also wenn du mich fragen würdest…"

„Dich fragt aber keiner!", giftete Anna ungehalten, was in einem forschen Tusch der kleinen Blaskapelle unterging.

„Ehrlich, der Zwerch da sieht aus als hätt der Georg den gemach…"

„Harald!" Helga schubste den Gatten, schüttelte empört den Kopf. „Hör bloß nicht hin, Anna, der hat schon ein zwei zuviel!"

„Was'n?", donnerte Harald los, „Gugg doch émol! Em Georg sei Naas, sei Aue, der Georg gehutzt und gesputzt!"

„Wage es ja nicht, *noch* einen Jagertee zu trinken!"

„Was? Määde, uff dem Ohr bin ich heit daab! Raphael, tringgschde ééner met? Anna, du áách?"

„Halt mal, Anna, ich geh mit dem mit, sonst verläuft er sich noch." Raphael schnappte seine Tasse, schon waren die beiden verschwunden.

„Frau Schmitt hat das nicht böse gemeint." Helga legte die Arme fürsorglich um Leon.

„Natürlich nicht!"

„Wem ist denn der Kleine nun? Er ist wirklich zuckersüß! Gell, mein Schatz!"

„datz"

„Muß ich hier zum Stadtgespräch werden, Helga? Du weißt, wie das läuft, unser Viertel ist wie ein Dorf! Inklusive Tratsch!"

„Ich sag's bestimmt nicht weiter. Du kennst mich doch!"

„Er ist der Sohn von Georg und seiner Freundin. Wir passen nur ein paar Tage auf ihn auf."

„Den hat áách der Lemmes gepickt!", schimpfte Helga sich in Rage. „Wie kunnt der nur … Ihr ward so ein schönes Paar. Und ihr hättet doch jetzt an Weihnachten … Ich kann mich noch genau an eure Hochzeit erinnern! Hier, nebenan in der Kirche, und die Feier da drin im Pfarrheim! Es war die letzte bevor es umgebaut wurde. Mensch, Anna, dreißig Jahre! Sowas wirft man doch nicht einfach weg!"

„Laß es gut sein, bitte. Da kommen die tatsächlich mit vier Humpen Jagertee! Ich faß es nicht!" Anna trank ihre Tasse aus, schüttelte sich beim letzten Schluck kalten Glühweins.

Raphael strahlte sie an, stellte seinen Humpen ab, schob vorsichtig eine große Schachtel Weihnachtsglocken auf den Tisch, dazu ein Päckchen Lametta. Leon reichte er ein kleines hölzernes Auto mit knallroten Rädern, „aga bfff b'umm b'umm", welche sofort eingehend begutachtet wurden.

„Bunter gings nimmer?", lästerte Anna und beäugte mißbilligend die schrillen, pinkfarbenen Kugeln.

„Die haben auch Bunte. Soll ich nochmal los? Der nette junge Mann tauscht sie bestimmt um."

„Waren wenigstens rote Kugeln dabei?"

„Jo!"

„Dann nimm die!"

„Später. Der Harald wird wieder 'ne Runde schmeißen wollen. Ich trink aber nichts mehr. Soll ich mal petzen? Er pfeift sich da vorne an dem Stand jedesmal noch ein Schnäpschen rein."

„Helga wird sich freuen, wenn sie daheim sind. Oh du fröhliche!"

„Was bist du denn so nölig?"

„Ich mag das alles nicht! Was hat denn dieser ausufernde Kommerz mit Weihnachten zu tun? Was haben Tannen und Glühwein und Schnaps mit der Ankunft des Erlösers gemein? Das ist so ein heuchlerisches, bigottes, verkommenes Fest …" Bevor sie sich weiter in Rage reden konnte, stupste Raphael sie zart.

„Laß doch einfach mal los und genieße diese schöne Zeit mit mir und dem Kleinen! Guck mal da drüben!"

Anna drehte sich um, entdeckte ein sich innig küssendes Paar unter dem tannengeschmückten Eingang des Marktes, direkt unter einem Mistelzweig.

„Wenn das mal nicht der Sascha ist!", feixte er.

„Niemand nennt Alex Sascha! Sag mal! Jetzt nicht wirklich, oder? Das ist doch Yolande!"

Raphael steckte Daumen und Zeigefinger in den Mund, pfiff so durchdringend daß Anna die Ohren klingelten, winkte den Beiden.

„Ich glaube das wird ein saugemütlicher Abend! He, ihr zwei, hallo!"

„Eigentlich wollten wir gehen, aber einer geht noch." Alex stupste den Kleinen auf die Nase. „War bei euch schon das Christkind? Wer bist denn du, Großer?" Als Antwort bekam er stolz das Holzauto unter die Nase gehalten.

„daudo"

„Tolles Auto! Wo ist denn der her?" Alex begutachtete, ihre Hand haltend, Annas Figur, konnte sich ein Stirnrunzeln nicht verkneifen, schaute Raphael spitzbübisch an, zog die Mütze ab, kratzte sich am Kopf. „Das ging ja mal flott, Kumpel! Da hast du dich aber so richtig ins Zeug gelegt. Den haste mit ganz viel Liebe gemacht, was? Anna, warum hast du denn nichts gesagt? Ich wollte immer schon mal Patenonkel sein! Das nennt man hier Paddéé du Nordlicht! Komm her du Sack, laß dich drücken!"

„Hallo Süße!" Anna drückte Yolande zwei Küßchen auf die kalten Wangen und fuhr Alex an. „Geht's noch!" Die Blasmusik verstummte im selben Moment und Annas Stimme hallte laut über den Platz. Es geht immer noch ne Schippe peinlicher. Hinter ihnen drängten sich jetzt die Jungs der kleinen Blaskapelle am Glühweinstand, alle rückten noch dichter an dem Stehtisch zusammen, aus den Lautsprechern tönte – wie sollte es anders sein - *Last Christmas*. Raphael machte große Augen.

„Den Song hab ich ja ewig nicht gehört! Aber bestimmt seit 1985 nicht mehr! Wo haben die denn diesen Oldie ausgegraben? Wer war das noch?"

„Uff welchem Mond lääbschd dann du?", feixte Harald. „Ich kanns nimmé heere!"

„Last Christmas I gave you my heart. But the very next day you gave it away. This year, to save me from tears. I'll give it to someone special …", dröhnte Raphael lautstark mit.

„Wow! Der kénnt glatt in unserm Kérchéchor mitsinge!" Harald hatte Mühe nicht zu lallen. „Unn er sitt sogar é bissje aus, wie der wo dóó singt! Gell, Helga! Wie heischt der nochemol? Schdordsch Meiggel?"

„Hör doch auf!", mahnte Anna und zupfte Raphael am Ärmel. „Außerdem wird es langsam Zeit zu gehen!"

„Warum denn? Ich hab Urlaub! War seit gefühlten hundert Jahren nicht mehr auf einem Weihnachtsmarkt … *A face on a lover with a fire in his heart. A man under cover but you tore me apart …*"

„Weil ich allmählich halberfroren bin! Das ist nicht unser Kind, Alex!", versuchte Anna sich in dem Durcheinander Gehör zu verschaffen und im selben Augenblick hob der Kleine die Ärmchen zu Raphael hin.

„pa pa"

„Der Georg gehutzt und gesputzt!", höhnte Helga lachend und gab ihrem Gatten einen liebevollen Klaps in den Nacken!

„Machst echt schöne Kinder!", grinste Alex. „Schon mal überlegt, sowas beruflich zu machen?"

„pa pa", kam es nochmal nachdrücklich, mit ganz viel Ernst. Energisch Aufmerksamkeit fordernd rammte der Kurze versehentlich das Holzauto in die pinkfarbenen Glocken, ein Häufchen silbern glitzernder Scherben hinterlassend.

„Das hat sich dann Gottseidank!", feixte Anna. „Können wir los, bevor ich Frostbeulen bekomme?"

ANNAS HAUS
SAMSTAG, HL. ABEND, 24. DEZEMBER

„Schade, daß die roten Glocken ausverkauft waren. Und es gibt in keinem Geschäft ringsum mehr welche."

„Du armer Kerl!", rief Anna aus der Küche ins Wohnzimmer, blickte kurz zu Leon in seinem Laufställchen hin, der mit großen Augen - das Händchen mitsamt dem hölzernen Auto im Mund - den Baum bewunderte, schaute Raphael zu, wie er mühelos den bis fast unter die Decke reichenden Baum auf der Wachsdecke hin und her rückte, drehte, endlich die gescheite Position rechts neben dem Kamin fand. Bemerkte belustigt das Päckchen Lametta, das zusammen mit der besorgten Mini-Lichterkette für weihnachtlich heimelige Stimmung am riesigen Baum sorgen sollte. Gott, was war der Kerl genügsam! Einfach nur süß! Zuckersüß! Schmunzelnd über ihre schwärmerischen Gedanken die wie die eines Teenagers daherkamen wandte sie sich wieder dem Dip zu, rührte klappernd mit dem kleinen Schneebesen in der Schüssel. Essig, Öl. War schon Salz drin? Ja! Pfeffer … *„Was?"*

„Ich sagte: Was gibt es denn? Kartoffelsalat mit Würstchen? Gab's bei uns immer Heilig Abend."

„So so." … ein bißchen Chilipulver, ein Löffelchen Ajvar für die Farb…

„Da hatte Oma am wenigsten zu tun! Ich ruf sie nachher an. Ist das ok für dich, wenn ich dazu in deinem Büro verschwinde? Die werden sich freuen, von mir zu hören!"

„Ja, ja! Vergiß nicht, Sara anzurufen!" … Sahne! Abschmecken! Oi! Lecker!

Wie immer! Krabben rein, unterrühren, fertig!

„Es gibt gebackenen Kabeljaurücken!"

„Echt?"

„Auf buntem Gemüse in scharfer Tomatensoße und Kartoffelpüree. Von dem Pü und dem Gemüse kann das Kind auch essen. Vorweg Krabbencocktail."

„Ok! Das hört sich lecker an! Weißt du, für mich hat dieses Weihnachten endlich mal einen richtigen Sinn. Hat sich der Geist des Weihnachtsfestes erfüllt. Geben wir nicht Herberge? Sind wir nicht da für den Kleinen? Guck mal Leon, fertig! Was sagste?"

„u-äh"

„Was stellst du mit dem Kind an?" Anna trat aus der Küche ins Eßzimmer, musterte kritisch Raphaels Werk: Ein Baum mit Lametta und einer ziemlich zu kurz geratenen Lichterkette.

„Ein Trauerspiel, mein Junge! Das ist ja nicht mit anzusehen! Komm mal mit!" An der Hand zog sie ihn hinter sich her zur Kellertreppe.

„Geist des Weihnachtsfestes", maulte Anna, als sie die Treppe hinunterging. „Für mich ist und bleibt Weihnachten ein Alptraum! Ich kann da keinen Sinn drin sehen. Ja, als Kind vielleicht, da habe ich es geliebt. Aber heute …"

…blib…blib…blib

Es dauerte eine kleine Weile bis die Neonröhre im hintersten Kellerraum wach wurde, riß dann mit ihrem Licht ein Regal aus dem Dämmerschlaf, vollgepackt mit Kisten auf denen groß „Weihnachtsdeko" geschrieben stand.

„Bedien dich! Und wehe, das arme Kind weint nochmal wegen deinem Bäumchen!"

„Schön, oder?"

Der Champagnerkorken knallte mit einem dumpfen Ton in Raphaels Hand; perlend, beinahe überschäumend floß das edle Getränk in die Kristallgläser.

„Ja! Aber du willst doch nicht allen Ernstes nachher die Christmette besuchen? Ich bin nicht so religiös, daß ich das unbedingt haben muß!" Anna räumte nach dem Essen die letzten Gläser in die Vitrine neben dem Durchgang von Küche und Diele, zündete die Kerzen auf dem Couchtisch an, nahm das Glas, das Raphael ihr hinhielt, entgegen.

„Ich würde gerne die Mette besuchen. Ich hab das all die langen Jahre nicht gehabt, oder, wenn sich die Gelegenheit bot, nicht gemacht. Nur so aus wehmütiger Erinnerung, Liebes. Wegen diesem tollen Winterwetter … Und wegen Großvater … für ihn … Und irgendwie möchte ich auch für …" Seine Miene drückte Schmerz aus, er verstummte, schaute ihr in die Augen.

„Dein Überleben danken? Mein tapferer Krieger!", lächelte sie ihn an. „Wenn's emotional wird, verstummen die Kerle! Merkst du noch was?"

„Nein! Wie Helmut sagte, es war überwiegend Muskelfleisch, das verletzt wurde … Nochmal Glück gehabt!", gelang ihm ein verlegenes Grinsen. Und dann: „Sieht Leon nicht cool aus mit seinem Hemdchen und der Fliege? Zum Piepsen."

„Wie sein Papa! Genauso affig!" Anna, froh um den Themenwechsel, stellte das Glas ab, kramte in dem Sideboard gegenüber des Kamins.

„Ich mach gleich mal ein Foto von ihm", meinte Raphael, „auf der Decke, vor dem Baum! Das wird witzig. Jetzt setz dich doch mal!"

„Ich bin beschäftigt, mein Schatz!"

„Dein Essen schmeckte lecker! Kann ich dir bei was helfen?"

„Nur noch das unter den Baum legen!" Sie schob zwei große Päckchen unter den Rot und Gold geschmückten, funkelnden Weihnachtsbaum.

„Uih! Issn da drin?"

„Ist schon Bescherung?", versuchte sie zu schäkern.

„Na komm, setz dich. Hier, dein Glas. Frohe Weihnachten meine Süße."

„Dir auch!"

„da da"

„Dir natürlich auch du Knirps! Hiergeblieben! Am Baum wird nicht rumgefummelt!" Raphael stand auf, packte den eifrig rutschenden Kurzen am Hosenbund seiner coolen Jeans, setzte ihn wieder auf der Decke ab.

„aum", strahlte Leon mitsamt Schnuller in der süßen Schnute „söna aum", wies mit dem Händchen zum Tannenbaum hin, „da da"

„Ich hab keine Ahnung was du da erzählst!", lachte Raphael und setzte sich wieder neben Anna.

„Ich verstand ‚schöner Baum'. Kann aber auch alles andere gewesen sein", meinte Anna schmunzelnd, starrte überrascht auf das kleine, süß mit Schleifchen verzierte, viereckige Päckchen in Raphaels Hand, „Kleine, viereckige Schachteln von einem fein herausgeputzten Rosenkavalier überreicht, sind ein heißes Eisen!", hauchend.

„Ein verdammt heißes Eisen, mein Liebling."

„Ein Schlüsselanhänger?", versuchte sie zu scherzen.

„Find's heraus."

So vorsichtig als könne sie was kaputtmachen pfriemelte Anna an dem Klebstreifen, pulte das Bändchen ab, öffnete das Kästchen.

„Zwei?"

„Ja meinst du, ich lauf ohne rum?"

„Weißgold?"

„Nö!"

„Du spinnst doch!", schimpfte sie liebevoll.

„Das hör ich regelmäßig, wenn ich einer Dame einen Ring schenke."

„Sorry!", lachte Anna verlegen, nahm den kleineren der breiten, schlicht gehaltenen Platinringe aus dem mit Samt ausgeschlagenen Kästchen. „Sie sind wunderschön! Aber das ist doch viel zu teuer!"

„Laß das nur meine Sorge sein!"

„Mit Gravur? Da steht ja was drin!" Atemlos nach der Lesebrille auf dem Couchtisch tastend, wagte sie kaum daran zu denken was er damit bezweckte, hielt den Ring mit dem dezenten funkelnden Stein ins Licht des brennenden Kronleuchters, entdeckte erst ein graviertes Anch, dann ...

eine liegende Acht, das Zeichen für Unendlichkeit.

∞

„Ouroboros!", flüsterte sie ergriffen.

„Eins ist alles", flüsterte er, „Allem Zukünftigen beißt das Vergangene in den Schwanz!"

„Ranofer", hauchte Anna als sie die Hieroglyphen – ein winziges Herz und die Sonnenscheibe mit der Kobra - betrachtete und hielt die aufsteigenden Tränen zurück, „Wie schön! Jetzt bin ich aber mal gespannt was in dem anderen steht."

„Na was wohl?"

„*Nebet*?", scherzte sie scheu.

„Rate ruhig noch einmal!"

„Da steht Bent! Und wieder das Anch und das Ouroboros!"

„Das Zeichen für ewige, unendliche Liebe, mein Schatz!" Er nahm ihr zärtlich den Ring ab, steckte den wertvollen Reif liebevoll an den Ringfinger ihrer linken Hand.

„datz da da aum ff"

„Nix da!"

„pa pa"

„Nein! Anna! Sag ihm, daß er das nicht sagen soll!"

„Du sollst das nicht sagen, Leon!"

„da da"

„Ich setz dich in dein Knastställchen wenn du noch einmal Papa zu mir sagst! Ich hab hier was vor, du kleiner Hosenscheißer! Sei mal ruhig!"

„sheis sa"

„Meine Fresse! Anna, gib ihm sein Geschenk, daß zwei Minütchen Ruhe ist!"

„Ich find's lustig!", lachte Anna, stand auf, nahm das dicke, weiche Päckchen, reichte es dem Kind. „Guck mal, was das ist!"

„eije ffesse"

„Du bist echt kein gutes Vorbild, Raphael!"

„Komm her, Anna! Laß ihn mit seinem neuen Teddy! Der ist beschäftigt. Anna ... ist es denn unmöglich, daß ich dir einen ..."

„Sei still!" Sie küßte ihn zärtlich, griff nach dem Ring. „Gib mir deine Hand!"

„Gib mir eine Antwort, mein Liebling!", flüsterte er ihr sehnsüchtig zu, während er zuschaute, wie sie den Ring gefühlvoll über seinen Finger streifte.

„Heute nicht! Bitte!", bat sie flehentlich.

„Ok, ich warte!"

Für einige Augenblicke schien die Stimmung zu kippen, der festliche Baum nicht mehr zu funkeln, das Kaminfeuer mit dunklem Licht zu verlöschen. Anna schaute zu dem prasselnden Feuer hin, zu dem prächtigen, strahlenden Baum mit seinen unzähligen Lichtern, versuchte nicht darüber nachzudenken, wie furchtbar weh sie ihm mit ihrer abermaligen Zurückweisung tat.

„Ich habe meine Gründe, Raphael. Irgendwann erzähle ich dir davon."

„Schon gut, Lady."

Schimmerte da eine Träne in seinem Augenwinkel? Alles, nur das nicht!

„Und weil ich", versuchte sie forsch zu klingen, zauberte sich ein Lächeln ins Gesicht, klatschte sich auf den Oberschenkel, stand auf, nahm das andere Paket in die Hand, „niemals Weihnachten feire, hab ich auch kein richtiges Geschenk, du schöner, verrückter Mann."

„Das macht doch nichts!"

„Nur ein kleines bescheidenes Präsent, das mit deinen wundervollen Ringen nicht im entferntesten mithalten kann."

„Ich hab ja gar nichts erwartet, Lady."

„Mach mal auf! Bin gespannt, was du dazu sagst!"

Er sagte eine geraume Weile gar nichts, betrachtete gerührt die beiden großen Bilder von Elke, die Anna auf gutes Fotopapier drucken und in silberne Rahmen fassen ließ.

„Ranofer!", flüsterte er schließlich, griff aufgewühlt nach seinem Glas, trank es aus. „Schön, dich kennenzulernen!"

„Was für ein hübscher Kerl!"

„Sieht verdammt gut aus, der Typ!"

„Und ich?" Annas versuchte spaßeshalber ordentlich empört zu klingen.

„Geile Katze!"

„He!", schubste sie ihn lachend.

„Siehst Klasse aus, altes Mädchen! Hast dich überhaupt kein bißchen verändert!", scherzte er gerührt.

„Das hast du schon mal zu mir gesagt!"

„Ich weiß!"

„Und du gehst mir seitdem nicht mehr aus dem Kopf! Anna, ich …" Er unterbrach sich, schaute mit großen Augen zu Leon hin, der - sich auf den Händchen abstützte, den Popo in die Luft gestreckt - versuchte auf die Füße zu kommen. Und er schaffte es!

Stand auf!

Machte einen kleinen unsicheren Schritt!

Schaffte den zweiten!

„pa pa"

Bevor er hinfallen konnte, sprang Raphael ihm bei.

ANNAS HAUS
SAMSTAG, SILVESTER, 31. DEZEMBER

Endlich herrschte Ruhe im Haus, das Kind schlief. Für wie lange noch? Beim Krach um Mitternacht wurde Leon bestimmt wach.

Anna ließ den Blick über ihre Tafel schweifen: Kerzen, das gute Geschirr, silberne Platzteller, die Bleikristallgläser, das Silberbesteck, die gestärkten Servietten. Schon viel zu lange – außer an den vergangenen Feiertagen - hatte ihr Tisch nicht mehr so schön ausgesehen. Über eine Stunde brauchte sie, um ihn einzudecken. Und eigentlich lenkte sie sich damit nur ab. Denn unter der anscheinend ruhigen Oberfläche brodelte es seit Mittwoch wie ein Unterwasservulkan. Hätte sie ihm doch bloß nicht dies Angebot unterbreitet! Natürlich konnte er nicht ablehnen! Das hatte sie nun von ihrer Gutmütigkeit!

Sie bückte sich, öffnete die Ofentür, begutachtete das Fleischthermometer im Wildschweinrücken, übergoß ihn noch einmal mit dem Sud.

„Siehst verdammt attraktiv aus!", hörte sie Georg hinter sich, der auf einmal unverhofft in der Küche stand, Charme, frisch geduschten Duft und ein strahlendes Lächeln verbreitend. „Uh, dieses kleine Schwarze steht dir ausgezeichnet! Givenchy?"

„Kümmerst du dich um den Rotwein?"

„Ich komm gerade den Dekanter holen", schmunzelte er, hob zwei Flaschen hoch, kramte im Hängeschrank. „Fast wie früher, hm? Und es ist sowas von schade, daß du heute keinen Krabbencocktail gemacht hast."

„Ein andermal, Schätzlein!", grinste sie.

„Was gibt's stattdessen zum Aperitif?"

„Schmalzbrote!" Anna öffnete den Kühlschrank, holte die fertig garnierte Platte hervor. Kleine Häppchen, tatsächlich mit Griebenschmalz bestrichen.

„Nicht wirklich!"

„Wo ist Raphael?"

„Im Bad. Seinen Luxuskörper tunen."

„Hör auf damit!"

„Was denn? Sowas von geballter Eitelkeit ist mir noch nicht untergekommen."

„Neidisch?"

„Im Leben nicht. Ich weiß wie ich aussehe! Ich weiß, wie das ankommt! Was geht mich der Anabolika-Junkie an!"

„Mach mal auf!" Anna öffnete die Kühlschranktür abermals, knallte ihm eine Flasche hin.

„Crémant?", meinte er abfällig.

„Der Champagner ist für Mitternacht!"

„Du schraubst mir neuerdings zuviel herunter, Anna. Das trink ich nicht. Gib eine Flasche Champagner rüber! Es reicht schon, daß du keine Austern besorgt hast. Schien dir der Weg heute rüber zum Einkauf nach Frankreich zu weit, zu glatt? Die Straßen sind alle geräumt! Ich vermute eher dein Proll kennt das nicht? Mensch, Mäuschen, Schmalzbrote!"

„Mach daß du aus meiner Küche kommst!", brauste sie auf.

„Liegt es am Geld?"

„Verschwinde!"

„Hast du Geldsorgen, Anna?"

„Nein!"

„Warum tischt du dann Schmalzbrote auf?"

„Weil ich es will!" Anna war geneigt, ihm gehörig ans Schienbein zu treten, stampfte stattdessen lieber mit dem Fuß. „Weil ich Lust drauf habe! Weil ich es seit Jahren nicht hatte! Weil es zum Menü paßt! Weil es *meine* Küche ist! Iß deine Austern gefälligst woanders!"

„Mir den Silvesterabend zu versauen das hast du echt gut drauf. Erinnere dich an 1999!" Es knallte laut, Georg warf den Korken in die Spüle, wickelte eine Serviette um den Hals der Flasche, stellte sie in den schneegefüllten Kühler.

„*Was* versaue ich?", giftete sie leise. „Weil *du* keine Austern bekommst? Darf ich dich daran erinnern, daß du heute mein Gast bist! Darf ich dich daran erinnern, daß du mein Ex bist!"

„Darf *ich* dich daran erinnern, daß ich dich liebe!"

„Laß das Georg!" Anna schnappte den silbernen Kühler, die Häppchen stellte im Wohnzimmer alles auf den Couchtisch, füllte die Gläser, bemerkte Raphael, der durch die Diele ins Wohnzimmer trat.

„Was war 1999?", fragte er aufgekratzt, hatte anscheinend den ganzen anderen Zirkus drumrum gar nicht mitbekommen. „Ich schlug damals bei einer groß angekündigten Millenniumsparty auf! Und was gabs für überteuerten Eintritt? Einen kleinen Napf Gulaschsuppe! Der Reinfall des Jahrtausends! Und ihr so? Hm? Neunundneunzig?"

„Sie ließ sich von einem Bettler ins Bockshorn jagen!", grummelte Georg, machte das Radio lauter aus dem schon geraume Weile Partymusik dröhnte, imitierte den quäkenden, nuschelnden Grönemeyer:

„*Womit hab ich das verdient? Daß der mich so blöde angrient!*" Dabei musterte er Raphael abfällig grinsend von unten bis oben, der in seinem dunklen Anzug und dem weißen Hemd genauso schick wie er selbst wirkte.

„Komm doch nicht mit dem alten Käse! Mach das sofort aus!"

„Ich komm damit sooft ich will!"

„Wollten wir nicht einen schönen Abend verbringen?" Sanftmut in den

Worten, Gift in ihrer Stimme.

„Ok, Waffenstillstand Mäuschen!" Er nahm sein Glas entgegen, stellte sich mit weltmännischer Geste an den brennenden Kamin, bewunderte den schön geschmückten Tannenbaum. „Auf dich, Anna! Auf die Zukunft! Auf uns beide!"

Dieser Blick!

Dieser Blick voller Liebe und Hingabe. Anna starrte Georg an, als könne sie nicht glauben, was sie da sah, hörte. Und auch Raphael entging dieser Blick nicht. Anna bemerkte sein Temperament hochkochen, sah in seinen Augen, daß das nicht gut ausgehen würde.

„Aber daß du *ihm* einen Baum hinstellst, Hasi, während ich all die Jahre hingehalten, vertröstet wurde, darauf wartete…"

Mit der kraftvollen, lautlosen Geschmeidigkeit eines Panthers stieß Raphael Georg ungestüm zwischen Kamin und dem Eßtisch mit brutaler Gewalt gegen die Wand, drückte seinen Unterarm gnadenlos gegen dessen Kehle.

„Den hab ich nicht für *dich* gemacht, du Seelenkrüppel! Für den Kleinen! Für seine erste Weihnachten die er bewußt erlebt! Dein Kind sagt Vater zu mir, du Arschgesicht!" Er drückte fester zu, starrte ihm ins Gesicht. „Hat seine ersten Schritte gemacht! Auf *mich* zu! Rief dabei Papa! Findest du das in Ordnung?"

„Laß mich sofort los!"

„Und Anna gehört *mir*!"

„Sie ist *meine* Frau!"

„Sie gehört zu mir, Baumeister! Sie hat dir noch nie gehört!"

„Ich liebe sie, Raphael!" Selten hörte Anna von Georg, obwohl er in die Defensive getrieben war, so ernstgemeinte, knappe, gradlinige Worte.

Raphael ließ Georg unvermittelt los, schaute ihm weiterhin ins Gesicht, „Das kann ich verstehen", flüsternd. „Doch ist sie meine Frau, Georg! Bent ist mein Schicksal!"

„Wer?"

„Ranofer sei still!"

„Habt ihr schon vorher einen gezwitschert?" Als würde er sich ein wenig Schnee vom Anzug schnippen richtete Georg lässig sein Jackett, die Krawatte, fand offensichtlich zu seiner Kaltschnäuzigkeit zurück.

„Ich werde nach Assuan zurückgehen, Anna. Ich bin es satt auf deine Antwort zu warten! Der *Proll* wird das Feld räumen, dann könnt ihr glücklich werden, kleine Familie spielen!"

„Was sagst du da?", ging Anna wütend auf ihn los, klatschte ihm eine ins Genick. Raphael packte sie beim Handgelenk, drückte ihr sanft den Arm runter.

„Ich werde meinen Laden wieder auf Vordermann bringen! Meinen Kompagnon zurück nach Luxor schicken, mein Leben auf Null setzen, von vorne anfangen, so wie es war, *bevor* ich dir begegnete!"

„Das sagst du mir!", giftete sie. „Du wagst es, mir das ins Gesicht zu sagen! Was hast du mir an dem Tag, als wir uns das zweite Mal trafen, gesagt? *Was? Du* bist kein Krieger! *Du* bist ein Feigling!"

Er schaute sie an, voller Kummer, Herzschmerz und Weh, schaute zu Georg hin.

„Ich sagte ich geb nicht auf! Selbst wenn ich für deine Liebe in den Krieg ziehen müßte! Doch ich bin müde, Bent! Ich bin des Kämpfens müde!"

„Nenn mich nicht so!"

„Ist das ein Rollenspiel? Kann ich noch mitmachen?"

„Halt einfach mal deine vorlaute Klappe, Schorsch!"

„Anna!"

„Sei still! Das geht dich nichts an!"

„Mich nichts an? Was wird das hier? Egal wie wir uns entscheiden – es tut *dir* am Ende weh! Und das will keiner von uns zwei! Und Raphael und ich sind die Verlierer! Ganz gleich wie dieses Duell ausgeht."

Ein Rascheln und Quäken aus dem Babyphone ließ die drei verstummen und gebannt zu dem kleinen Lautsprecher hinsehen.

„Ich seh nach ihm!" Georg stellte sein Glas ab; es war kaum noch was drin, ging verschütt bei dem Gerangel.

„Bleib hier, der träumt nur!"

„Und das kannst *du* beurteilen, Nachtwächter?"

So schnell wie Anna zwischen den beiden stand, konnte Raphael noch nicht einmal die Faust ballen.

„Keine Angst, Lady. *Ich* versau dir nicht den Silvesterabend."

Das Piepen des Küchenweckers unterbrach die angespannte Situation.

„So wie ich diese Frau da kenne", meinte Georg mit einem aufgesetzten Grinsen, „verschwindet sie jetzt eine Weile in der Küche. Wär unhöflich uns hinter ihrem Rücken zu kloppen. Magst'n Schmalzbrot? Mir hängt vielleicht der Magen auf den Knien."

„Leck mich mit deinem Schmalz!", hörte Anna in der Küche Raphael verächtlich knurren, und dem Rumpeln nach zu urteilen warf er anscheinend ein Holzscheit in den Kamin.

„Danke!"

„Wofür?"

„Daß ein ganzer Kerl an seiner Seite war, als er seinen ersten Schritt machte."

„Halts Maul!"

„Er hat tatsächlich nur geträumt. Ist wieder still. *Wie* nennst du sie? Sie mag eigentlich keine Kosenamen. Hast ja gemerkt, wie sie reagierte."

Anna warf die Kühlschranktür zu, trat durch den breiten Durchgang wieder ins Wohn- Eßzimmer zurück, stellte energisch eine Schale mit Oliven und eine mit kleinen sauren Gurken und Radieschen hin, nahm sich davon, setzte sich auf die Couch, meinte mit ernster Miene:

„Noch so eine Nummer wie eben und ich schmeiß euch raus! Alle Beide! Kapiert? Ja? Ok! Er nennt mich Bent! Das heißt Tochter auf mitannisch. Mitanni ist ein antikes Staatengebiet in der Gegend des heutigen Syrien, Iran, Irak. Und ich nenn ihn Ranofer, das heißt *Die Schönheit der Sonne*. Noch besser gefällt mir Bent *Wenemet*, das heißt *Tochter der Blüten*. Und ja, das ist ein Rollenspiel. Und ich finde Bek wäre ein schöner Name für dich. Allerdings wird dir die Übersetzung nicht gefallen: *Diener*. Kennst du eigentlich Amenhotep Sa Hapu?" Sie schaute Georg forschend ins Gesicht, auf irgendeine Reaktion wartend. „Amun ist zufrieden, Sohn des Hapu? Nicht? Nein? Neffe des Men? Vater des Bek, Oberster der Gärtner am Hofe Pharaos? Klingelt da was?"

„Du mit deinem Altertumsfimmel! Es treibt wahrlich seltsame Blüten."

„Das ist kein Fimmel! Wenn du mitspielen willst, mußt du dich in die Story einfügen. Es dauert noch eine Weile mit dem Essen. Macht doch den Fernseher an, dann könnt ihr euch stundenlang an *Dinner for one* ergötzen!"

„Um Gottes willen!"

„Also: spielen wir!" Sie schnappte ihr Glas, wies damit zu Raphael hin. „Er ist Soldat, ich bin eine Hohepriesterin der Isis und du bist ein Junge aus gutem Hause. Das Spiel geht so: Du bist mein bester Freund und hast eine Statue von mir gemacht. Irgendwann im Laufe der Zeit taucht ein geheimnisvolles Artefakt auf, daß von der Bühne der Welt verschwinden muß, damit die bösen Mächte es nicht in ihre Finger bekommen. Obendrein bist du mit einer Frau verheiratet, die du nicht liebst, ich traf den Krieger, der mein Herz eroberte. Pharaos Leben ist in Gefahr und wir beide müssen ihn retten. Wie gehst du vor?"

„Hast du sie noch alle?"

„Wie gehst du vor?", drohte Anna zischend. „Spiel mit und ich werde den Proll vielleicht vergessen!"

„An deiner Stelle würd ich mitspielen, Baumeister. Hört sich spannend an. Mich interessiert allerdings eher der Part, was der Krieger im Laufe der Geschichte macht."

„Das ist im Moment nicht von Bedeutung!", fauchte Anna wütend. „Er will ja nach *Swenu*!"

„Reize mich nicht!"

„Diese Hohepriesterin, Ranofer, ist in der Lage dir das Herz bei lebendigem Leib herauszureißen und es noch klopfend und pulsierend zu verschlingen! Nicht wahr, Georgy? Niemand hat das so gut erkannt wie du!"

„Hast du was an den Augen?"

„Wieso?"

„Ich mein nur, sah für einen Moment komisch aus."

Draußen knallte es, eine Silvesterrakete schoß glitzernd und zischend in den Himmel.

„Harald kann sich nicht beherrschen. Da, guck. Feuerwerk wird sich in meinen Augen gespiegelt haben."

„Pharao warnen macht ja keinen Sinn, dieses Spiel wäre zu schnell vorbei! Hat das Artefakt was mit Pharaos Überleben zu tun?"

„*Tju*"

„Hä?"

„Hat es!"

„Kaputtmachen!"

„Spielverderber! Gilt nicht, dafür ist es zu wertvoll! Einzigartig. Mystisch. Voller Macht und mörderisch gefährlich"

„Du hast mir schon mal was von Amenhotep Hapu erzählt. Als du die Statue fandest ..." Georg kam ins Grübeln, schien plötzlich Spaß an der Sache zu finden. „... er wird auf einigen seiner Statuen als alter Mann dargestellt, hast du mir erzählt und daß er anscheinend den Tod einer jungen Frau verschuldet habe. Ein Bildhauer habe ihn in dem Scheingrab wo die Statue stand auf Lebenszeit und darüber hinaus verflucht. Ja, das genau hast du mir erzählt ... an einem Abend im Restaurant vom Winter Palace, im Herbst 99."

„Wow! Es blieb mal was hängen!"

„Welcher Pharao?"

„Meine Güte, jetzt wirst du pingelig!"

„Ich brauch mehr Fakten wenn ich mitmachen soll!"

„Echnaton!"

„Der karikierte?"

„Oha! Georgy! Ich faß es nicht! Dieses Gespräch damals scheint ja bleibenden Eindruck hinterlassen zu haben!"

„Du bist so eine Furie!"

„Das magst du doch an mir!"

„Anderes Spiel: Weihnachten 1981!"

„Das Spiel kenn ich nicht! Bleib bei der Sache!", giftete Anna.

„Ist ja gut. Komm, laß deine Krallen eingefahren, hör auf zu fauchen und glätte dein gesträubtes Fell. Ist ja schon gut!"

„Spielt der Krieger noch mit?", brummte Raphael.

„Augenblicklich hält er sich im Hintergrund!"

„Verstehe!"

„Ach wirklich?", funkelte Anna ihn an.

„Ich würde", warf Georg begeistert ein, „das Artefakt in der Statue verstecken und sie einmauern! Da findet es garantiert keiner!"

Anna stellte entgeistert ihr Glas ab, starrte Georg an, reichte ihm perplex die Platte mit den Häppchen.

„Bis auf", Georg nahm Anna den Teller ab, „die Archäologin, die irgendwann in dem Spiel aufkreuzt und die Statue findet."

„Wußte gar nicht, daß du so phantasiebegabt bist."

„Willst du mir vielleicht irgendwas sagen?"

„Nein! Nö! Eine tolle Idee! Schenk mal nach, mein Glas ist leer!"

„Ich stell mir das zu komisch vor!" Georg kam voll in Fahrt. „Zwei nicht mehr ganz Taufrische, weißt du, das Verfallsdatum schon ein bissi überschritten, machen sich heimlich auf, um was in einer Figur zu verstecken…"

„Die …"

bieb…bieb…bieb

„… Serviettenknödel sind fertig. Wollen wir essen?"

„Und die bösen Mächte? Wie manifestiert sich das?" Georg schob seinen Dessertteller beiseite. „Das schmeckte äußerst lecker, Anna. Was war das nochmal?"

„Zimtparfait. Hab das Rezept von Elke. Die Zwetschgen für das heiße Mus hab ich von Helga. Ihr Baum bog sich dieses Jahr unter den Früchten."

„Könntest du mal mit dem Quatsch aufhören?", meinte Raphael. „Wir sind doch keine Nerds! Rollenspiele! So ein Unfug!"

„Nee, laß mal, macht Spaß. Kurbelt die kleinen grauen Zellen an und ich muß nicht die ganze Zeit über *dich* nachdenken!"

„Ich kann mir richtig gut vorstellen, wie ich dir als ägyptischer Krieger die Fresse poliere!"

„Und Bent geht dazwischen! Ha! So wie ich sie einschätze, würde sie uns einen Eimer kaltes Wasser überkippen!"

„Das ist so sicher wie das Amen in der Kirche!", grinste Ranofer und rieb sich das Kinn.

Anna brachte das restliche Geschirr in die Küche, startete den Kaffeeautomaten. „Wer möchte einen Espresso?"

„Nur her damit."

„Eine böse Macht ist der Gott des Krieges!", rief sie ins Eßzimmer. „Er will die Welt ins Chaos stürzen. Und die andere ist die blutrünstige Sachmet. Das Artefakt gehört ihr."

„Dann muß ich ja doch mitspielen!", meinte Raphael brummig, half Anna die Täßchen und Cognacschwenker auf den Tisch zu stellen. „Der Gott des Krieges! Den übernehm' ich, das ist ein Kinderspiel."

„Täusch dich da mal nicht! Er ist ein wenig rachsüchtig. Und mir bereits auf den Fersen."

„Und die Göttin?"

„Sie ebenso!"

„Und dein Schwur? Hast du den vergessen? Sie wird dich niemals aus ihren Klauen lassen! Da kannst du noch sooft wiedergeboren werden. Auch wenn wir uns immer wieder treffen würden – sie kriegt dich, Bent! Und sie wird niemals zulassen, daß wir glücklich werden!"

„Echt jetzt?" Georg rührte klimpernd seinen Zucker in den Espresso betrachtete die beiden mit spöttischen Gesichtsausdruck.

„Ja!", giftete Anna. „Wir sind nämlich eigentlich ein Liebespaar aus dem alten Ägypten, konnten nicht zueinanderfinden, verloren uns in den Wirren der Zeit. Und stell dir vor, wir wurden wiedergeboren! Im Heute! Damit wir unser Glück doch noch finden! Denn Ranofer war mein von mir über alles geliebter Mann! Alles paßt, alles stimmt! Selbst meine Beziehung zu dir! Du warst nämlich damals auch schon dabei! Mischtest kräftig mit! Ich habe dir die Ehe versprochen, Bek, wenn ich einst eine vornehme Dame wäre! Ich habe es dir versprochen, Bek, vor 3410 Jahren und das Versprechen 1981 eingelöst …"

Georg hielt mit seinem nervigen Umrühren inne, starrte Anna gebannt ins Gesicht.

„Das Artefakt aus der Statue, hinter dem alle her sind", Anna kippte nervös Unmengen Zucker in ihren Espresso, „Sachmets Blut ist darin! Und das ist zerstörerisch tödlich für den der es zu nutzen weiß. Das Artefakt … Es ist oben im Safe!"

Georg hielt immer noch den Löffel über dem kleinen Täßchen, stierte Anna an, als sei sie nicht mehr ganz dicht, *„Was"*, entgeistert flüsternd, *„ist* das Artefakt?"

„Ein Herz aus Glas!"

„Die Parfümflasche?"

„Tju!"

Eine kleine Weile herrschte vollkommene Stille, nur das Prasseln des Kaminfeuers und das Ticken der pendelnden Jahreszeitenuhr war zu hören. Raphael wischte sich ein paar Schweißtropfen von der Stirn, Anna trank ihren übersüßten Espresso in einem Husch aus, draußen knallten die Übereifrigen jetzt aber so richtig los. Alle drei zucken zusammen, Georg ließ den Löffel fallen, lachte plötzlich laut schallend, schlug mit der flachen Hand auf den Tisch.

„Irre! Das Weib ist hundertprozentig irre! Anna, du erzählst wirklich die tollsten Märchen! Solltest ein Buch schreiben! Setz dich hin und schreib diesen ganzen Quatsch auf! Das wird garantiert ein Bestseller!"

„Seid mal still!"

„u-äh"

„War ja klar!"

„Ich seh nach ihm!"

„So kriegst du ihn nie ruhig!", knurrte Raphael. Anna stand leicht genervt am Wohnzimmertisch, füllte Champagner in die Gläser, damit man um

Mitternacht anstoßen konnte. Warme Jacken lagen bereit um die Terrasse zu betreten, das Feuerwerk zu bewundern.

„Laß ihn doch runter, du Idiot! Er ist doch kein Säugling mehr der Bäuerchen machen soll!"

„Das ist mein Kind! Und er hat Angst!"

„Ja, daß du ihm die Luft abdrückst!"

„Hast *du* Kinder?"

„Hast *du* Ahnung?"

„Es reicht jetzt!", donnerte Anna und knallte die Flasche auf die Tischplatte. Das plärrende Kind verstummte vor Schreck, um dann wie toll weiterzuschreien. „Laß ihn los, Georg! Setz ihn auf den Boden, in sein Laufställchen oder wo auch immer. Aber hör auf ihn so zu betüddeln! Und *du* halt dich raus! Das ist nicht *dein* Kind! Ich bin euren Kleinkrieg satt! Bis hier hin!"

Georg setzte Leon zwischen sich und Raphael auf die Couch, der Kleine plärrte sich weiterhin lautstark die Seele aus dem Leib, reichte bitterlich weinend die Ärmchen nach Raphael.

„Ich faß es nicht!", stöhnte Georg.

„Hör auf zu weinen, Krümel! Ist doch nur Feuerwerk!"

„u-äh pa pa u-hu pa pa"

„Gleich bin ich taub! Georg, bring dein Kind zum Schweigen!"

„Anna, was soll ich denn machen? Er hat seine Mutter verloren! Das Kind ist völlig traumatisiert…"

„Wie ich in deiner Gegenwart!", bemerkte Raphael bissig.

„Arschloch!"

„Gib ihm den Schnuller oder was…"

Plötzlich war Ruhe. Raphael hatte ihn an den Händchen hochgezogen, drückte ihn sanft an sich. „Wir zwei gehen jetzt in Annas Schlafzimmer und gucken dort aus dem großen Fenster, Kumpel. Was hältst du davon?"

„ga"

„Na also! Und das Tränchen da wischen wir ganz schnell weg!"

„Könntet ihr zwei wenigstens noch drei Minuten warten? Dann können wir anstoßen und uns ein Küßchen geben auf das neue Jahr?"

„Was meinst du, Krümel? Du wirst Anna doch ein Küßchen geben wollen?"

„nana"

„Ich auch. Und der Typ da, der dein Papa ist, auch. Gibst du deinem Papa ein Küßchen."

Natürlich gab's das Küßchen! Bloß auf die falsche Wange! Raphael wischte sich das feuchte Bussi ab, „*Der* Schuß ging voll nach hinten los, Kumpel", brummend.

„Schläft er?" Anna reichte Raphael sein Glas.

„Wie ein Stein. Ist nach der zweiten Uih-Engelchen-flieg-Rakete sofort eingeschlafen. Hatte traumatisch die Windel voll! Deshalb das traumatisierte Geschrei! Jetzt hab ich das Trauma! Davon erholt sich mein Geruchsinn so schnell nicht!"

„Du darfst nicht nach Assuan gehen!"

„Anna, das gehört nicht hierher heute abend."

„Du kannst nicht nach *Swenu* zurück!"

„Hör auf mit dem Quatsch, das Spiel ist vorbei!"

„Es fängt erst an! Setz dich! Und du auch, Georgy, laß den Kamin, das Holz reicht noch bis wir zu Bett gehen."

Raphael setzte sich zu Anna auf die Couch, in die entgegengesetzte Ecke, Georg gegenüber.

„Du kannst nicht weggehen, Raphael, das Kind braucht dich!"

„Das ist ja wohl die Höhe, Anna!", brauste Georg auf.

„Sei still!" Sie warf ein Sofakissen nach ihm. „Ich habe diese Woche viel überlegt, lange mit mir gehadert. Aber es gibt nur eine Lösung. Du verrückter Idiot würdest niemals um Hilfe bitten, das läßt dein Stolz nicht zu, eher würdest du dir die Zunge abbeißen! Und du, du … hilfst ohne nachzufragen. Einfach so, weil es richtig ist. Du kannst nicht nach Assuan gehen, Raphael! Leon braucht dich, der hat dich adoptiert! Georg, *wir* werden auf das Kind aufpassen, wenn du keine Zeit hast. Ob ihr wollt oder nicht: wir sind jetzt eine Familie!" Sie schaute den beiden Männern abwartend und abwechselnd ins Gesicht. Georg bekam kopfschüttelnd ein abfälliges Schnauben und boshaftes Grinsen zustande, Raphael kochte die unbeherrschte Wut hoch.

„Was soll das Anna? Ich teile dich nicht!"

„Was stellst du dir unter Familie vor? Menage a trois? Spinnst du jetzt total? Ich mit dem zusammen …"

„Seid doch still! Was denkt ihr denn? Typisch Männer! Denkt nur an das eine!"

„Familie!", schnaubte Raphael. „Wir streiten doch nur!"

„Eben!", schmunzelte Anna, „Drei nicht mehr ganz junge Typen, das Verfallsdatum schon ein wenig überschritten und keinen blassen Schimmer von kleinen Kindern. Aber wir halten zusammen wenn's hart auf hart kommt. Was wollt ihr mehr? Die besten Voraussetzungen. Georg wird seine auswärtigen Termine so legen, daß sie dicht aufeinanderfolgen und in der Zeit bringt er uns das Kind."

„Ich glaube, wir haben alle drei zu tief ins Glas geschaut! Darf ich dich daran erinnern, daß dein Arbeitsplatz in einem anderen Kontinent liegt!"

„Natürlich. Dort hat er Fatme und Ahmed, Ibrahim und Aisha … sie sind auch meine Familie, sie würden ihn lieben! Ich kann ihn mitnehmen, zwischendurch Andrea aufs Auge drücken. Der Garten ist riesig, Sara ist auch noch da, die Hunde würden auf ihn aufpassen …“

„Hunde?“

„Er kann gleich dreisprachig aufwachsen, bedenke nur den Vorteil.“

„Willst du mich nicht mal um *meine* Meinung fragen?“

„Du liebst ihn doch! Bist ganz verrückt mit ihm!“

„Ich habe einen Wachschutz um den ich mich kümmern muß, schon vergessen? Und keine Zeit um mich um die Brut, dem Zufallstreffer von ‘nem andern Kerl zu kümmern!“

„Nein, natürlich nicht. Ich denke da gerade an einen riesigen Schneemann und einen bulligen Land Rover. Was kommen mir nur für dumme Gedanken!“

„Und *du* hast einen Full-Time-Job! Ich denke, Anna, es ist besser, wenn ich mich um ein anständiges Kindermädchen bemühe.“

„Und wenn du nicht zu Hause bist, auf Reisen bist, hast du keine Minute Ruhe. Oder warum sonst hast du ihn hier bei uns abgeladen? Ich kenn dich doch!“

„In der Eile und der Ausnahmesituation und auch weil es kurz vor Weihnachten war, habe ich niemanden gefunden!“

„Ja, klar!“, spottete Anna, griff nach ihrem Glas. „Quatsch! Es war keine gut genug!“

„Du spinnst doch, Anna!“

„Ach ja? Dann mach einen besseren Vorschlag!“

„Ich mit dem! Kommt gar nicht in die Tüte!“

„Weil du neben mir wie ein Affe wirkst?“

„Das mußt du gerade sagen, Gorilla!“

„Würdet ihr doch endlich einmal damit aufhören!“, ging Anna dazwischen. „Könnt ihr euch nicht einmal wie erwachsene Männer benehmen?“

„Tun wir doch! Oder kloppen wir uns?“

„Wäre es zuviel verlangt, wenn ihr euch einmal zu einem freundlichen Gespräch zusammensetzen würdet, anstatt euch jedesmal an die Gurgel zu gehen? Ihr würdet euch prima verstehen, denn zu allem Elend mögt ihr euch ja noch! Ihr seid die reinsten Dickköpfe! Wie kleine Jungs, die zanken! Reicht euch endlich mal die Hand und hört auf, mir und euch das Leben schwer zu machen!“

Brummiges Schweigen aus jeder Ecke.

„Ich brauch euch beide! Georgy, du hast mir versprochen, wenn mal was wäre, wärest du immer für mich da! Du warst immer für mich da, gleich wie schwer mein Weg gewesen ist! Darf ich mich da nicht revanchieren? Und du, Raphael? Hast du mir das nicht auch versprochen? *Ich bin für dich da. Auf immer und ewig! Das schwöre ich dir!* Dieses Versprechen hast du mir bereits zweimal gegeben. Dann sei auch da! Ich brauche euch! Leon braucht euch noch viel mehr! Mit euch hat er die zwei besten Papas die ein Kind je haben könnte! Stellt euch nicht so blöd an! Werdet Freunde – dem Kind zuliebe, wenn schon nicht mir zuliebe!"

„Und *du* willst Mama spielen?" Georgs Miene beim Blick auf ihre Manolo Blaniks voller Spöttelei.

„Das ist nicht fair! Wenigstens in dieser Sache könntest du mal dein loses Maul im Zaum halten!"

„Entschuldige. Das kann ich Raphael nicht zumuten! Er hat einen harten Job, der ihn fordert und daß was ihm passiert ist hat er bestimmt noch nicht ganz überwunden. Was gehen ihn meine Sorgen an?"

„Noch ist es ruhig in Luxor", meinte Raphael, ohne auf Georgs Anspielung zu reagieren knabberte er an einem Apfel, „obwohl Saison ist. Ich komm mit meinem Team aus. Brauch nicht selbst einspringen."

„Das ist eine blöde Idee, Anna. Vergessen wir's!"

„Ich brauche euch!" Anna legte all ihre Verzweiflung in ihre Stimme.

„Du brauchst niemanden, Mäuschen!"

„Ich habe Angst! Ihr müßt mir helfen!"

„Wie jetzt? Wovor hast *du* Angst?"

„Das Artefakt, Georg."

„Jetzt ist aber mal gut mit der Rumspielerei! Ich geh gleich zu Bett. Mach noch einmal voll, dann verschwinde ich."

„Es wär besser, du würdest ihr zuhören. Das war kein Spaß eben. Sie hat wirklich was in ihrem Safe. Was ist das, Anna?"

„Das habe ich doch gesagt!"

Laut dröhnendes Lachen von beiden Kerlen.

„Der Typ der bei Sara war, Raphael, der will es. Mit aller Macht. Ich weiß nicht, wie ich mich gegen ihn wehren soll. Konnte ihn ein wenig hinhalten, vertrösten. Aber lang geht das nicht mehr gut."

„Schon wieder Antiquitätenschmuggel?"

„Im ganz großen Stil, Schorschi, im ganz großen. Das Artefakt ist über 3300 Jahre alt."

„Wo ist es her? Und wie kam es in deinen Besitz? Anna! Hast *du* Antiquitäten geschmuggelt? Ist dir die Altertümerbehörde, die Antikenverwaltung auf den Fersen? Was hast du nur gemacht?" Er schaute ihr in die Augen, „Bist du von Sinnen?", flüsternd, als ihm anscheinend klar wurde, was sie eben mit *Herz aus Glas* gemeint hatte. „*Deshalb* wolltest du ins Museum! Nicht um nach Andrea zu sehen, sondern um von deinem Diebstahl abzulenken! Zu hören, wie die Sache steht! Du hast gewußt, daß das Ding gestohlen werden sollte und hast es vorher geklaut!"

„Er darf es nicht in seine Finger bekommen!", schluchzte Anna, „Sachmets

Blut ist darin!"

„Hörst du dir eigentlich zu? Du spinnst schon wieder! Kannst Realität und Fiktion nicht mehr auseinanderhalten. Hat sie das öfter, Raphael?"

Raphael zündete sich eine von Annas Zigaretten an, legte sich offensichtlich Worte zurecht, spuckte das Stückchen eines Apfelkerns in seine Hand, reichte Anna die Kippe.

„Gab es in deiner Familie Anzeichen von Alzheimer? Demenz? Anna, Schatz, ich kann mich nicht erinnern, daß dein Vater oder deine Mutter daran litten. Die Großeltern vielleicht? Du mußt zu einem Arzt, Mäuschen. Laß dich untersuchen. Bevor es noch schlimmer kommt!"

„Sie hat eben die Wahrheit erzählt, Georg. Das war kein Spiel vorhin! Sie hat schon mal gelebt und kann sich daran erinnern!"

„Ranofer!" Anna sprang von der Couch hoch, atemlos, gehörig entsetzt.

„Ok ihr zwei!" Georg klatschte sich laut auf die Oberschenkel, stand auf, griff nach seinem Jackett und der Krawatte, welches beides über der Lehne hing. „Ich werde in aller Frühe in die Stadtwohnung gehen und möglichst heute noch abreisen, sofern ich eine Verbindung bekomme. Dann könnt ihr weiter in Ruhe Ramses und Kleopatra spielen. Ich für meinen Teil brauch das nicht. Ihr seid ja *beide* vollkommen bescheuert!"

„Es war Marc Anton", brummte Raphael.

„*Was?*"

„Richard Burton."

„Und wenn's der Papst wäre. Gute Nacht!"

„Es heißt Cäsar und Cleopatra!" Anna trat ihm in den Weg. „Und ich hieß Bent meri en Nefertari Marya. Und auch Sahu-Re. Und du nanntest mich Tochter der Blüten und warst mein liebster Freund! Ein Freund, der mich nie enttäuscht hat. Georg! Bitte. Du mußt mir glauben. Erinnere dich an die Sonnenfinsternis! Hatte ich je vorher solche Erlebnisse? Bin ich dir tatsächlich je verrückt vorgekommen? Am Tag der Sonnenfinsternis begann es und der Alptraum hält bis heute an. Bitte, mein Liebling! Du mußt mir das glauben! Wenn die Sache nicht so ernst wäre, hätte ich kein Wort darüber verloren. Aber …"

„Was aber?"

„Jetzt steht das Kind im Mittelpunkt. Ich glaubte dich sicher in Berlin, Mutter und Kind weit weg aus deinem Bewußtsein. Die Sache ist jetzt aber eine völlig andere! Alleine schaffst du das nicht."

„Und du glaubst allen Ernstes, Anna", er schob sie zu Seite, wollte sich an ihr vorbei in die Diele drängen, „oder Bent meri en Nefertari Marya, wer auch immer du zu sein glaubst, daß ich *mein* Kind in deinen Händen lasse? In *deine* Obhut übergebe? Glaubst du das tatsächlich?"

„Nein", hauchte sie ernüchtert und streifte die Schuhe ab. „Ich wünsch dir eine gute Reise. Gute Nacht. Ich geh zu Bett."

Noch müde und ein wenig verkatert schlich Anna an diesem stillen Neujahrsmorgen barfuß durchs Treppenhaus, hörte Raphael in der Küche rumoren. „Sie wird gleich da sein", hörte sie ihn sagen. „Und wehe, sie bekommt ihren Espresso nicht sofort! Dann ist der Teufel los!"

Und täglich grüßt das Murmeltier?

Sie schlich abermals an der angelehnten Küchentür vorbei ins Eßzimmer, rümpfte die Nase über den abgestandenen Tabaksqualm, setzte sich, linste von dort in die Küche. Raphael, barfuß, in seinen hellgrauen Sporthosen und dem dunkelblauem T-Shirt, redete mit jemandem, der anscheinend am Küchentisch saß. Anna beugte sich vor und … nicht zu fassen!

Georg saß ihm gegenüber!

Der Mann der abreisen wollte, nicht schnell genug Land gewinnen konnte! In T-Shirt und Boxer-Shorts, unrasiert, verknittert, als hätte er die Nacht durchgemacht.

„Den soll sie sich selbst kochen. Mach dich nicht zum Affen! Morgens ist sie zu nichts zu gebrauchen. Am besten du beachtest sie gar nicht. Mir ist kotzübel. Ich hätt die Kippen weglassen sollen. Hab seit zehn Jahren nicht mehr geraucht."

„Dafür hatten wir aber einen geilen Abend!"

Dazwischen der Zwerg in seinem Kindersitz, andächtig Apfelschnitze und Knäckebrot bewundernd, die verkleckerten Patschfinger Raphael vor die Nase haltend.

„ga"

„Ja, ist lecker! Ich hau mal ein paar Eier in die Pfanne. Wieviel willst du?"

„Mit Speck? Ich brauch was deftiges heut morgen. Hmpf, dieser Geruch von den Aufbackbrötchen … Sind saure Gurken im Kühlschrank? Oder noch besser Rollmöpse?"

Raphael kramte im Kühlschrank, stellte massenhaft Zeug auf die Arbeitsplatte, gab ein paar Gemüsestücke in den Standmixer, schüttelte Tomatensaft dazu, würzte ordentlich mit Tabasco und noch mehr scharfem Zeug, schlug ein Ei auf, kippte das Eigelb in das Glas.

„Runter damit!"

„Was soll das sein?"

„Meine Version einer Prärieauster! Weg damit!"

„Boah, ich glaub mir wird grad wieder schlecht!"

„Mach schon, Feigling! Oder willste ihr verkatert begegnen?"

„Sollte ihr doch egal sein. Meine Kater gehen sie nichts mehr an." Tapfer trank er das Glas aus, schüttelte sich.

„Hast den Cognac vergessen!", schimpfte sie von ihrem Platz aus. „In eine Prärieauster gehört Cognac."

„Den haben wir heut nacht niedergemacht. Willste auch eine Prärieauster?"

„Seh ich aus als hätt ich's nötig?"

„Jo!" Zweistimmig!

„Wolltest du nicht verschwinden, Schorschi?"

„Hab's mir anders überlegt."

„Und du? Schon vergessen daß du beim Cognacniedermachen gern was kaputtmachst? Was war es diesmal?"

„Ging was zu Bruch, Georgy?"

„Nö!"

Anna schaute sich um – tatsächlich! Sämtliches Geschirr gespült, weggeräumt, alles aufgeräumt, als hätten nicht drei Leute einen feuchtfröhlichen Abend bei einem Vier-Gänge-Menü verbracht. Sie stand auf, öffnete die Terrassentür, schimpfte dabei was von wegen das Kind diesem Mief auszusetzen, schlurfte durch den Flur, öffnete auch die Haustür, nahm wieder Platz.

„Wehe, wenn ihr die Bleikristallgläser in den Spüler geräumt habt!"

„Waren das die mit dem Schliff?"

„Och Georg!"

„Mach mal halblang! Deine heiligen Gläser haben wir von Hand gespült. Genau wie das Besteck."

„*Ihr beide*? Habt gespült?"

„Jo! Und mit dem Cognac nachgespült. Frühstück?"

Gut daß sie saß!

„Kann mich mal einer zwicken?"

„Laß gut sein, Anna. Wir haben alles im Griff."

„Ich habe nächste Woche zwei auswärtige Termine, Anna. Und diese Woche muß ich dabeisein, wenn Letizias Wohnung aufgelöst wird." Georg schaute zu Raphael hin, der seelenruhig an einer Karotte kaute. „Das nervt, Alter, echt!"

„Solltest du auch mal probieren! Der Speck kleistert dir bloß die Arterien zu!"

„Mein Speck geht dich nichts an! Macht der das immer so?"

„Für gewöhnlich!"

„Hört sich an, als würde ein Gaul kauen!"

„Bück dich mal! Kann mir einen schönen Platz für den Rest der Möhre vorstellen!", drohte Raphael über den Tisch.

„Was ist mit den auswärtigen Terminen, Georg?" Anna rammte ihm unterm Tisch den Fuß ans Schienbein.

„Ich habe eben, als du im Bad warst, mit dem Kunden telefoniert. Er ist einverstanden, die Termine auf diese Woche vorzuverlegen."

„Aha!"

„Bleib mal Ernst jetzt! Laß mal deine Ironie! Ihr glaubt gar nicht, was für ein Schock das alles für mich war. Die Beisetzung und alles was dazu gehörte zu organisieren und gleichzeitig versuchen rauszufinden wer ihre Angehörigen sind. Alle tot! Zum Glück habe ich meinen Notar und gute Rechtsanwälte an der Hand, die fanden alles für mich raus. Die Beisetzung war sowas von trostlos. Schneegestöber, kalt und nur ich, Leon, einige Arbeitskollegen und eine enge Freundin begleiteten ihren letzten Weg. Die Wohnungsauflösung, da muß ich dabei sein! Will so manches von ihr - vor allem Bilder und persönliche Erinnerungen - für Leon aufheben. Er soll wissen wer seine Mutter war." Georg kippte seinen Kaffee runter, schwieg einen Augenblick, schaute grübelnd vor sich hin. Anna legte mitfühlend ihre Hand auf seinen Arm.

„Was für ein Irrsinn!", schnaubte er dann aufgebracht. „Wo leben wir bloß? Ich muß mein eigenes Kind adoptieren … Nichts wie Laufereien, trotz der Anwälte. Was, wenn das nicht gelingt? Wenn ich ihn verlieren sollte? Wenn irgendwas schiefgehen sollte? Ich bin zu alt für so einen Mist! Ein alter Knacker! Das Kind braucht eine Mutter, keinen Geschäftsmann, der keine Zeit hat! Ehrlich gesagt, zu alledem habe ich panische Angst davor, was falsch zu machen. Ich liebe diesen kleinen warmen Knubbel abgöttisch! Anna, wenn ich versa…"

„Du schaffst das! Du bist ein guter Vater! Und kein Jugendamt oder wer auch immer da zuständig sein mag, kann dir dein Kind vorenthalten!", knurrte Raphael.

„Das sagst gerade du."

„Magste noch n' Kaffee?"

„Ich mach das, bleibt sitzen!"

„Danke Anna. Wenn … ich hab das mit dem kauenden … leg doch mal die Rübe weg! Ich habe mit Raphael ausgemacht, daß ihr solange hier bleibt, den Kleinen nehmt. Danach könnt ihr meinetwegen wieder in euer Wüstenwunderland abzischen. Ich will, nein muß es mit einem Kindermädchen versuchen. Bis weit in den März hinein habe ich sonst keine auswärtigen Termine. Dann werde ich, sollte es nötig sein, auch wieder was schieben können. Und spätestens im April bist du ja wieder hier. Aber nur, wenn dir das nichts ausmacht, mein Liebling. Nur, wenn du das auch schaffst!"

„Warum soll sie das nicht schaffen? Sie ist hart im Nehmen."

„Sie ist nicht so hart wie du glaubst. Nicht im Umgang mit kleinen Kindern. Für gewöhnlich macht sie einen großen Bogen um sie. Um nicht zu sagen, sie faßt sie noch nicht mal mit einer Kneifzange an"

„Georg!"

„Sie hatte eine Fehlgeburt, kurz nach unsrer Hochzeit. Bei der nächsten Schwangerschaft gab es wieder Komplikationen. Und der total überarbeitete, gestreßte, übermüdete Arzt in der nächtlichen Notaufnahme gab ihr den Rest … machte sie völlig kaputt … sie hat diese schreckliche Erfahrung nie ganz überwunden."

„Hör auf!"

„Hast du ihm das nicht gesagt?"

„Ich geh mit sowas nicht hausieren! Das geht niemanden was an! Du brauchst ihm keine Gebrauchsanweisung für mich mit auf den Weg zu geben!"

„Ich will dich nicht verletzen, Anna. Ich denke nur an dein Wohl! An dein Seelenheil."

„Halt die Klappe! Was geht euch mein leerer Bauch an!" Sie griff nach der Kanne, schenkte sich Kaffee aus, klatschte eine Ladung Marmelade auf ihr Brötchen, schaute die beiden nicht an.

„Ich habe es dir versprochen, Georg. Ich laß dich nicht hängen. Es war mein Vorschlag und ich werde mit dem Kind zurechtkommen! Zurechtkommen müssen! Basta!"

ANNAS HAUS
MONTAG, 2. JANUAR 2012

„Da bist du ja …" Er verstummte.

Anna hörte die Tür hinter sich, blieb stehen wo sie war, nackt, gerade aus dem Bad gekommen, dabei im Schlafzimmer den zweiten Rolladen hochzuziehen, hielt inne, sich nur zu bewußt was er sehen mußte, warum er schwieg.

„Entschuldige! Ich dachte, du machst Betten oder so … was sonst um diese Uhrzeit deine Gewohnheit … Ich wollte mich bedanken, mein Schatz! Nicht einfach so abreisen, ohne dir ein persönliches Wort unter vier Augen …"

„Wo ist Raphael?" Anna starrte hinaus in die schneebedeckte, sonnenbeschienene Landschaft.

Er wird gehen! In sein Leben zurückkehren, das so urplötzlich auf dem Kopf gestellt wurde. Zurück nach Berlin, so weit weg. Als würde sie ihn jetzt schon vermissen, raste ihr Herz, klopfte auf einmal wie toll. Ihn bloß nicht ansehen. Mit seinem kleinen Henriquatre, der ihm so gut stand. Ein bißchen sah Georg damit aus wie Robert Downey Jr. in Iron Man.

„Brötchen holen. Mit dem Kleinen. Zu Fuß … wie bekloppt!"

Sie hörte das verlegene Lachen in seiner Stimme, hörte etwas rascheln, dann fühlte sie, wie er ihr behutsam den seidenen Morgenmantel um die nackten Schultern legte.

„Er lag vor dem Bett. Das ist dir vielleicht lieber!" Liebevoll strich er ihr das lange Haar aus dem Nacken, hauchte einen sanften Kuß auf ihre Haut, ihr heiße Schauer bereitend, faßte sie um die Taille. „Das sieht irre geil aus, Mäuschen!"

„Verschwinde!" Reiner Selbstschutz ließ sie das sagen.

„Meine Anna! Mein wildes Mädchen hat sich einen Engel auf den Rücken tätowieren lassen! Du bist wirklich einmalig!" Schon fühlte sie seine liebevollen Küsse an ihrem Hals, seine warme, zärtliche Hand auf ihrem Bauch, ihrer Scham, dann – sowas von dreist - sanft aber fest in ihrem Schritt! „Gib mir zum Abschied einen Kuß, mein Liebling!"

„Das ist kein Engel!", hauchte sie, während auf einmal heiße, wehmütige, schwermütige Sehnsucht in ihr hochkochte; er war so vertraut und doch so weit weg, merkwürdig fremd und gleichzeitig viel zu nah. Und viel zu dicht. Ganz fest drückte er sie an sich, sein hartes Glied pochte verlangend in ihrem verlängerten Rücken. Er riß ihr den Morgenmantel wieder von den Schultern, drehte sie um, nahm sie in den Arm, küßte sie zärtlich. Mit Zunge und allem Drum und Dran. Dafür bekam er wieder dermaßen eine gescheuert, daß er auch diese Backpfeife für den Rest seines Lebens nicht mehr vergessen sollte.

Ihre Wut ignorierend drückte er sie, „Mein Engel", flüsternd aufs Fußende vom Bett, schaffte es, sich den Reißverschluß aufzuziehen. „Komm zu mir zurück, Anna! Komm nach Hause!"

„Hau ab, Georgy!"

„Nein! Ich laß mich von dir nicht ins Bockshorn jagen! Nie wieder, niemals mehr! Ich weiß wie du tickst!"

Geradezu brutal und doch voll sehnsüchtigem Verlangen nach ihm faßte sie in sein dichtes, dunkles Haar. Genoß seine Nähe, seinen Duft, seine Küsse, das Gefühl seiner warmen Haut unter ihren Händen, seinen Körper, seine fordernden Hände. Er war ihr Mann! Ihr Vertrauter! Ihr Freund! Lebten sie nicht dreißig Jahre Seite an Seite! Hatten Gutes und Schlimmes gemeinsam durchlebt und überstanden. Das kann man doch nicht einfach vergessen!

Schon vernebelte hemmungslose Begierde ihr die Sinne, fühlte sie sein hartes, geiles Fleisch in sich. Ohne nachzudenken, ohne sich auch nur einen Moment der Konsequenzen klar zu sein, umklammerte sie ihn fest mit den Beinen, erwiderte lüstern keuchend seine Stöße, seine Leidenschaft, seine Küsse, seine Gier. Und gewahrte im Augenblick höchster Ekstase Raphaels eiskalten Blick, augenblicklich von der sich leise schließenden Schlafzimmertür verdeckt!

Die Luft blieb ihr weg, sie meinte geradezu an ihrem Orgasmus ersticken zu müssen, drückte Georgs Kopf wie beschützend an sich, und sein Abgang ging gänzlich in ihrer aufsteigenden Panik unter.

„Ey!", hörte sie Raphael von unten brüllen, „Wo steckt ihr? Kaffee ist fertig!"

„Hau ab George!"

„Scheiße!"

„Das kannst du laut sagen!"

„Das bleibt unter uns! Ja! Er hat's ja nicht mitbekommen!"

„Hau endlich ab!" Ihn schubsend und Klapse verteilend rutschte Anna panisch geworden aus dem Bett, huschte durch das Ankleidezimmer, „Ich komme!", schaute Georg nach, der durch die zweite Tür verschwindend im Gehen den Sitz von Gürtel, Hemd und Hose überprüfte, nebenan ins Büro schlüpfte, von dort seinen gepackten Koffer schnappte, die Treppe runterpolterte.

Er wird dich totschlagen, wenn du unten bist! Das wird er nicht auf sich sitzen lassen. Und wenn er mit dir fertig ist bin ich an der Reihe!

„Na? Gut geschlafen, du Knallschote?" Raphael kippte aus der raschelnden Tüte die duftenden Brötchen in den Korb, reichte ihn Georg.

„Danke! Bestens! Mann, riecht der Kaffee gut!"

„Alles gepackt?"

„Jepp!"

„Nix vergessen? Anna! Süßes, was stehst du in der Tür? Setz dich doch! Kaffee?"

„Ja."

„nana"

„Guten Morgen, mein Schätzchen!", gelang Anna ein Lächeln zu dem Kleinen hin und in ihr keimte die Hoffnung, daß sie sich Raphaels kurze Anwesenheit in ihrer vermaledeiten Wollust und ihrem schlechten Gewissen einfach nur eingebildet hatte.

„Sag den beiden mal was du schon kannst, mein Großer!"

„fafel", strahlte Leon mit seinen kleinen Zähnchen und wies mit seinem Apfelschnitz auf Raphael.

„Super, Krümel! Was für eine süße Unschuld! Nicht wahr! Kennt noch keine Lüge, keinen Verrat!"

„So philosophisch am frühen Morgen?", versuchte sie zu kontern während ihr eiskalte Gänsehaut über den Rücken lief. Sie hatte sich gar nichts eingebildet!

„Es ist, als würden einem die Augen aufgehen, *Schätzlein*! Schorsch du alter Affe, wann geht nochmal dein Flug?" Sein Blick - kalt wie Eis, unbeherrscht, gefährlich, voller gnadenloser erbarmungsloser Wildheit, leuchtend wie das kalte, schillernde Feuer eines Gletschers, eines Eisberges, eines Diamanten - verursachte ihr abermals eisige Schauer, schnürte ihr die Kehle zu; seine Hand an der Narbe am Hals.

„Elf Uhr dreißig", nuschelte Georg abwesend mit vollem Mund, griff nach einem zweiten Brötchen, checkte auf seinem Handy alles mögliche. „Taxi wird gleich da sein. Reich mal die Butter."

„Was für'n Glück, daß ich Harald traf, der mir sagte, daß der Bäckerladen im Dorf unten zu hat. Sind dort alle krank, Grippe oder sowas. Da hätt ich den ganzen langen Weg glatt umsonst gemacht. Und was für ein Glück, daß wir auf dem Rückweg dem rollenden Bäckerladen begegneten. Sonst wäre dieses letzte Frühstück gründlich ins Wasser gefallen. Was meinst du Anna?", dabei fuchtelte Raphael mit dem scharfen Brotmesser vor ihrer Nase, „Er sollte ordentlich essen, bevor es losgeht, oder? Ist ja fast wie eine Henkersmahlzeit."

„Hör auf!"

„Verstehst du keinen Spaß mehr?", grinste er dämonisch.

Du bist ein Killer! Ein Kämpfer, ein Krieger. *Du* verstehst *keinen* Spaß! Denn unter deiner engelsgleich lächelnden Maske schlummert zügellose, brutale Unbeherrschtheit.

„Guten Morgen!", tönte es fröhlich von der Haustür her und Anna hörte einen klimpernden Schlüsselbund, fühlte sich selten so erleichtert wie in diesem Augenblick. Mit eiskalter, zitternder Hand griff sie nach ihrer Tasse, legte die Hände darum.

„Frau Becker?"

„Ja wer denn sonst."

„Ich hab Sie gar nicht erwartet." Warum bloß waren die Lippen so taub, so kalt? Gehorchten kaum, Anna bekam das Gefühl zu nuscheln. „Wollen Sie einen Kaffee? Was essen? Setzen Sie dich doch zu uns, bevor Sie anfangen. Sind Sie gut ins Neue Jahr gekommen?"

„Danke! Ja, klar! Moin die Herren. Proscht Neijóhr! Einen Kaffee nehm ich, Frau Berger, aber dann leg ich los. Sonst werd ich nicht fertig mit allem." Und nach einem Blick auf den gepackten Koffer im Flur setzte sie noch: „Ich fang im Gästezimmer an, dann haben sie hier ihre Ruhe vor mir", hinzu, nahm sich eine Tasse aus dem Schrank, schenkte Kaffee aus, lehnte sich an die Küchenzeile, warf einen Blick in die Zeitung die dort lag.

„Danke Raphael!", meinte Georg. „Für alles!"

„Aber gerne doch! Ich helf aus wo und womit ich nur kann."

Draußen hupte es, Georg stand auf, schaute durchs Küchenfenster. Anna hörte einen Wagen am Ende der Sackgasse wenden.

„Mein Taxi. Der ist jetzt aber flott! Sorry Leute, aber ich muß! Leon! Paß auf die beiden auf! Anna, laß dich drücken!"

„Tu dir keinen Zwang an!", raunte Raphael. Anna hauchte ihm zwei Küßchen auf die Wangen und ein mutloses: „Paß auf dich auf, Schorsch!", entgegen.

„Ich meld' mich. Donnerstag ist der letzte Termin, am Freitag hol ich Leon ab."

„Kein Problem! Mach's gut."

„Du auch Raphael." Georg kippte den Kaffee runter, klemmte sich das Brötchen zwischen die Zähne, schnappte seine Jacke und den Koffer. „Tschüs Frau Becker!"

„Tschüs! Gute Fahrt!"

Anna hörte die Haustür zuschlagen und draußen die Autotür, den Diesel wegfahren, blieb starr und steif am Tisch sitzen. Frau Becker verschwand mit ihrem Kaffee im oberen Stockwerk, Raphael schob seinen Teller beiseite, funkelte sie an. Der schwere, samtene Vorhang fiel lautlos, das Theaterstück, diese traurige Komödie, das Drama, diese Posse war beendet, die glanzvolle Aufführung vorbei! Nur der tosende Applaus für diese einmalig schaurig schöne Matinee ließ auf sich warten. Die urplötzliche Stille wirkte wie die unheimliche Ruhe vor einem heftigen Gewittersturm.

„Ich …“, flüsterte sie.

„Ich muß den Land Rover zurückbringen, Anna.“

„Ok.“

Er stand auf, verschwand ebenso nach oben. Zurück kam er mit seinem vollen Koffer und Anna meinte, ihr Herz zerbrechen zu hören.

„Er hatte wahnsinniges Glück, Anna!“

„Ach was?“ Mit Mühe verbarg sie das Zittern in ihrer Stimme.

„Ich kann dem Kind nicht auch noch den Vater wegnehmen!“ Und zum zweiten Mal in ihrem Leben schob ihr ein geliebter Mensch den Schlüsselbund hin. „Der gehört dir. Ich wünsche dir alles Gute. Machst du hinter mir das Garagentor zu?“ Ohne eine weitere Erklärung legte er seinen Ring dazu.

„Geh nicht!“ Anna blickte panisch auf den Ring, in sein Gesicht.

„War es das wert? Ein paar Sekunden Rausch?“

„Nicht doch!“

„Das hättest du *ihm* sagen sollen. Und er hatte Recht: *du* reißt einem Mann das Herz bei lebendigem Leib heraus, spielst damit, grausam, trampelst darauf herum und lachst noch dabei! Leb wohl, Anna.“

Diese Kälte! Diese Schmerzlosigkeit! Wie tot! Wie betäubt! Das Einzige, was noch lebte war das kalte Rauschen in ihren Ohren. Blind vor Tränen, taub, gefühllos, eiskalte Lippen, vor einer Stunde noch heiß geküßt. Wie banal wirkten die Tassen, Teller, Brötchen, Wurstplatte, Käse, Marmelade- und Honiggläser auf dem Tisch! Stumme Zeugen eines stillen Dramas. Alltagskrempel, Kulisse, Requisiten … tot, stumm, so gefühllos wie sie selbst. Sie schreiend vom Tisch herunterfegen! Daß es nur so knallt! Damit diese Stille in mir aufhört! Damit der Schmerz zurückkehrt! Die Wut zurückkommt! Mein Herz wieder zu schlagen beginnt! Ich sterbe! Wieder einmal! Mein Herz, ein toter Klumpen faules Fleisch, vermodert, verdorben, verfault, bleibt einsam und blutend zurück. Ranofer … Raphael … Was ist nur über mich gekommen?

Schon streckte sie den Arm aus, um Tabula Rasa zu machen …

„nana“

… hielt im letzten Moment inne, das Kind streckte ihr die Ärmchen entgegen.

„Leon! Schätzchen!"

Nur dieses süße, unschuldige, fröhliche Lächeln des kleinen Jungen hielt sie davon ab, alles im Haus kurz und klein zu schlagen. Und die knallharte Erkenntnis, daß beide sie mit dem Kind haben sitzen lassen!

BERLIN, KURFÜRSTENDAMM
DONNERSTAG, 5. JANUAR 2012

Anna stieg aus dem Taxi, der Fahrer seit Tegel ein angenehm plaudernder Chauffeur, war wegen dem guten Trinkgeld nur zu gern mit dem faltbaren Kinderwagen und dem Gepäck behilflich.

„Danke!"

„Jerne! Schönen Tach och, gnäje Frau!"

Sie stopfte Leon in den Wagen, den Helga ihr gegeben hatte. Ihr Lukas lag da mal drin und Anna vermutete, daß auch Navajo hin und wieder ein ausgiebiges Schläfchen darin abhielt. Was für ein Glück, daß Helga den Buggy – aus welchen sentimentalen Gründen auch immer – aufgehoben hatte. Und wenn die Nachbarin zusammen mit Frau Becker ihr nicht in den vergangenen Tagen mit dem Kind geholfen hätten, wäre Anna verzweifelt wie einst das HB-Männchen in die Luft gegangen.

Seufzend und sich fragend wie es jetzt weitergehen sollte, die Hausfront und die unaufdringliche Leuchtreklame – *Berger Immobilien* – betrachtend, schob Anna den Kinderwagen über den breiten, sorgfältig vom Schnee befreiten Bürgersteig vorwärts, hin zu dem dunkelgrünen Teppich mit dem Firmenemblem, den Blick auf die vornehme Schaufensterfront mit ihren Lamellenvorhängen und den dezent elegant gehaltenen Offerten in Edelstahlrahmen geheftet. Ganze drei Angebote standen zur Auswahl - aber was für welche! Noch ehe Anna sich für die 15-Zimmer-Villa am Wannsee entscheiden konnte, öffnete sich die Tür.

„Frau Berger?"

„Kennen wir uns?"

„Nein, natürlich nicht. Ich bin Chris … Christian Forster. Seine rechte Hand. Kommen Sie um Himmels Willen rein, es ist ja eiskalt! Hallo Leon, mein Schatz!" Er hielt ihr die Tür auf, half mit den Buggy über die Stufe zu bugsieren, schob das Gepäck hinterher, führte Anna ins Chefbüro, „Wie sollte ich Sie nicht kennen!", schmunzelnd. An der Wand ein großes Foto von Anna, strahlend, über die Schulter lächelnd, das dunkle, lange Haar von einem längst vergangenen Sommerwind zerzaust. „Jetzt geben Sie mir schon ihren Mantel! Einen Tee? Schön heiß? Miriam, bring mal n' Tee!"

Anna reichte ihm den Mantel, zog sich den Schal vom Hals, die Mütze vom Kopf, musterte den gepflegten Kerl von oben bis unten; grauer Versace-Anzug, blaues Hemd, Krawatte, blitzblanke Schuhe, Seriösität aus jeder Pore verbreitend … Er bemerkte den Blick.

„Was hat er von mir erzählt?"

„Total aufgedreht und stockschwul!"

„Aha!"

„Entschuldigung! Aber Sie haben gefragt."

„Hab meinen bunten Fummel heute daheimgelassen!", scherzte er, launisch die Hand in die Hüfte stemmend. „Soll ich ihn anrufen?"

„Nein! Er weiß, daß ich komme", log Anna.

„Das hätte er mir doch sagen können!"

„Er wird's vergessen haben in all seinem Streß." Anna kramte immer hektischer in ihrer großen Handtasche, knallte Handschuhe, ein Päckchen Papiertaschentücher, eine Nuckelflasche, die Börse, eine Windel, den Haustürschlüssel, ein halbes Paket zerkrümelter Kekse, die Zigarettenschachtel, Feuerzeug und eine Handvoll Kekskrümel auf Georgs Mahagoni-Schreibtisch, suchte schließlich in den Manteltaschen, Hosentaschen.

„Das war so heftig! Und daß er das mitangesehen hat. Furchtbar!"

„Ja … Du meine Güte!"

„Was ist denn?"

„Die Schlüssel!", seufzte sie flunkernd. „Sie liegen daheim auf dem Küchentisch!"

„Also echt!"

„Was mach ich denn jetzt? Der Kleine ist so müde, sehen Sie doch nur wie er da hängt! Noch nicht mal einen Keks will er. Und ich bin auch k.o."

„Ich lasse Sie natürlich hoch, Frau Berger!"

„Sie haben einen Wohnungsschlüssel?"

„Gewiß! Falls mal was wäre! Aber Sie sind so nett und zeigen mir vorher ihren Ausweis!"

„Mit allen Wassern gewaschen, hm?"

„Wir leben hier in einem Dschungel. Man kann nie vorsichtig genug sein. Danke!" Er schaute ihr prüfend ins Gesicht, zu dem Foto hin. Anna kam es vor, als zähle er jede einzelne Sommersprosse, reichte ihr den Ausweis zurück. „Entschuldigen Sie."

„Nein, Sie sind völlig im Recht."

Er hielt ihr die Tür auf, Miriam sprang hoch, wollte die Eingangstür öffnen.

„Nein, nein, Miriam. Die Chefin nimmt den Aufzug! Kommen Sie, Frau Berger."

„Sie ist auch neu?", versuchte Anna ein müdes Lächeln, als sie im ratternden, vergitterten Aufzug – stilecht aus den Dreißigern – in den ersten Stock zockelten.

„Ja. Sie hilft uns während der Urlaubszeit immer aus. Eigentlich wäre diese Woche das Büro geschlossen gewesen. Aber weil Herr Berger all seine

Termine verlegen mußte … ein bißchen viel organisatorischer Kram eben."

„Verständlich."

„So, dann hinein mir euch beiden. Wenn was ist, ich bin unten. Bis er da ist!"

„Danke Herr Forster."

„Für Sie Chris!"

Nachdem Anna erst das Kinderzimmer suchte, es logischerweise in dem ehemaligen Gästezimmer neben dem Schlafzimmer fand, das schlafende Kind aus seiner warmen Verpackung schälte, ins Bettchen legte, spazierte sie durch die Wohnung. Anerkennend Frau Cengiz Handschrift lobend, die hier mit ihrem Mann schaltete und waltete, genauso wie in Saarbrücken Herr und Frau Becker.

Bald siezbehn Monate war Anna nicht mehr hier gewesen. Sie erinnerte sich zu gut noch an jenen grauenvollen Tag, als sie Georgs Fremdgehen bemerkte - sie gleichsam damit ihre Sicherheit, ihren sicheren Hafen verlor, ihren Anker, ihren Halt und ihren Stolz - sie voller unbeherrschter Wut das teure Rinderfilet durchs Küchenfenster bugsierte, der mit Schwung geworfene Gurkensalat die gesamte Küchenwand verhunzte. War sie jetzt besser oder was? Weil sie mit ihrem *eigenen* Mann gevögelt hatte? Sie auf irgendeine geheimnisvolle Weise einen Pakt schlossen? Weil ihre Beziehung darüber hinaus noch mit dem Trauschein gekrönt war? Rechtfertigte das vielleicht ihr fieses Tun? War damit vielleicht der unüberlegte Fick abgesegnet? Oder rechtfertigte Georgs Leidenschaft vielleicht ihr Tun? Der Druck unter dem er stand? Und schließlich lebte er seit mehr als einem halben Jahr ohne Frau … was muß er nur in ihr gesehen haben?

Unfug! Da gab es nichts zu grübeln, keine Schuldzuweisungen! Jetzt war sie die Fremdgängerin! Nicht mehr die arme Betrogene, sondern die eiskalte, gemeine Betrügerin! Bitter über diese Ironie des Schicksals lachend setzte Anna sich auf einen der Küchenstühle, versuchte dieses seit drei Tagen andauernde Gedankenkarussell zu durchbrechen, betrachtete eingehend ihre – nein, das war nicht mehr ihre – betrachtete eingehend die Küche. Nichts hatte sich in der Wohnung verändert, außer dieser frisch gestrichenen Wände und dem süß eingerichteten Kinderzimmer. Dort, und auch nur dort, stand ein gerahmtes Foto von Letizia im Regal neben der Wickelkommode, daneben ein dickes, buntes Fotoalbum. Nichts hatte sich hier verändert! Gar nichts! Bis auf das Foto der toten Frau. Bis auf das Kind in seinem Bettchen …

Nichts?

Das gesamte Leben hatte sich verändert!

Sie klatschte mit der flachen Hand auf die Tischplatte, stand auf, betrat das andere Gästezimmer, suchte in der Kommode Bettwäsche zusammen, bezog sich das Bett. Schnappte sich wieder den Mantel, betrat mit einer Zigarette den Balkon vorm Wohnzimmer, schaute über die belebte Straße, den Turm der Gedächtniskirche, die bereits eingeschaltete Beleuchtung des neuen Kirchenschiffes, die durch die Fenster alles ringsum in blaues Licht tauchte, beobachtete eine Weile die Leute, welche die Treppe zur U-Bahn nahmen. Befand die weihnachtlichen Dekorationen und Beleuchtungen jetzt in dieser ersten Januarwoche mehr als deplaciert und vollkommen unsinnig.

Bibbernd drückte sie die Kippe aus, verschwand wieder im Warmen, machte sich im Bad frisch, zog was bequemes, kuscheliges an. Inspizierte anschließend vorwitzig den halbleeren Kühlschrank, kochte sich einen weiteren Tee. Verspürte plötzlich unbändige Lust auf ein gutes Stück Kuchen vom Café Kranzler, suchte in der mit Nüssen, Erdnüssen und Salzstangen vollgestopften Schnuckelschublade vergeblich nach etwas Süßem, mußte also mit einem weiteren Keks vorliebnehmen. Sie öffnete die weiße, halb verglaste doppelte Schiebetür zum Wohnzimmer nahm schließlich so auf einen Sessel Platz, daß sie in den Flur schauen konnte.

Die Füße in den dicken Socken auf dem Tisch hoch- den Kopf in den Nacken gelegt betrachtete sie, die Gedanken treiben lassend, geräuschvoll auf den Kekskrümeln kauend seufzend den Stuck an der hohen Decke, die Lampe, den trüben Abendhimmel draußen, hörte das Ticken der Uhr. Dann fiel ihr Blick auf die beiden Chryselephantin auf dem Kaminsims – eindeutig *Fayral* und von *Les Neveux de Jules Lehmann* gefertigt! Die waren neu! Was für ein Protz!

Was für eine gequirlte Kack…

Auf was hatte er sich da bloß eingelassen? Sie hatte ihn gründlich vorgeführt, die feine Frau Sander! Ha! An der Nase herumgeführt, im Glauben, sie könne sich den reichen Chef angeln. Und dieser ausgemachte Trottel fällt auf dieses Gegurre rein! Glaubte wohl, ein neues, besseres Leben beginnen zu können. Midlife-Crisis, du Dämel! Geht hin und macht der Frau ein Kind! Wahrscheinlich im sicheren Glauben, daß sie die Pille nehme, sich nicht der Konsequenzen bewußt. Sich nicht bewußt, wie berechnend Frauen sein können … Oh, Georgy, was hast du da nur angestellt? Und wir alle können es nun ausbaden! Wie konntest du nur so blöd …

Draußen klingelte der Schlüssel im Schloß, im Flur ging das Licht an. Georg schloß die Tür hinter sich, warf seufzend, offensichtlich mehr als müde und vollkommen erledigt, Mantel, Aktenkoffer und Schuhe von sich, schaltete die Alarmanlage wieder scharf.

„Ich hätte ja was gekocht, aber dein Kühlschrank ist leer!", rief sie aus dem mittlerweile dunklen, nur noch von der Straßenbeleuchtung und den Lichtern der Autos erhellten Wohnzimmer.

„Verdammt!", fuhr er zusammen. „Anna? Hast du mich erschreckt! Was machst du denn hier? Ist was mit dem Kind?"

„Nein alles gut."

„Wo ist er?"

„In seinem Bettchen."

„Was *machst* du hier?" Er knipste das Licht an, riß sich die Krawatte vom Hals, schaute ihr eindringlich ins Gesicht.

„Er ist gegangen, Georg. Hat's mitgekriegt. Ein Mann wie Raphael macht keine faulen Kompromisse. Und ich bring dir dein Kind ... danach geh ich mich ersäufen ..."

Nur kurz fehlten Georg die Worte, dann: „Mensch Anna! Verdammter Mist!" Er zog sie aus dem Sessel hoch, drückte sie liebevoll. „Mir hängt der Magen auf den Knien! Hast du auch Hunger? Leonardo? Er liefert neuerdings."

Beim Gedanken an Leonardos exzellente Nudeln und Pizzen grummelte Annas Magen, der die ganze vergangene Woche kaum was gescheites zu sehen bekam, rebellisch laut.

„Ich hab noch ein paar Flaschen von unserem guten Bordeaux." Liebevoll strich er ihr mit dem Finger das Tränchen aus dem Augenwinkel.

„Du brauchst mich nicht aufzuheitern!"

„Mach ich aber. Na komm, Hasi! Wir nehmen die Spaghetti! Den Küchentisch schieben wir vor die Balkontür, rausgucken muß heut genügen, viel zu kalt zum draußen sitzen", versuchte er zu scherzen und sein launisches: „Und ich glaube, eine rot-weißkarierte Tischdecke kann ich auch auftreiben; wie bei Susi und Strolch!", entlockte ihr doch ein Schmunzeln.

„Das tut mir leid, Anna!"

„Ach, lüg doch nicht so schamlos, du süßer Idiot!"

‚Sch'glaubsch'gesu'bett', war das letzte, woran sie sich erinnern konnte. In demselben fand sie sich soeben wieder, nachdem die Welt anscheinend doch nicht im Rotweinrausch untergegangen war. Und außer dem brummenden Schädel fand sich gleichermaßen ihr sich gestern so zerschlagen angefühlter Körper wieder ein: Beine, Arme, Bauch ... alles nackt! Anna hob den Kopf, erkannte im Dämmerlicht des fahlen Wintermorgens:

Sie lag nackt in ihrem Ehebett!

Neben Georg, der - genauso im Adamskostüm - neben ihr lag, offenbar ebenfalls gerade wach geworden.

„Morgen, Süße!", lächelte er ihr zu.

„Du bist ein Dreckschwein!", fauchte sie heiser.

„Was ist denn nun los?"

„Willst du mir jetzt auch noch weismachen, das hier sei das obligatorische ‚es ist nicht das wonach es aussieht'?"

„Klar!"

„Red doch keinen Scheiß!" Sie zog sich wütend die Decke bis zum Kinn. „Das hast du doch schamlos ausgenutzt!"

„Ich hab gar nix ausgenutzt! Blackout oder was? Wir fütterten Leon, bespaßten ihn, brachten ihn wieder zu Bett, sangen ihm ein Schlafliedchen, becherten danach zwei Flaschen zusammen. Schwelgten in alten Zeiten. Du hast mir von deinen Ausgrabungen erzählt. Hast dabei wie ein alter Kutscher geflucht, weil dir diese Stelle nicht zusagt, du zurück nach *Kom el Hettan* willst. Danach zeigte ich dir Prospekte von dem neuen Maybach den ich mir zulegen will. Kamen nochmal singend auf den glorreichen Gedanken, meinen neuen Single Malt zu kosten. Was denkst du, was es für eine Mühe machte, dich auszuziehen und flach… hinzulegen? Ich war selbst voll wie 1000 Mann und völlig erledigt … meinst du da hätte ich noch einen hochgekriegt? Hab den Kurzen dann nochmal versorgt … sowas von verantwortungslos uns so zu besauf… Oh Gott, Leon!“ Er warf die Decke von sich - sie konnte für einen kurzen Augenblick seinen süßen, kleinen, geilen Knackarsch und noch einiges andere mehr bewundern - und verschwand eiligst nebenan.

„He mein Großer!“, hörte sie ihn durch das Babyphone. „Schon lange wach? Bist mein braver Junge, hast so schön gespielt! Und oh … boah … allerhöchste Zeit, daß wir zwei beide jetzt im Bad verschwinden! Diese Windel hat's in sich!“

Anna huschte schnell auf's Gästeklo, machte sich ein wenig frisch, warf eine Kopfschmerztablette rein. Schlüpfte zurück unter die noch warme, kuschlige Decke, drehte sich nochmal auf die Seite, döste ein bißchen weg, hörte schließlich die Tür gehen und wie er leise aber voller Begeisterung sagte: „Schau mal, wer da ist!“

„nana“

Schon fühlte sie den kleinen, pummeligen, warmen, nackten Babykörper der ihr in den Arm gedrückt wurde und Leon krallte sich wie ein süßes Klammeräffchen kuschelnd fest an ihren blanken Busen.

„Heut machen wir nichts, was meinst du?“ Georg, immer noch nackt wie Gott ihn schuf und verdammt appetitlich anzusehen, legte sich dazu, spielte mit ihrem Haar. „Bleiben im Bett, frühstücken im Bett, genießen einen freien Tag? Sperren die grausame Welt aus? Es war eine so stressige Woche. Niemand vermißt mich im Büro, weil ich ja eigentlich nach Saarbrücken wollte, den Kleinen abholen. Du hast mir einen Riesengefallen getan, ihn zu bringen. Wie er das braucht, Anna! Eine Frau, die ihn liebhat! Der arme kleine Kerl!“

„Nimm das Kind weg!“

„So laß ihn doch ein bißchen kuscheln!“, er zupfte hinten an der Windel, „Das ist es doch, wonach wir uns allezeit gesehnt haben! Was wir für uns wollten.“ Über Leon hinweg küßte er sie zärtlich, liebevoll, begehrlich, strich ihr sanft das Haar in den Nacken und mit dem Zeigefinger lasziv über das Tattoo über ihren Brüsten.

„Das sieht so toll aus, es macht dich vollkommen, Anna!“

„Hör auf zu schleimen!"

„Nein, es gibt keine perfekte Frau, das stimmt! Es reicht, daß du für mich perfekt bist!" Seine warme, sanft streichelnde Hand auf ihrem Busen, so zart und doch besitzergreifend, spielerisch fordernd, machte sie vollends kirre.

„Weißt du noch, Paps Porsche?", flüsterte er, sie küssend. „Den lauschigen Waldparkplatz oben am Halberg? Tief unter uns im Dunkeln die glitzernden Lichter der Stadt. Unsere erste kleine Wohnung? Hoch über der Stadt? Der Traum von unsrer eigenen kleinen Familie? Was hast du da bloß hinmalen lassen, hm? Das sieht so heiß aus!"

Seine Küsse so sanft auf ihren Lippen, er duftete so gut, schmeckte so gut; sein flüsternder Atem Verführung versprechend, sein Mund auf dem ihren, begehrend, der glühende Kuß voller Leidenschaft.

„Mach ihn nicht wach, er ist wieder eingeschlafen! Es war auch für ihn gestern ein anstrengender Tag", hauchte sie.

„Ich bring ihn rüber, und dann Anna, dann … lauf bloß nicht weg! Ich bin sofort wieder da!"

„Wo war ich stehen geblieben?" Seine heiße Zunge, seine Küsse auf ihre Brüste und das Tattoo so zärtlich, ebenso wie seine Hände, die ihre Taille umfaßten, sie beizogen.

„Beim Vögeln in deines Vaters Porsche!", schnurrte sie heiser. Die zügellose Kraft, mit der ihre eigene brutale Geilheit hochkochte genießend, roch sie die duftende, sich zwischen ihren Oberschenkeln verteilende Nässe; genoß wohlig das flammende Gefühl des lodernden Blutes, das prickelnd mit süßer Wucht in ihren Kitzler schoß, ihn aufrichtete, prall nach Erlösung sich sehnend. Sie fühlte den Zauber und die heiße, feurige, brennend magische Macht die sie über ihn hatte, die sehnsüchtige gierige Glut der körperlichen Liebe, die sie gleichsam mit ihm gemeinsam in einen glühenden, leidenschaftlichen Taumel riß. Fordernd griff ihre Hand um sein warmes, pralles, geiles Leben; bereit ihm alles abzuverlangen zog sie ihn wie eine unersättliche beutegierige Raubkatze zu sich, an sich, in sich.

„Das war heiß, was?", flüsterte er atemlos innehaltend, einen Augenblick lang ihre Enge, ihre Hitze genießend.

„Du hattest kein Gummi dabei!"

„Jetzt hab ich auch keins! Gib mir'n Kuß Anna! Wie ich dich vermißte! Süße! Diese zwei Quicky's", stöhnte er über ihr, stieß zu, „in voller Montur! Was für ein Blödsinn! So gehört sich das: deine heiße nackte Haut auf meiner, deine Leidenschaft! Weißt du noch, wie du mir das Hemd vom Leib gerissen hast?"

„Wie kann ich das vergessen! Mach fester! Schneller!"

„Dich zu spüren! Was für ein Gefühl! Dich bei mir zu haben, warm und zart und … du bist so hitzig … das gefällt dir doch! Gib es zu! Mein wildes

Mädchen! Du vermißt all meine Zärtlichkeiten! Du vermißt mich doch auch!"

„Und wie ich dich vermisse!", entschlüpfte es ihr unverhofft und sie meinte in diesem Augenblick tatsächlich voll was sie da hauchte, kuschelte sich an ihn, ließ, wie in den letzten dreißig Jahren zu, daß er sie zärtlich liebte.

„Kommst du zu mir, Anna?"

„*Was*?"

„Komm zurück, Mäuschen! Komm nach Hause. Alleine schaff ich das nicht!"

Sie schaute ihm in die Augen, tief, innig …

… und später über den Rand der Kaffeetasse in sein hübsches Gesicht, versuchte sitzend auf ihren Unterschenkeln die Balance zu halten ohne den Kaffee zu verschütten, fegte ein paar Krümel der Croissants - die Chris nach einem Anruf von Georg besorgt hatte und an die Türklinke hängte - vom Laken.

„Du hast es aber ganz alleine geschafft, ihn zu machen!", spottete sie mit gutmütigem Ton.

„Nicht zanken, Süße! Es ist gerade so behaglich harmonisch!", meinte er genüßlich, stellte seine Tasse auf den Nachtschrank, legte sich entspannt zurück, die Arme hinterm Kopf, schaute nach draußen. „Es schneit schon wieder! Hier bringt mich heute keiner weg! Ich brauch nur ein bißchen Ruhe und Erholung. Sämtliche Sorgen rücken für einem Moment mal in weite Ferne. Ich würde das gerne ein wenig genießen bevor uns die Realität zurückholt. Es war in den letzten Wochen einfach alles etwas zuviel für mich."

Sie betrachtete ihn, seinen flachen Bauch, den schlanken, sportlichen, ein wenig sonnenbankgebräunten Körper, bewunderte ihn für seine männliche Schönheit, war geneigt, ihm über die Brust zu streicheln, über seinen flachen Bauch und noch tiefer … mach es nochmal … Anna wurde der Hals trocken, schon prickelte in ihrem Schoß heiß verräterische gierige Sehnsucht hoch. Am liebsten würde sie ihn küssen, beißen, die Nägel in sein Fleisch schlagen, sich an ihn drücken, ihn schmecken … Doch das würde ihn komplett überfordern. Er war nicht Raphael, der zwei dreimal hintereinander schaffte ihre unersättliche wilde Gier zu befriedigen, außerdem fühlte sie, daß sie ihn augenblicklich in ihrer feurigen zornigen unbändigen gnadenlosen Wildheit ernsthaft verletzen würde. Schnell schaute sie woanders hin.

„Hast abgenommen!"

„Ist das ein Wunder?"

„Nein."

„Was wollen wir morgen unternehmen, Häschen? Wochenende! Hast du Lust auf Theater? Ich besorg Karten! Oder richtig groß ausgehen? Eine Show ansehen? Ah, nein! Ich weiß, was du vorhaben wirst! Du wirst mal wieder so richtig ausgiebig shoppen wollen! Was? Ein bißchen Chanel, ein bißchen Louis Vuitton, Prada und Valentino! Soll Chris dich mit dem Maybach fahren? Das ist doch dein Gusto! Oder wollen wir uns weiter hier in den Kissen verkriechen? Es so richtig genießen? Uns einfach nur lieben?"

„da da daudo fafel"

Leon hielt ihr das Holzauto vor die Nase, sie brachte zum wiederholten Male die Tasse vor seinen Händchen in Sicherheit.

„Ich hab keine Äpfel, Leon. Chris besorgt uns nachher welche, ja!" Georg streichelte seinem Kind liebevoll über das Köpfchen mit den zarten dunklen Löckchen.

„Du solltest Chris nicht ausnutzen! Er hat ebenso wie du ein Recht auf freie Zeit! Und Leon will keinen Apfel! Das meint er nicht!"

„Nein? Was dann?"

„Was anderes. Und du meinst, es sei an der Zeit, daß dein Mäuschen mal wieder Mädchen spielt, hm? Schickst dein Hasi einmal über'n Ku'damm und ich komm beseelt zurück, beladen mit Taschen und Schachteln voller eingekaufter Glückseligkeit?", schäkerte sie mit aufgesetzter Beherrschtheit. „Dazu diese Nestwärme, diese heimelige warme Blase absoluter Geborgenheit", flüsternd, „dieses wunderschöne traumhafte Zuhause."

„Also hierbleiben? Schon überredet, mein Liebling!" Er setzte sich auf, nahm ihr die Tasse ab, küßte sie.

„Und erst das kuschelige, gemütliche Bett mit dem süßen Kind darin. Frühstück im Bett, von dir gemacht!", säuselte sie zuckersüß, ließ zu, daß er sie nochmal küßte, drückte ihn dann an den Schultern von sich, krallte erbarmungslos sämtliche zehn Fingernägel in seine Haut, schaute ihm lächelnd ins Gesicht, „Dazu diese spießige beschissene Scheinheiligkeit die du mir da vorgaukelst!", böse zischend.

„*Was*? Au!"

„Du schaffst es selbst einem Beduinen ein Iglu zu verkaufen! Aber daß du das auch bei mir probierst!" Sie gab ihm eine schallende, wütende Ohrfeige, jenseits allen erotischen Spaßes.

„He!"

„Das du dich nicht schämst! *Du* hast in deinem ganzen Leben noch kein Frühstück für mich gemacht! Warum solltest du ausgerechnet heute damit anfangen? Wolltest mich einlullen, was? Und ich habe beinahe ganz vergessen, wie manipulativ du sein kannst! Und wie schnell du dich auf eine Situation einschießen kannst! Aber daß du meinen Schmerz auf diese Weise schamlos ausnutzt! *Du* hast seit gestern abend nichts anderes mehr im Kopf! Ich krieg sie! Ich verführ sie! Sie gehört wieder mir! Oh, wie toll! Anna kommt zu mir zurück! Gleichzeitig hat mein Prinz wieder eine Mutter! Weißt du was, George! Du kannst mich mal!"

Er besaß Klasse genug des Kindes wegen nicht auf ihren gefährlich leisen

Ausbruch zu reagieren, rieb sich kurz mit dem Handrücken die Wange.

„Was hat mich verraten?"

„Deine Augen! Abwartend, lauernd! Du wirst nachlässig! Ich geb dir den guten Rat: paß ja auf das dir das nicht bei deiner Kundschaft passiert!"

„Oh, danke für den Tip!", lachte er bitter, begutachtete seine Schulter und die Oberarme auf denen sich blutige Striemen zeigten.

„Und du hast das Babyphone vergessen!"

Jetzt fror ihm im wahrsten Sinne das Gesicht ein, seine Miene erstarrte wie im tiefsten Schmerz, sein Teint wechselte tatsächlich die Farbe; von dezenter Yuppie-Bräune hin zu aschfahl, er kniff die Augen zusammen, ballte die Hand an seiner Wange zur Faust, rieb sich mit dem Handrücken über die Lippen, stöhnte fluchend: „Fuck!"

„Das war ein Kinderspiel!", ahmte sie höhnisch, voller Wut seinen Tonfall nach, „Lektion eins mein Kleiner und merk dir das gut: *Ich* gewinne immer!"

ICH BIN ZU DIR GEKOMMEN, NACHDEM ICH DIR DIE MAAT GEBRACHT UND DIR DAS UNRECHT VERTRIEBEN HABE

(Was zu sagen ist beim Betreten der *Halle der Vollständigen Wahrheit*)

KEMET, UASET

Im Jahre 31 seiner Allerheiligsten Majestät Amenhotep Heqa Uaset Neb Maat Re
In der Jahreszeit des Achet, im Monat Pa en Ipet

Angespannt schaute Bent über das in der Sonne glitzernde Wasser, während ihre Männer die prächtige Barke des Isistempels vorsichtig in den riesigen Hafen von *Pen Tjehen Aton* [1] stakten. Der Glanz des Aton, das *Große Haus* lag vor ihr. Noch standen die Wasser der diesjährigen Überschwemmung hoch und das Manövrieren in das gewaltige Hafenbecken des Königspalastes war eine Kunst für sich. Bent schaute ihren geschickten Ruderern eine Weile zu, steckte den Fächer weg, schulterte schließlich den schweren Kasten, nahm ihre Rute zur Hand, trippelte über die große Bohle um alsbald sicher am Boden der Tatsachen zu landen.

„Majaret!", begrüßte Bent die Oberste Hausverwalterin der Königin freundlich.

„*Ii Ti!* Dame Sahu-Re! *Ii Ti em Hotep! Anch Uda Seneb.*" [2]

„Wie geht es deinem Sohn?"

„Gut, gut, danke!"

„Der Gatte wohlauf?"

„Natürlich. Er ist jetzt *Iun Jau* und *Medu Jau* [3], noch Stellvertreter des *Idenu em Per Amun*, bald aber …"

„Der Stellvertreter des Hohepriesters selbst!", vervollständigte Bent und ihr gelang tatsächlich ein Lächeln. Innerlich bebte sie, denn sie wußte, daß der *Hem Netjer Tepi en Amun* Ptahmose im Sterben lag. Der alte Hohepriester des Amun, der *Vorsteher der Propheten aller Götter der Beiden Länder*, im großen Tempel des Amun, im *Ipet Sut*.

„Ist das nicht schön!"

„Welch ein Aufstieg für einen ehrgeizigen Mann!", spottete sie, so geschickt, daß es als Kompliment aufgefaßt wurde, huschte durch das ihr von vorherigen Besuchen bekannte Westtor, wandte sich nach rechts, sich sicher in die Westlichen Villen geführt zu werden. Bestimmt war ein hoher Gast

---

[1] *Pen Tjehen Aton* = Der Glanz des Aton heißt der Königspalast von Pharao Amenhotep auf der Westbank von Luxor. Heute sind seine Ruinen unter dem Namen Malkatta bekannt. Sämtliche Beschreibungen und die Namen der Örtlichkeiten innerhalb des Palastes entsprechen den Tatsachen

[2] *Ii Ti em Hotep* = Willkommen in Frieden; Anch Uda Seneb = Leben Heil Gesundheit. Beides ein üblicher Gruß

[3] Pfeiler und Stab des Alten, also der vorgesehene Amtsnachfolger

erkrankt, vermutete sie.

„Nicht wahr. Hier entlang bitte, meine Liebe." Zwei Tragsessel warteten auf die Damen, geschwind brachten die Männer sie durch mehrere Höfe zu einem weiteren Eingang.

„Wo führst du mich hin?" Bent klappte abermals ihren Fächer auf, wedelte sich aufgeregt die heiße Luft und eine lose Haarsträhne aus dem Gesicht, betrachtete den düsteren, zugigen Korridor ganz genau. Am Ende eine Tür, die sich nun öffnete. Schon faßte ihre Hand in den Ausschnitt, sich sicher, Amenhotep Sa Hapu zu begegnen. Ging er im Großen Hause nicht ein und aus? War er nicht wie ein vertrauter Freund für den *Heqa Heqau*? [4] Doch nur eine Dienerin huschte geschäftig an ihnen vorbei, einen schweren Krug auf die Hüfte gestemmt.

Bent klemmte die widerspenstige Strähne entschlossen hinters Ohr, überprüfte kurz die eingeflochtenen blauen Perlchen in ihrer Frisur, eilte weiter mit Majaret durch die Korridore, die immer breiter, immer luxuriöser bemalt schienen, fand sich urplötzlich in einem luftigen, bunt bemalten Säulensaal wieder, durch dessen Oberlichter Re seine glänzenden Strahlen schickte. Staub tanzte funkelnd und glitzernd darin, wie zu der sanften Melodie jener Harfe, die irgendwo weit in den Tiefen des Hauses erklang.

„Majaret, wo sind wir hier? Dies liegt weit ab der Westlichen Villen. Du brauchst doch nie und nimmer meine Hilfe!"

„Das ist der große Saal, der das *Haus des Königs* von dem der Königin trennt! Mehr kann ich dir nicht sagen. Bitte!" Majaret öffnete eine gewaltige, mit Goldblech verzierte Tür, die zwei davor postierten Soldaten standen besonders stramm, schlugen die Faust aufs Herz, grüßten die Hohepriesterin der Isis laut mit: *„Anch Uda Seneb, Djed chet neb iret nes!"* [5] und Bent stand auf einmal völlig unversehens der *Hemet Nesut Weret* gegenüber!

„Majestät!" Schon stellte sie hastig den wuchtigen Kasten ab, warf Fächer und Rute von sich, sank demütig auf die Knie, legte die Stirn auf den Boden, streckte die Arme vor, bereute das gute weiße Kleid angezogen zu haben.

„Bei allen Göttern, steh auf, Sahu-Re! Majaret, du kannst gehen! Schließ die Tür! Meret! Bring einen Becher *Irep Maa* für meinen Gast, heb ihre Sachen auf und dann geh! Setzt Euch, Sahu-Re!"

„Ich habe nicht damit gerechnet, der Herrin des Nils zu begegnen, Majestät, Prinzessin aller Frauen. Seid Ihr krank?" Bent kam der Aufforderung sich zu setzen nicht nach, zu sehr wühlte sie diese unverhoffte Begegnung mit der Königin auf. Hoffentlich begegnete sie nicht auch noch dem Kronprinzen!

---

[4] Herrscher der Herrscher, Beiname von Pharao Amenhotep III.

[5] *Die irgendwas sagt, daß (man) (dann sofort) für sie ausführen wird* (Anspielung auf Band 5 Der Zorn des Seth)

Fühlte sie nicht schon das brennende Jucken, das heiße Blut, die Glut von Sachmets Rache? Prüfend faßte ihre Hand in den Ausschnitt, das Tintenbild berührend, lediglich die vernarbten stummen Linien ertastend.

„Danke", nickte sie Tejes Magd Meret zu, nahm ihren Fächer zur Hand, legte die Rute neben dem Sessel ab.

„Teje! Es heißt Teje! Bent, weißt du nicht mehr? Im Allerheiligsten des Isistempels. Haben wir uns nicht geschworen Freundinnen zu sein, alles Unheil, das uns und das Land bedrohen könnte, abzuwehren? Ich bitte dich, Bent, wir sind unter uns."

Bent nahm Platz schaute der Königin nur ein paar Herzschläge lang ins Gesicht, bewunderte ihre Schönheit, die vollen Lippen, die runden Wangen, die glänzenden, blanken Augen. Bemerkte aber außerdem die kaum sichtbaren Falten neben der Nasenwurzel bis hin zu den Lippen und auch die Fältchen in den Mundwinkeln, die der Königin irgendwann im nahenden Alter ein verhärmtes, mißmutiges Aussehen geben würden. Trotzdem befand Bent die Große Königliche Gemahlin für gesund, fragte sich, was sie hier sollte, warum Teje sie durch Majaret rufen ließ. Sie schaute schnell weg, bevor es unhöflich scheinen konnte, überprüfte mit einem flinken Blick auf ihre Knie das Kleid auf Sauberkeit, nippte an dem köstlich süßen Wein, bewunderte die Einrichtung.

„Natürlich, Teje, danke. Was für eine vornehme Ausstattung!", versuchte sie zu plaudern. „Welch erlesene Möbel! Und was für prächtige Wandgemälde! Ich erkenne Baumeister Beks Handschrift!"

„In der Tat! Du hast einen scharfen Blick. Das ist der *Südpalast*. Ist es nicht großartig gelungen? Du bist hier im *Haus der Königin*. Dies ist mein alleiniges Reich!"

„Wunderschön! Ich fühle mich geehrt, Majest… Teje. Aber, bitte, was…"

„Trink erst mal. Du wirst durstig sein. Dann reden wir."

„So durstig kann man gar nicht sein, wenn man in den Palast gerufen wird!", dröhnte eine tiefe, befehlsgewohnte Stimme zürnend aus dem Nebenraum. Eine Stimme die Bent nur zu genau kannte. „Seid ihr bald fertig mit eurem Geplapper? Weibergeschwätz! Komm gefälligst her, Herrin der Katzen! Wie lange soll ich noch warten!"

Das wertvolle Glas in Bents Hand, auf halben Wege zum Mund, verharrte in der Luft, Bent hielt den Atem an, stellte tastend das Glas auf dem Tischchen ab.

„*Nesu Bity*!", versuchte Teje ein freundliches Lächeln. „*Er* ließ dich rufen. Bitte, du solltest nicht mehr säumen!"

„*Tju*! Ich verstehe."

Bent verstand eigentlich überhaupt nichts, betrat auf alles gefaßt den angrenzenden, nach Norden offenen Raum, hörte, wie sich hinter ihr das

Portal schloß. Nur kurz bemerkte sie rechter Hand, zwischen wehenden, zarten Vorhängen den prächtigen Garten, erblickte das in der Sonne glitzernde Wasser eines Zierteiches, in dem prachtvoller Lotos blühte, roch den Duft der Blütenpracht, hörte das Wasser in seinem wertvollen Becken plätschern und horchte auf das sanfte Säuseln der Harfe, deren zarte Töne sich mit den raschelnden, im Wind wiegenden *Mehit*-Stauden wohl messen wollten. Was für ein liebliches Bild! Welch ein zauberhaftes …

„Hierher!", wurde sie grob in ihren Betrachtungen unterbrochen, eilte flugs der lauten Stimme nach. Gewahrte Pharao inmitten unzähliger Kissen auf einem breiten zerwühlten, goldenen Bett, unter gewaltigen Säulen, die wie ein Palmengarten wirkten. Nackt war er, nur von einem wertvollen, besonders fein gewebten, fast durchsichtigen Leintuch über den Hüften bedeckt. Und er machte den Anschein, dem *Irep Maa* gewaltig zugesprochen zu haben.

„Mein Herr, mein Gott!", hauchte Bent untertänigst, sank abermals fügsam auf die Knie, neigte die Stirn auf den Boden.

„Laß den Unfug! Steh auf und komm her!"

„*Tju!*"

Und sie erblickte den Mann, den Gott! Er war genauso alt wie sie, in der Blüte seiner Jahre. Sie schaute seine unglaubliche Macht, seinen unbeugsamen Willen, seine maßlose Stärke. *Amenhotep Netjer Heqa Uaset! Amenhotep, Gott! Herrscher von Uaset.* Beinahe zwanzig Jahre herrschte er bereits gut und gerecht über das Schwarze Land, nannte über tausend Frauen sein Eigentum – jede einzelne davon gewiß schöner und vornehmer als Bent es jemals sein konnte - und doch schien er nicht zufrieden. Schien nie genug zu bekommen …

Abermals verneigte sie sich.

„Welcher Mann", er packte wie schon einmal brutal ihr langes Haar im Nacken, schlang sich den dicken, schwarzen Strang ums Handgelenk, hielt sie fest wie ein Kater die Katze um sie gefügig zu machen, zog Bent zu sich herunter, seine Lippen berührten fast ihren Hals dicht beim Ohr, „kann sich schon rühmen, die wilde, unzähmbare Sachmet an seiner Seite zu haben!"

„Keiner, *Neb!*", flüsterte Bent auf alles gefaßt, gänzlich ergeben.

„Hilf mir, Göttin der Heilkunst!", flüsterte er zurück und ließ sie los.

„*Was?*"

Bent klingelte es plötzlich in den Ohren. Hatte sie tatsächlich geglaubt, der Herr der Welt hätte sie wegen eines Beischlafs zu sich gerufen? Sie spürte, wie ihr die Hitze zu Kopf stieg, glühende Schamesröte sich ausbreitete.

„Dieser Schwachkopf", knurrte der *Gute Gott*, „der sich mein Sohn schimpft, ha! Ich hätte in dieser Nacht die Finger von meiner Frau lassen sollen! Ein Sandsturm wütete, Dämonen wandelten über unsere geliebte Schwarze Erde, da geht man nicht hin und macht ein Kind! Dieser

Schwachkopf, manche nennen ihn auch den Kronprinzen, wird bald vermählt. Ich hörte, Ihr seid auch eingeladen? Und bis dahin …", er schlug wütend die Faust in seine Handfläche, „… das muß aufhören! Das kann sich meine Majestät nicht erlauben! Sämtliche Könige der Erde sind zu der Feier geladen …"

„Ich glaube nicht, daß meine Wenigkeit da vonnöten …"

„Ich befehle es Euch! Wagt es ja nicht, diese Einladung auszuschlagen!"

„Selbstverständlich, *Neb*. Verzeiht. Wie kann ich euch helfen?"

Sie bekam nur ein unleidliches Grunzen zur Antwort.

„Plagt Euch das Zahnweh?"

„Was denn sonst?", schnauzte er unbeherrscht. „Reich mir den Becher her, nimm dir selbst von dem Wein. Und dann sieh zu, was du da tun kannst."

„Warum habt Ihr mich denn nicht durch den Eingang der Küchen ins Haus geholt? Oder warum seid Ihr nicht wieder durch den dortigen Eingang entwischt?", schmunzelte Bent ihm zu, packte ihre Waage und die hübschen kleinen bunten gläsernen Gefäße in der sie ihre Arzneien aufbewahrte aus ihrem Kasten.

„Nein, nein! Das wollte ich Euch nicht zumuten", spaßte er weinselig zurück, fuhr sich durch das kurze, strubbelige, wellige dunkelbraune Haar.

„Ich hörte", plauderte er, während er ihr neugierig zusah wie sie mit einem kleinen bronzenen Löffelchen sorgfältig die Zutaten für das *Pechret* mit ihrer kleinen *Mechat* abwog und mit Wein anrührte, „daß meine *Nebet* Euch eine Einladung zukommen ließ, Ihr der Feier der Vermählung beiwohnen werdet. Allein zwanzig Tage sind für die gesamten Feierlichkeiten vorgesehen. Hoffentlich macht er schöne gesunde starke Kinder, was meint Ihr?"

„Ich kenne Euren Sohn nicht, Erhabener. Und Ihr könnt mir doch nicht einfach so Eure Bedenken mittteilen!"

„Du hast einen klugen Kopf, Sahu-Re! Vielleicht lege ich Wert auf deine Meinung. Er ist nicht gerade der Schönste, meine Liebe. Dafür ist seine Zukünftige um so schöner! Und auch nicht der Stärkste. Aber ein bißchen was vom Mumm und Grips seines Vaters hat er in seinem Hohlkopf und er gibt mir Recht. Diese Amunpriester … ach, Ihr sprecht wahr! Was geht Euch das an!"

„Majarets Gatte. Ihr solltet aufpassen, wenn er zugegen ist …" Schon hätte sie sich am liebsten die Zunge abgebissen.

„So so!"

„Ich habe nichts gesagt! Laßt Ihr mich nun schauen?"

„Oh!", meinte sie mitfühlend, nachdem sie in den göttlichen Mund geschaut hatte.

„Zwei sind ausgefallen. Da habe ich jetzt Ruhe. Aber dieser eine, der da oben hinten steht … es klopft, es pocht, es schmerzt. Ja, Ihr kennt ihn, der schwarze … Manchmal ist sogar die ganze Wange geschwollen!"

„Er müßte auch heraus."

„*Tju*! Wem sagt Ihr das? Und bald ist diese dumme Feier. Ich sterbe vor Schmerzen, Sahu-Re. Ihr müßt mir helfen!"

„Aber wie? Jedes *Pechret*, daß ich Euch anrühre, verliert ja alsbald wieder seine Wirkung. Ihr könntet es mit dem Schlafmohn probieren, aber da werdet Ihr schläfrig von und …"

„Und was?", bellte er.

„Das dürft Ihr nicht nehmen, selbst wenn Euer Leibarzt dazu raten sollte!"

„Neferhotep bietet es mir ständig an, nur damit wird es einigermaßen erträglich …" Er unterbrach sich, starrte Bent auf einmal ins Gesicht, als erinnere er sich an etwas. „Neferhotep?", flüsterte er grübelnd, dann begeistert „Ich kenne Euch!" ausrufend.

„Aber ja doch!"

So besoffen konnte ein Gott doch nicht sein!

„Nein, nein, nein!" Jetzt schien er ernsthaft böse, wickelte sich das Laken fest um die Hüfte. „Ward Ihr einmal im *Ipet Sut*, vor vielen Jahren? Ist Euch dort vielleicht etwas widerfahren, was noch nicht geahndet wurde?"

„*Ich*?", lachte Bent aufgelöst. „Wie kommt Ihr denn da drauf?"

„Das warst du! Jenes Mädchen, daß wir dort in dem düsteren Abtritt fanden! Zusammengeschlagen, geschändet!"

„Nicht doch!"

Er packte sie zornig beim Oberarm, griff ihr ans Kinn, drehte ihren Kopf hin und her, zwang sie, ihn anzusehen. „Oh doch! Meine Majestät besuchte dort die Schule, wie jeder andere Sohn aus gutem Haus. Mutemwija wollte es so. Ich, Neferhotep und noch zwei andere schwänzten ein bißchen, wollten uns auf dem Abtritt verdrücken und fanden ebenjenes Mädchen. Das ward Ihr! Ich vergesse nichts, was ich je einmal sah! Wer war das? Er wird seine gerechte Strafe auch nach all den Jahren von mir persönlich entgegennehmen! Ich sollte ihm eigenhändig den dreckigen Schwanz samt Sack abschneiden und ihn an Schweine verfüttern oder? So etwas dulde ich nicht in meinem Land!"

„Niemand!" Bent entzog sich seinem harten Griff, gab sich empört. „Da könnte ich genauso sagen Ihr ward es, oder Euer Namensvetter, der den Ihr Euren treuen Freund nennt! Ich habe den Mann damals nicht erkannt. Jeder könnte es gewesen sein. Und ich kann", sie wedelte sich fahrig vor ihrem Mund herum, wies auf seinen, „da nichts machen! Tut mir leid. Man könnte ihn ausschlagen, aber da werdet Ihr keinen geeigneten Bewerber für finden", versuchte sie ein geheucheltes Grinsen.

„Nein!", lachte er, „Wahrlich, dafür nicht!", um im gleichen Herzschlag schmerzvoll das Gesicht zu verziehen. Wütend boxte er stöhnend in das

Kissen um „Verdammt, bei allen Göttern!" zu brüllen.

„Hier, trinkt! Es wird eine Weile helfen!"

„Nur wenn du zuerst probierst!"

„Das hatten wir doch schon mal, Herrscher der Herrscher!", tadelte sie ihn spaßeshalber wie eine Mutter ihr aufmüpfiges Kind.

„Ich trinke es ja, Herrin der Schlacht! Ihr gewinnt immer", schmunzelte er, trank den Becher ohne Zögern aus, völlig Bent vertrauend, „Neferrenpet", murmelnd.

„Wie meinen?"

„Ich könnte ihn fragen. Ach was! Diese zimperliche alte Memme!"

„Derjenige unter all den Unglücklichen, der Euch anfassen darf?", spaßte Bent, darauf wartend, daß die Arznei wirkte.

„*Keiner* faßt *mich* an! Ich bin ein Gott!" Nur der *Irep* konnte Pharao dieses unverschämte Grinsen ins anscheinend ewig jugendlich wirkende Gesicht zaubern. Und sie wurde sich augenblicklich bewußt, daß sie mit einem nackten, begehrenswerten Mann im Bette seiner Gattin saß. Schon rutschte Bent von der Bettstatt, er packte, ernst geworden, rabiat ihr Handgelenk.

„Laßt mich nicht allein diesen Kampf aufnehmen, Herrin der Schlacht!"

„Es ist besser, wenn ich jetzt gehe!"

„Bleib!"

Sein Blick! Das kann er doch nicht schon wieder meinen! Er schäkert! Für einen Wimpernschlag …

„Nicht mein Herr!"

„Isis wacht über Uaset, deshalb wird es glückselig leben!", flüsterte er und zog sie küssend zu sich. „*Sechemet*! Du bist auch eine Göttin! *Du* verstehst mich!"

„Warum hast du mir das Ehrengold zurückgeschickt?", grollte er später, hielt sie fest in seinem starken Arm.

„Ich sollte gehen, *Neb*!"

„Wenn *ich* es sage, *dann* kannst du gehen! Gib mir eine Antwort!"

„Ich fand es nicht richtig."

„Wenn meine Majestät sich bedankt findest du das nicht richtig?" Schon packte er sie wie einst ungestüm an der Kehle. „Weißt du nicht, daß man mich den *Löwen unter den Herrschern* nennt? Was maßt du dir an?"

„Einst bezahlten mich Männer für meine Dienste, Herr. Ihr vögelt mit einer Hure!"

Er ließ sie unvermittelt los, starrte ihr entgeistert ins Gesicht, brach in lautes, herzhaftes Lachen aus, „Sinn für Späße habt Ihr obendrein!", feixend. „Hier!", er griff nach dem wertvollen Weinglas, füllte es, hielt es ihr hin, „trink mit mir! Ihr seid so erfrischend anders! Nicht wie die Schnepfen die ich üblicherweise zu mir rufe! *Du* traust dich was!"

Bent griff nach dem Glas, betrachtete ihn unverblümt. Fühlte immer noch seinen sinnlichen Mund, die zärtlichen vollen Lippen, die sie eben so leidenschaftlich geküßt hatten, schaute ihm in seine dunklen wachen großen Augen, die so sanft schauen konnten, so täuschen konnten. Und fragte sich, wie er üblicherweise mit den Damen das Lager teilte, wenn niemand ihn anfassen durfte. Was für ein einsames Leben! Und sie wußte ganz genau, warum er sich in der Gattin Räume geflüchtet hatte. Niemand sollte seinen Schmerz sehen! Nur hier konnte er sich gehen lassen! Mutig streichelte sie ihm jetzt einfach durch sein Haar, über seine zierliche, bildhübsche, kecke Nase und die Wange, bewunderte sein jungenhaftes Aussehen und den Schalk, der ihm im Nacken saß.

„*Neb Maat Re, Der grimmige Löwe* nennt man Euch!" Fast schäkerte sie wie früher mit einem Freier.

Er hielt ihre Hand fest, küßte sie. „Die Löwen sind die wahren Herrscher der Welt! Sie sind die Wächter des Horizontes, meine Göttin!"

„Ich bin keine Göttin!"

„Und was ist das?" Sinnlich streichelte er über ihr vernarbtes Tintenbild und über ihre nackten Brüste. „Das hat *Die Mächtige* dir höchstpersönlich eingebrannt! *Du* bist Sachmet! Und wenn meine Majestät sich dafür bedankt, daß du meiner Majestät geholfen hast, hast du den Dank meiner Majestät nicht abzulehnen!"

„Ich habe nur genommen, was mir für die Behandlung zugestanden hatte."

„Ich fühlte mich in meiner Großzügigkeit beleidigt!", brauste er hitzig auf.

„Dieser Gedanke ist mir nicht gekommen! Verzeiht!"

Mau

„Oh!" Bent setzte sich auf, streichelte dem Kätzchen, das aufs Bett gesprungen kam und ihr zutraulich die Nase hinstreckte, liebevoll über den Rücken. „Wie liebreizend!"

„Eine Tochter *Ta Miu's*!" [6] , meinte er versonnen und hob das schnurrende Tierchen kosend hoch, drückte es an seine breite nackte Brust. „*Sie* hat deine Macht erkannt, *Sechemet*! Die zärtliche Tochter der Bast erweist dir noch vor mir ihre Ehrerbietung! Sie, die Katzen, unsere heiligen Katzen, sie wissen um vieles, und sind sie nicht Geschöpfe der Liebe und der Macht. Was wären wir nur alle ohne die bezaubernden *Mius*."

„Was habt Ihr, *Neb*? Schmerzen?"

„Nein!", blaffte er obwohl Traurigkeit in seiner Stimme schwang, „Sie starb kurz vor ihm und er ließ sie vorschriftsmäßig bestatten", murmelnd.

---

[6] Pharao Amenhotep III. und seine Familie waren große Katzenliebhaber. Kronprinz Thutmosis ließ seine Lieblingskatze in Memphis in einem prächtig verzierten Sarkophag beisetzen auf dem allein elfmal der Name seines geliebten Haustieres zu lesen ist: *Ta Miu*, Katzendame. Über seinen eigenen frühen Tod ist allerdings nichts bekannt.

„Wer starb?"

„*Ta Miu*! Seine Liebe, *seine* zärtliche Tochter der Bast. Man könnte meinen, er sei ihr gefolgt! Als hätte er den wütenden stürmischen, unbesonnenen Tod gesucht, als sei sein Herz zugrunde gegangen! Nahm trotzig, voller rebellischer kindischer Wut über ihren Tod meine wilden Rösser, meinen Wagen … Er ist schon viel zu lange ein stilles Herz. Der Vorsteher aller Priester von Ober- und Unterägypten, der Hohepriester des Ptah, Sem-Priester, Prinz … mein Sohn … mein schöner stolzer großer Junge …"

„Es wird Zeit, daß ich gehe, Herr! Ich sollte Eurer Traurigkeit nicht gewahr werden."

„Was verlangst du für deine Dienste?", schnauzte er, das Kätzchen loslassend.

„Ich verlange üblicherweise bis zu sechshundert Deben für eine Heilbehandlung."

„Mir scheint, der Isistempel ist reich gesegnet!"

„Ich nehme das nur von gutbetuchten Bürgern. Arme Leute bekommen die Behandlung umsonst. Das nenne ich ausgleichende Gerechtigkeit! *Ich* lebe nach den Gesetzen der Maat, *Herr der Maat*!"

„Dann bin ich dir nichts schuldig, Bent. Ich bin wahrlich ein armer Mann, Göttin! Fürwahr der Ärmste unter den segnenden Strahlen Res, denn mein Sohn ist tot!"

„Ihr habt noch einen, wenn ich Euch daran erinnern darf!"

Sie bekam ein abfälliges Schnauben zur Antwort, ganz so, als sei der Falsche gestorben. Er nahm von dem Wein, stellte ungestüm den Becher ab.

„Du sagst Pharao deine Meinung einfach so ins Gesicht? Was erlaubst du dir?"

„Ihr habt einen Sohn und der braucht seinen Vater! Ich teile mit Euch das Lager, Ihr vertraut mir Eure Bedenken an, dann dürft Ihr mir auch meine Meinung zugestehen!"

„Was bist du nur, Herrin des Isistempels? Wahrlich eine Hexe! Keinen Respekt zeigt Ihr!"

„Einst war ich eine geachtete, ehrbare Priesterin der Bast! Sei dir gewiß, daß dies, was in diesen Laken besprochen wird, unter uns bleibt! Ich zeige Euch mehr Respekt, als Ihr glaubt! Soll ich Euch freundliche Lügen mitten ins Gesicht sagen? Wie alle Eure Hofschranzen? Das ist nicht meine Art! Ihr trauert um Euer Kind und das ist richtig! Aber Ihr dürft den anderen das nicht spüren lassen! Er ist der Thronfolger! Er braucht alle Eure Unterstützung, denn er wird einst sein, was du jetzt bist, Amenhotep!"

Wütend fuhr er aus den Kissen hoch, „Ihr seid *tatsächlich* eine Hure?" giftend, packte sie bei den Armen, drückte sie nieder, starrte Bent ein paar Herzschläge lang an um dann „Isis wacht über Uaset" zu flüstern. „Ihr habt Recht, ich sollte mich mehr um ihn kümmern." Ein verbittertes Lachen ausstoßend nahm er abermals sein Glas. „Du zeigst Mumm, Löwin! Und forderst nicht! Nicht so wie alle anderen. Du willst überhaupt nichts von mir! Und ich, meine Göttlichkeit, meine Majestät, scheinen dir nicht im Geringsten zu imponieren. Nie zuvor ist mir jemand wie du begegnet!"

„Dies ist ein Bett, Amenhotep! Du bist ein Mann und ich eine Frau. Wir genossen das, was Mann und Frau sich gegenseitig schenken können. Was in diesem Bett geschieht, wird darin bleiben, niemand wird je davon erfahren. So gehört sich das! Bei meiner Ehre als Hure! Ich will nichts von dir, du nichts von mir. Ich gehe nicht davon aus, daß du mich ehelichen willst, mich in deinen *Ipet* zu den anderen Schnepfen stecken willst. Ich bin eine freie Frau Kemets! Dahingehend kann ich meine Meinung äußern, sooft sie mir beliebt. Und nun bitte ich dennoch um einen Gefallen!" Bent rutschte vom Bett, streifte ihr Kleid über, richtete sich das Haar. Ihre Audienz war beendet, die süße Gunst verschenkt, die Hure Bentsachmet verkroch sich, jetzt war sie wieder Sahu-Re.

„Ich wußte, es ist ein Haken an der Sache!", versuchte er einen lauen Scherz.

„Du wolltest großzügig sein, nur deshalb frage ich! Werdet Ihr mir etwas gewähren? Mir den Gefallen tun?"

„Jeden, Herrin der Schlacht!"

„Ich verlange für Eure Behandlung weder Ehrengold noch andere Entlohnung. Der kleine Trank, den ich Euch verabreichte kostet so gut wie gar nichts. Ich lasse Euch sogar genügend davon da, falls die Schmerzen übermächtig werden …"

„Ja, ja! Was für einen Gefallen?"

„Mein Bruder ist Schreiber …"

„Aha!", meinte er spitzfindig.

„Ja, genau! Ihr habt es erraten!"

„Ich soll dem *Sesch* einen besseren Posten verschaffen?"

„Er hat es nicht leicht …"

„Wer hat das schon?"

„… ist mit verkrüppelten Fuß und verkrüppelter rechter Hand geboren. Dennoch hat er sich sein Leben aufgebaut und es bis zum Schreiber für den ehrenwerten *Imi ra Schenuti en Amun* geschafft."

„Schreiber? Mit einer verkrüppelten Hand? Beim *Scheunenvorsteher des Amun?* Für den Herrn Bürgermeister? Dem ehrenwerten *Hati a en Niut Resit!* Der gute alte Ptahmose!"

„Ihr kennt ihn?"

„Ich kenne alle meine Untertanen! Alle meine Bürgermeister, alle meine Gaufürsten! Alle meine Hohepriester! Dies ist *mein* Land, Frau! Sprich! Was soll Pharao für den *Sen* der Hohepriesterin der Isis tun?"

„Djehutimes - ja, er heißt wie dein Vater, ihm zu Ehren - hat Frau und Kinder, fünf wenn ich mich nicht irre, und Schwierigkeiten mit seiner gesunden Hand. Wenn seine Krankheit zurückkommen sollte, er die Hand gar nicht mehr gebrauchen könnte ... nicht auszudenken! Er würde der Armut anheimfallen, könnte seine Familie nicht mehr ernähren! Wenn er einen anderen Posten bekäme, wo er seine Hand schonen könnte. Als Aufseher der *Schreiber des Bürgermeisters* vielleicht ... ich verlange ja gar nicht viel und ich bitte nicht für mich, auch dürfte er es niemals erfahren. Das würde sein Stolz nicht zulassen ..."

„Ah! Meine Majestät versteht! Ich werde mich kundig machen! Vielleicht ist ein Posten neu zu besetzen. Manche sind schon alt geworden in meinen Diensten. Wird Zeit, daß da mal ein frischer Wind weht!"

„Ich muß gehen, *Neb*! Ich bin schon viel zu lange hier!"

„Was gedenkst du in Bezug auf die Unpäßlichkeit Pharaos zu unternehmen?"

„Ich werde darüber nachdenken, *Neb*. Ich werde eine Lösung finden und dann darf ich Euch benachrichtigen?"

„Ich werde veranlassen, daß Briefe oder Nachrichten von Euch sofort zu mir gebracht werden!"

„*Anch Uda Seneb*, Herr!"

„*Em Hotep*, Bent! *Seneb ti*"

„*Dwa Netjer ink*! Bleibt auch Ihr gesund!"

Als sie aus dem Gemach trat, schaffte sie es kaum so zu tun, als sei nichts geschehen. Sich vorschriftsmäßig vor Teje verneigend, hoffte Bent, daß die Herrin des Schwarzen Landes blind und taub wäre.

„Steht auf, Sahu-Re!"

Bent gehorchte, schaute der Königin ins Gesicht.

„Er hat mir noch nie alleine gehört", flüsterte Teje beherrscht.

„Ich kann mich seinem Willen nicht entziehen!", hauchte Bent. „Ich wünschte... Er macht mich zur Hure des ganzen Landes und Euch zum Gespött!"

„Schweig! In meinen Räumen! In meinem Bett! Doch wer kann sich dem *Herrscher der Herrscher* entziehen? Sein ist die Macht auf Erden! Du bist nicht die erste und du wirst nicht die letzte sein. Ich will darüber hinwegsehen! Ich werde das Bett und die Laken verbrennen lassen! Mit ihnen soll mein Zorn in Rauch aufsteigen! Ich kann dir nicht böse sein, Bent. Ich brauche dich und deinen Rat. Und ich brauche ihn und seine Liebe. Hast du ihm helfen können?"

„Ich *werde* ihm helfen können, Herrin."

„Wird er die Zeremonien die kommen werden ohne Schmerzen überstehen?"

„*Tju*, Herrin! Er ist fest der Meinung, mit mir stünde Sachmet an seiner Seite."

„Dann soll es so sein, Bent! Wenn er dich braucht, will ich dich mit ihm teilen!"

„Das ist Ehebruch, *Nebet*! Ich habe gerechte Strafe verdient, aber nicht dein Wohlwollen!"

„Vielleicht ist seine Gunst schon deine Strafe!"

„Ja! Herein!"

Bent wartete nicht groß ab bis er durch die Tür getreten war, blaffte: „Mach zu! Setz dich!", richtete weiter ihren Arzneikasten, rückte Wein, Waage, Arzneien, Verbandmaterial und saubere Tücher auf dem Tisch hin und her.

„Du warst schon höflicher, Herrin."

„Baket brauch das nicht mitbekommen. Nicht, daß du hier in meinen Gemächern bist. Ich habe sie in den Garten geschickt, sie wird nichts bemerken."

„Du hast gerufen und da bin ich. Ist doch gleichgültig wo meine Frau sich dabei aufhält." Abwartend schaute Ranofer seiner ehemaligen Dienstherrin ins Gesicht.

„Laß das!"

„Was denn?"

„Schau mich nicht so an!"

„Das magst du doch!"

„Das mit uns sollte der Vergangenheit angehören!"

„Das mit uns sollte ewig so weitergehen!", schnurrte er, beugte sich breitbeinig vor, stützte die Unterarme auf den Oberschenkeln ab. „Was willst du, Schönheit? Hm?"

„Ich will, daß du jemandem die Schnauze polierst!"

„Aha! Und wer ist der Glückliche?"

„Er wird gleich da sein. Du wirst tun, was ich verlange, keine Fragen stellen und anschließend sofort verschwinden. Schwöre, Ranofer, bei der Göttin, der du dienst, schwöre nicht zu fragen, nichts zu sagen!"

„Baumeister Bek?" Diese Frage zu stellen und ihre Bitte zu übergehen bereitete ihm offensichtlich diebisches Vergnügen.

„Nein!"

„Dem würd ich liebend gern auf's Maul hauen! Irgendwann ist es soweit! Dann hab ich den feinen Herr Baumeister quer unter der Nase hängen! Du pflegst neuerdings viel Umgang mit ihm."

„Was geht es dich an?"

„Ich frage mich, wieso.“

„Ich bin zu einer Heiratsfeier eingeladen. Bei feinen Leuten! Und Bek kann mir ein paar ...“, sie unterbrach sich. Warum sollte sie ihm das erklären? Daß Bek ihr einflußreiche Leute vorstellte, denen sie bei der Heiratsfeier begegnen würde, ihre Verwandtschaften zueinander erläuterte. Nicht daß sie sich auf dem Fest vielleicht blamiere. „Ich muß einige *Schepsi* [7] kennenlernen, deshalb!“

„Besorgt er es dir anständig?“ Den aufflackernden Zorn in seinen Augen geflissentlich übersehend, schenkte Bent ihm und sich Wein aus.

„Ich wüßte nicht, was dich das anginge! Wolltest *du* nicht nach *Swenu* verschwinden?“

Jemand betrat unaufgefordert Bents Gemächer schloß eilig die Tür hinter sich.

„*Swenu* kann warten ...“ Ranofer blickte gleichgültig zur Tür, guckte fassungslos nochmal hin, für einen kurzen, verblüfften Augenblick blieben ihm die Worte im Hals stecken. „Jetzt? Sofort? Ohne Umschweife?“, brachte er entgeistert hervor, wollte augenblicklich aufspringen, sich verneigen.

„Ho, ho, nur langsam!“ Der Besucher drückte seine Pranke Ranofer auf die Schulter. „Was für ein Bulle, Dame Sahu-Re! Der wird mich glatt totschlagen!“

„*Was* mach ich?“

„Ranofer! Sei still! Schwöre! Bei Sachmet!“

„Das ist ...!“

„Schweig!“, unterbrach Bent ihn hastig. „Bist du von Sinnen! Wie kannst du sowas auch nur vermuten?“

„Er vermutet doch richtig, *Nebet*!“, polterte der Besucher. „Warum ihn im Unklaren lassen? Du siehst richtig, Kerl. Bleib sitzen. Und tu was sie verlangt! Sie hat mich von deiner absoluten Loyalität überzeugt, allein deshalb bin ich hier. Sie sagte mir, du warst Offizier in meinen Diensten. Kann ich mich auf dich verlassen, Soldat?“

Es trieb Ranofer – offensichtlich hin und hergerissen zwischen dem Befehl sitzen zu bleiben und dem Wunsch, seinem obersten Feldherrn zu salutieren – glitzernde Schweißperlen auf die Stirn.

„*Tju*, Herr!“, preßte er schließlich hervor, hörte mit offenem Mund, ganz und gar sprachlos Bents aberwitzigen Plan zu.

„Das kann ich nicht!“, brauste er hitzig auf.

„Aber du hast es doch schon ein paarmal geschafft! Denk nur an unser allseits beliebtes *Fätzlein*! Und den Ohnezahn!“

„Aber ich kann doch Ph... ich kann dem Go... dem Mann doch keinen Zahn ausschlagen! Was denkst du dir nur?“

---

[7] Vornehme

„Es soll nicht zu deinem Schaden sein, Soldat! Steh gefälligst auf, wenn ich mit dir rede! Und nun: mach! Oder unterhalte ich in meiner Armee Feiglinge?"

„Nein, nein, nein!"

Bent kam nicht schnell genug um den Tisch herum, „Hier, Herr! Trinkt das zuerst. Wenn das *Pechret* wirkt, dann soll er …"

Buff

Die geballte starke Faust!

Gezielt, knackig, auf den Punkt

„…"

Ein taumelnder Mann, fast sich um sich selbst drehend zu Boden gehend

Ein anderer, der ihm Halt gab

Eine suchende Zunge in einer dicken Backe

Ein Blutstropfen im Mundwinkel

„Unverhofft geht's am besten. Lernte ich in Pharaos Armee! Ist er raus?"

Boshaftes Nicken und Schnauben

„Dann geh ich."

„Bleib!"

„Nicht taumeln, Herr! Hier, der Stuhl. Bent, gib die Arznei her! Und den kleinen Napf. Hier, Herr, spuckt was Euch plagte hinein. Bent, stell das weg! Reich einen Becher Wein her! Und bring ein nasses Handtuch! Geht's wieder, Herr?"

„Ich könnte zurückschlagen, du Vieh!"

„Tut Euch keinen Zwang an!"

„*Dwa Netjer ink,* Herr Offizier!"

„*Hasti,* Herr!"

„Ich habe Euch eine Kammer zurechtgemacht, *Neb*", meinte Bent kleinlaut, „Da könnt Ihr über Nacht bleiben, wenn Ihr möchtet. Die beste Kammer des Hauses, Ihr kennt sie. Wirkt das Pechret?"

„Ich bin nicht zimperlich!", schnauzte *Neb Maat Re* hinter dem vorgehaltenen nassen Tuch. „Ja, ich denke, die Kammer ist ein weiteres Mal angemessen, Dame Sahu-Re. Ja, das wird die beste Lösung sein. Aber nur wenn Ihr mir von dem guten *Irep Maa* dorthin bringt! Und wenn dieser Bulle in der Nacht im Haus bleibt! Kennt Er sich mit der Heilkunst aus?" Das ging an Ranofer.

„Nein."

„Was tat Er in meiner Armee?" Pharao spuckte Blut und Wein in den bereitgehaltenen Napf.

„Ich diente mehr als drei Jahre in Buhen. Ich war dabei, als seine Majestät die Nubier geschlagen hat. Im Jahre fünf Eurer glorreichen Herrschaft. Ich war dabei, als seine Majestät, *Der Starke Stier,* dreißigtausend Gefangene machte! Wie der gewaltige Flügelschlag des Horus kam seine herrliche

Majestät über das elende Kusch! Die Pranken des *Grimmigen Löwen* mitten unter ihnen zertrampelten die abtrünnigen Fürsten von Kusch, auf daß sie ihr eigenes verdorbenes Blut tranken. Ich selbst habe es gesehen! Und ich selbst habe mit meinem Leib die Pfeile der Nubier aufgefangen."

„Warum ist Er nicht mehr in der Armee des *Grimmigen Löwen*?"

„Ich diente zehn Jahre, Herr. Ich fand, es sei genug."

„Dein Name, Kerl!"

„Ranofer."

„Kennt Er sich mit dem Saufen aus?"

„Herr?"

„Was ist Soldat? Bekomme ich eine Antwort!"

„*Tju, Neb!*"

„Laß Wein für uns beide in die Kammer bringen, *Nebet*! Dieser wackere Kämpe, dessen Name Re ehrt, wird mir von seinen geschlagenen Schlachten unter dem glorreichen *Herrn der Maat des Re* erzählen!"

Bebend sank Bent auf den Stuhl, schenkte sich selbst von dem Wein aus, versuchte erst gar nicht darüber nachzudenken, was sie mit ihrem tollkühnen Plan da angerichtet hatte. Gedankenverloren schob sie ihre Siebensachen auf dem Tisch hin und her, blickte entgeistert in die kleine Schale. Pharaos Zahn!

Heka Achu

Sie könnte ihn an sich nehmen! Macht über ihn ausüben! Was für eine einmalige Gelegenheit den mächtigsten Mann der Welt unter ihre Fuchtel …! Dazu bräuchte sie bloß ein paar Zaubersprüche, ein paar Pflanzen aus dem Kräutergarten, eine mächtige Mixtur brauen …

Schnell verbannte sie den dummen Gedanken, spülte die Schale mit etwas Wein aus, hielt den faulen Zahn eine Weile in ihren Händen, versenkte ihn anschließend hastig in ihrer Schmuckschatulle, die auf dem Bett stand. Aus ihrer Kleidertruhe nahm sie das rote, neue Kleid, hielt es vor, zwang ihre fliegenden Gedanken in eine andere Richtung.

Sie wußte ganz genau, warum der Gott Ranofer mitgenommen hatte. Er kam mal wieder ganz alleine her – wahrscheinlich über den Kücheneingang hinter Tejes Räumen geflüchtet – und mit dem starken Kerl an seiner Seite fühlte er sich einfach sicherer. Aber Ranofer mit Pharao zusammen in ihrem Haus! In einer Kammer! Mit zwei Krügen besten Weines! Wenn das mal gutgeht! Ausgerechnet heute! Wo sie keine Zeit hatte. Aber es war anders nicht zu machen gewesen.

Aufgewühlt zerknüllte sie das schicke Kleid in ihren Händen, schon hörte sie das Knarzen ihrer Tür und wie abermals Besuch den Raum betrat.

„Kommst du mit?", rief Bent aus der Schlafkammer und ihre rauhe, heisere Stimme klang mal wieder als wollte sie zornig „hinaus!" plärren.

„Wohin?"

„Ich bin zu einer Feier eingeladen und möchte nicht alleine gehen."

„Pff!" Tachut setzte sich auf den dargebotenen Stuhl, lehnte den *Medu* an den Tisch, schaute ihr erwartungsfroh entgegen. „War das der Herr Ranofer, der da gerade aus deinen Räumen kam? Was hat der denn noch hier verloren?"

„Warum schleppst du dich mit dem Stock ab?", lenkte Bent unwirsch ab. „Hm? Den brauchst du doch wohl überhaupt nicht mehr! Doch lüg nur weiterhin schön jedem die Hucke voll über deinen Verrat!"

„Wie sprichst du mit mir?", brauste die Alte auf. Obwohl, so konnte man sie fast nicht mehr nennen. Nur wer nicht genau hinschaute, entdeckte die alte Frau, die Tachut bis vor ein paar Monaten gewesen war. Bent erblickte mehr: die blanken, wachen Augen, den aufgerichteten Rücken, die geraden, von Gicht befreiten Finger. Taten alle nur so, oder war Bent tatsächlich die einzige, der Tachuts Veränderung auffiel?

„Kara sieht sowas nicht!", meinte Tachut versöhnlich. „Pesechet hat überhaupt keine Zeit neuerdings. Was treibt die nur? Uadja übernimmt mehr und mehr die Pforte! Und Baket hat genug mit sich selbst zu tun. Hast du gehört, daß ihr Gatte nach *Swenu* ziehen will? Was sind denn das für Zustände? Allmählich verstehe ich das, wenn ich daran denke, daß er aus deiner Kammer kommt! Eine Ehe in der jeder macht, was er will? Was sind das nur für Zeiten! Diese Jugend! Verdorben bis ins Mark! Wir gehen schlimmen Zeiten entgegen!"

„Das sagte auch schon die Generation davor! Was hast *du* in deiner Jugend getrieben?"

„Hm?" Seelenruhig nahm Tachut von dem Wein, kippte ihn in den Becher, aus dem eben noch Pharao getrunken hatte.

„Du brauchst dich gar nicht schwerhörig stellen!", schimpfte Bent aufgebracht.

„Oh!", lachte Tachut. „Ich? Ich nahm mir einen Liebhaber nach dem anderen. Ich habe mein Leben genossen! Nicht wie du, du vertrocknete Dattel! Auf dein Wohl!" Sie trank einen Schluck, beugte sich verschwörerisch vor, zog ihre Lippe ein wenig zur Seite, „Schau mal" nuschelnd „da wächst ein weiterer Zahn! Wie bei einem Säugling! Bald kann ich wieder richtig beißen."

„Du spinnst doch!" Bent beugte sich vor, schob die Kerze näher, spähte in Tachuts Mund. „Tatsächlich!"

„Hm!", meinte Tachut bestimmt. „Was ist das für eine Feier? Und was bei allen Göttern treibt diese Pesechet?"

„Sie hat jemanden kennengelernt."

„Ach", Tachut warf übertrieben die Arme in die Höhe, klatschte in die Hände, „na endlich!"

„Sie ist mit ihrer Freundin sehr glücklich."

„Aha …! Äh …! Nun gut! Also, was ist das für eine Feier? Lerne ich da vielleicht auch jemand kennen?"

„Aber ganz gewiß! Zwei junge hübsche Männer! Einer süßer als der andere!"

O-ha! Wann?"

„Heute abend! Wir sollten uns allerdings ein wenig zurecht machen. Mit unsren Kitteln können wir da nicht hingehen."

„Ist es weit?"

„Raneb fährt uns!"

„Wie kommen wir heim?"

„Raneb fährt uns!"

„Wer paßt auf uns auf?"

„Montju begleitet uns!"

„Gibt's Wein und Braten?"

„Ich hoffe es!"

„Dann komm ich mit! Wer ist der neue Gast in der großen, feinen Kammer? Mir deuchte, der Herr Ranofer hat ihn dahin begleitet."

„Ein vornehmer Herr, er bleibt nur diese Nacht."

„Der kommt mir irgendwie bekannt vor. Sieht ein bißchen aus wie Djehutimes … hab ich dir mal davon erzählt?" Tachuts Gedanken schweiften offenbar in die süße, glückselige Vergangenheit ab.

Er ist ja auch sein Sohn!

„Ja, hast du! Und wir sollten uns sputen, wenn wir rechtzeitig zu dem Fest erscheinen wollen."

Noch einmal überprüfte Bent ihr Aussehen in dem alten blinden angelaufenen Anch, fand sich dem Anlaß gemäß anständig gekleidet, richtete zupfend den Perlenhalskragen und den Sitz des bodenlangen roten Kleides, achtete darauf, daß seine breiten Träger tatsächlich den üppigen Busen bedeckten. Wenn sie etwas nicht leiden konnte, dann dieser neumodische, affige Kram, bei dem die Kleider alles was man zu bieten hatte zeigten, nur von einen Träger unter der Brust gehalten! Sodann streifte sie das schicke Perlenkleid darüber, und kaum hatte sie den gelben, plissierten Umhang unter dem Busen geknotet, betrat Tachut auch schon ihre vordere Kammer.

„Ich komme! Augenblick!" Bent entnahm ihrer Schmuckschatulle die geflügelte goldene Isis an ihrer schweren Kette, hängte sie sich um, griff nach ihrer Rute, überflog noch einmal den *Qahet*:

Ded Medu en Sesch Imi ra Schenuti en Amun Sesch Djehutimes Sa Marya Sa Nefertari …

So wurde es gesagt durch den Schreiber des Scheunenvorstehers des Amun: Der Schreiber Djehutimes, Sohn des Marya, Sohn der Nefertari, ist feierlich in das Amt zum Aufseher aller Schreiber des Bürgermeisters erhoben worden. So will ich dir, geliebte Senet Bent, Tochter des Marya, Tochter der Nefertari, die ehrenwerte Ta Schepsi Sahu-Re, welche meine Schwester ist, diese Einladung zum Fest meiner Ernennung zukommen lassen. Dieses schöne Fest in meinem bescheidenen Heim soll am Tag zehn des Mondes Hut Heru in der Jahreszeit des Achet im Jahre einunddreißig unseres geliebten Guten Gottes Amenhotep Heqa Uaset, so die Götter es wollen, stattfinden

„Hast du noch von dem Parfüm?", rief Tachut ihr zu. „Wie hieß es noch?"

„Das Geheimnis der Isis!" Bent verließ ihre Schlafkammer, stellte den Flakon vor Tachut auf den Tisch.

„Ja, genau! Danke mein Kind. Du siehst wunderschön aus!"

„Ach ich weiß nicht. Viel zu affig."

„Du solltest dich öfters so schön machen!" Tachut musterte Bent ganz genau.

„Dazu besteht überhaupt keine Veranlassung!"

„Diese Reise letztes Jahr ist dir anscheinend wohlbekommen! Das solltest du öfter machen. Am besten einmal im Jahr! Du solltest zu mehr Ruhe finden, das Leben genießen und weniger arbeiten, hm, Mädchen? Einfach alles vergangene hinter dir lassen!"

„Es gibt zuviel zu tun im Haus, Tachut. Ich kann mich nicht *einfach* ausruhen!" Bent versuchte auszuweichen, das unheimliche Flackern in Tachuts Augen zu übersehen.

Ich muß mit dir reden, Freundin! Doch wo? Und wann bietet sich endlich eine Gelegenheit?

„Wir sollten gehen, sonst kommen wir zu spät. Raneb wird schon warten."

„Und du trägst seitdem ein düsteres Geheimnis mit dir rum. Was hast du getan, Bent? Was ist auf dieser Reise passiert?"

„Nichts! Gehen wir!"

Schon von weitem hörte man an diesem schönen Abend Musik, Gesang, Gelächter und Gespräche. Die unerträgliche stickige Hitze des Sommertages längst der lauen Abendluft gewichen. Bent, froh darum, daß Raneb den Weg ohne Umschweife gefunden hatte, zog einmal tief schnaufend die frische Luft ein, nickte Montju zu, daß er klopfe. Jemand öffnete die Pforte, Bent mit erwartungsvollem Gesicht, erblickte niemanden, schaute nach unten und einem kleinen süßen Mädchen ins Gesicht.

„Bist du die Königin?", hauchte die Kleine staunend mit großen Augen.

„Ich bin Sahu…", sie räusperte sich, „Bent und zu dem Fest eingeladen, daß hier stattfinden soll.

„Mut! Mut!", plärrte das Kind und rannte übereifrig zurück in den Innenhof, die Tür offenstehen lassend, Bent da stehen lassend, „Die Königin kommt zu Besuch!"

„Ich sagte ja es ist zu affig!", raunte Bent Tachut zu.

Die lachte laut, schubste Bent ausgelassen. „Die verstehen zu feiern! Da ist ja ganz schön was los! Sogar Musiker spielen auf! Wo sind wir hier überhaupt?"

„Ich kenn den losen Haufen!", grollte Bent. „Das sind doch die, die schon zwei dreimal bei uns spielten. Das kann was werden! Die saufen wie die Löcher!"

„Bent!"

„Djehutimes!"

„Ii Ti! Ii Ti em Hotep! Anch Uda Seneb, Schwester! Ich kann es kaum glauben, daß es beinahe ein Jahr her ist, seit wir uns das letzte Mal gesehen haben. Bitte, komm herein!" Anscheinend überlegte er ein zwei Herzschläge lang ob er ihr in überschwenglicher Wiedersehensfreude um den Hals fallen sollte, unterließ es aber glücklicherweise. „Oh, die Dame Tachut, auch Euch ein liebevolles *Ii Ti em Hotep! Anch Uda Seneb*!"

„Na sieh mal einer an!", freute Tachut sich. „Wenn das mal nicht der liebe Herr Djehutimes ist. Ich danke für deine Einladung und hoffe, es geht euch allen gut. Was macht der Herr Vater?"

„Das könnt Ihr ihn gleich selbst fragen", freute Djehutimes sich, klemmte seinen *Medu* unter den Arm, reichte Tachut die Hand, daß sie eintrete. „Er ist Gast in meinem Hause! Bent, jetzt komm schon herein! Die Frau kann es kaum abwarten, die Schwägerin kennenzulernen. Oh der Herr Montju und der Herr Raneb, gesellt euch doch dazu! Nehmt euch Bier, Braten! Nur herein! Keine Scheu!"

Zögernd betrat Bent den in der Abenddämmerung golden scheinenden, bereits mit schönen Lampen erhellten und mit Schilfrohrmatten überspannten Hof. Überall saßen Leute beim Plaudern beisammen, zwei Mägde huschten hin und her um die Gäste mit Wein und Bier zu versorgen. Im hinteren Teil des Hofes, nach Süden, zur Küche hin glimmte ein gewaltiges Feuer unter einem mit einem dicken Ferkel bestückten Drehspieß, den ein Mann schwitzend bediente.

„Das ist sie also!", hörte Bent eine laute, unhöfliche Stimme neben sich.

Oh, der Besen!

Auf alles gefaßt drehte sie sich um, hörte Djehutimes sagen, daß sei seine *Henut*, seine Herrin, Neferib und wie er sich freue, daß die beiden Damen sich endlich kennenlernen.

„Was bist du nur für ein dummes Ding!"

„Wie bitte?" Schon kochte Bent das heiße Blut hoch, packe sie die Rute fester um …

„Das ist doch die Schwester deines Vaters!" Neferib zog das sich sträubende Mädchen hinter sich hervor, schüttelte es am Arm. „Wie kannst du nur rufen, die Königin sei gekommen. Entschuldigt das Kind, meine Liebe. Auch von mir ein herzliches *Ii Ti em Hotep!* Verschwinde, Meritsat und schäm dich!"

„Sie ist eben noch ein Kind. Woher soll sie wissen …" Bent versuchte höflich zu bleiben, ihre Freundlichkeit zu finden, was ihr kaum gelang.

Familienfest!

Pah!

Schon fiel ihr die Schwägerin überschwenglich um den Hals, drückte sie, küßte sie auf beide Wangen, griff in glückseliger Verzückung ihre Hände. Bent erstarrte, trat empört einen Schritt zurück, betrachtete die Frau, die sich diese Unverschämtheit anmaßte. Anscheinend bemerkte sie ihren unbotmäßigen Überschwang, ihren gewagten Übermut, ließ Bent augenblicklich los, neigte kleinlaut den Kopf.

„Bitte, tretet ein, Sahu-Re, mein Haus, mein Gatte und ich fühlen uns geehrt, die Hohepriesterin der Großen Mutter zu Gast zu haben."

Eine kleine Weile herrschte peinliches Schweigen zwischen den beiden Frauen und Bent nutzte den Augenblick, die überschlanke Dame des Hauses genauer in Augenschein zu nehmen. Wahrlich, eine Schönheit war sie nicht mit ihrer großen krummen Nase, den schiefen Zähnen, der fliehenden Stirn und dem kleinen Kinn, da hatte Djehutimes nicht übertrieben. Aber sie wußte sich zu kleiden und zurechtzumachen. Auch schien sie, abseits ihres unhöflichen Überschwanges, gewisse Umgangsformen zu pflegen. Sagte er nicht, sie sei die Tochter eines Priesters, eines Stellvertreters des Hohepriester des Thot? Dann war sie keineswegs ein Dummkopf.

„Ich danke dir für deine Gastfreundschaft, Neferib!", meinte Bent heiser und griff nach Neferibs Hand. „Bitte … nenn mich Bent!"

„Das wird aber auch Zeit! Hm!", grummelte Tachut vor sich hin. „Guten Abend, meine Liebe. Ich bin Tachut, eine gute Freundin deiner Schwägerin. Neferib ist also dein Name? Der Herr Djehutimes", dabei tätschelte sie seinen Arm, an dem sie wie hilflos hing, „hat nur Gutes von Euch erzählt, als er im Tempel zu Gast war. Und ich glaube zu wissen wer Euer Vater war. Soso, dann ist er also schon so lange ein *Stilles Herz*. Das tat mir leid zu hören. Wo ist ein Sitzplatz für diese alte Frau? Wie lange willst du mich noch da stehen lassen, Herr Djehutimes? Wo ist der von mir so geschätzte Herr Marya? Hm, Bent? Den wirst du doch wohl begrüßen, wie es sich gehört! Ah, da kommt er, was für ein stolzes Mannsbild!"

Bent, dankbar für Tachuts lockeres Geplauder, das allen Anstandsregeln entsprach, sah Marya durch die Gäste auf sich zukommen, straffte sich, klammerte sich an ihre Rute.

„It!" Ein ganz klein wenig neigte sie den Kopf.

„Mein Mädchen! Wie schön, dich zu sehen!" Und auch er nahm Bent in den Arm, drückte sie so fest, daß ihr fast die Luft wegblieb. „Ich konnte Amanikhatashan und Shanakdakheto überreden mich zu begleiten. Sie freuen sich ja so, dich wiederzusehen. Komm, begrüße sie!"

Bent begann unter ihrem Umhang zu schwitzen, wenn das alles doch endlich vorbei wäre! Bek versuchte seit mindestens zwei Monaten ihr diese dummen Floskeln einzutrichtern, ihr die Verwandtschaftsverhältnisse der vornehmen Bürger von Uaset einzuhämmern, wer wann mit wem verheiratet, geschieden, verlobt war, wer Einfluß hatte und wer nicht und wie man sich benehmen sollte und wie besser nicht. Eigentlich war ihr das so ziemlich schnurz, aber wenn sie schon im Palast zur Heirat des Kronprinzen geladen war, mußte sie wenigstens die wichtigsten Leute, die wichtigsten Umgangsformen kennen. So zauberte sie sich ein Lächeln ins Gesicht, fiel ihrerseits Marya um den Hals, küßte ihm die Wange, versuchte schön Wetter zu machen.

„Vater! Wie ich mich freue! Wie schön, daß deine Damen dich begleiten. Wollen wir zu ihnen gehen? Oh, nein! Neferib, bitte, ich möchte erst deine Kinder kennenlernen. Wepu kenne ich ja schon. Wo ist der Bengel? Er wird gewaltig gewachsen sein, seit ich ihn das letzte Mal sah."

Neferib schlief fast das Gesicht ein. „Meine Kinder?", hauchte sie fassungslos und überglücklich. „Das ist nicht dein Ernst?" Dann stahl sich ein stolzes Lächeln in ihr unansehnliches Gesicht, machte sie beinahe schön. „Sie sind unser ganzer Stolz, nicht wahr? Wieviele Kinder hast du? Und wo sind sie überhaupt? Hast du sie denn nicht mitgebracht?"

„Ich habe keine Kinder, Neferib. Mein Sohn starb vor langer Zeit." Am liebsten hätte Bent sich die Zunge abgebissen! Kinder! Was für ein blödes Gespräch! Das dümmste was ihr überhaupt einfallen konnte! Wußte sie doch nur zu genau, wie das Volk zu seinem Nachwuchs stand! Da wurde gehätschelt und verwöhnt, aufgepaßt und gekost was das Zeug hielt. Ihr geliebter Nefertem wurde von ihr doch genauso gehätschelt! Hätte sie doch nur die Klappe gehalten!

„Oh!", schniefte Neferib, der jetzt tatsächlich Tränen in den Augen standen. „Was sind wir nur ohne Familie! Wie schön, daß Djehutimes dich gefunden hat! Komm! Deine Einsamkeit ist nun für alle Zeit vorbei! Ich zeige dir deine Neffen und Nichten! Du wirst sie lieben. Der Kleine schläft allerdings schon. Was bin ich froh, so kann ich, ohne ihn an der Brust hängen zu haben, das Fest genießen!"

Sie führte Bent in das Haus, öffnete die Tür einer Kammer die nach hinten in den stilleren Teil des Hauses raus ging, trat zu einem Korb auf einem Bettgestell, hob das feine Laken an, welches das Kind vor Stechmücken und anderem Getier schützen sollte. Bent musterte kurz den schlafenden pummligen Säugling.

„Wie niedlich", gelang ihr ein Lächeln, legte schnell den Zeigefinger auf die Lippen und verließ augenblicklich wieder die Kammer.

„Er krabbelt mir schon ständig davon. Ich kann gar nicht genug aufpassen. Wepwawet kennst du. Ja was erzählt er nicht ständig von dieser abenteuerlichen Reise", meinte Neferib kopfschüttelnd und schloß leise die Tür hinter sich. „Das hat dem Kind gut getan! Er wird mit Neferka da draußen herumtollen. Meritsat ist ein kleines dummes Gör", lächelte sie nachsichtig, „und meine Große hilft in der Küche. Ah, da ist sie ja. Komm her, Kind, begrüße deine Tante!"

„Guten Abend, Dame!" Das Mädchen machte einen vorbildlichen Knicks.

„Guten Abend, Mädchen. Wie ist dein Name?"

„Ich heiße Mereret!" Noch ein Knicks.

„Haben die Gäste alles?"

„Ja, *Mut*!"

„Dann solltest du auch mit der Arbeit aufhören. Wozu habe ich zwei Mägde eingestellt? Na los, geh schon!"

„Ja, *Mut*! Ich habe ja bloß das Essen für die Urgroßmutter gerichtet und gebracht. Die neuen Frauen können das nicht wissen."

„Bist ein liebes Mädchen, aber jetzt geh dich amüsieren. Und wir beide, Bent, sollten zu unseren Gästen draußen zurückkehren. Du wirst die Frauen deines Vaters begrüßen wollen. Die anderen Gäste kannst du getrost vernachlässigen, das sind Nachbarn und Freunde. Da reicht ein einfacher Gruß in die gesellige Runde."

„Fühlt er sich wohl auf seinem neuen Posten?"

„Mein Gatte? Aber ja! Was für ein Segen! Es kam so unverhofft. Niemand hat mit einer Beförderung gerechnet, am wenigsten er selbst. Oh, ich bin so froh. Ich machte mir solche Gedanken wegen seiner Hand, das kann ich nun getrost vergessen und sorgenfrei in die Zukunft sehen!"

„Das freut mich für euch!"

Erst spät in der Nacht, das rauschende Fest war noch voll im Gange, nahmen die beiden wieder auf Ranebs Karren Platz. Gemächlich zockelte der starke Ochse willig durch die nächtliche Stadt dahin, nahm gerade den Weg quer über den kleinen, stillen Markt.

Bent betrachte mit gemischtem Gefühl das hell erleuchtete Haus mit den beiden Säulen und der Hohlkehle über dem Eingang. Da drin ging es ja hoch her, dem Lärmpegel nach zu urteilen! Sie nahm sich vor, demnächst mit

Chemsit ein ernsthaftes Wörtchen zu reden. Was sollten denn die Nachbarn sagen! So ein Krach! Unerhört! Sie zog sich den Umhang fester, klatschte Montju, der dicht daneben mit einer Laterne einherging, so heftig in den Nacken, daß der erschrocken herumfuhr.

„Du gehst jetzt vor dem Karren! Und du bist taub! Hast du verstanden!"

„Äh …"

„Montju!", blaffte sie.

„Ja, Herrin!"

„Raneb!"

„Die Dame? Hat sie was gesagt?"

„Ich sehe, wir verstehen uns! Tachut?"

„Hm?"

„Du nicht, ich muß mit dir reden!"

„So so!"

„Ich bin demnächst eingeladen", flüsterte Bent verschwörerisch, „Nächsten Mond! Wenn die Wasser sich zurückgezogen haben. Am Hofe. Der Kronprinz wird seine Verlobte ehelichen."

„Machst du Scherze mit einer alten Frau?"

„Nein. Das ist die Wahrheit. Ich will daß du, wenn wir zu Hause sind, mit in meine Kammer kommst. Du mußt etwas erfahren, ich brauche dich!"

„Hm!"

„Kannst du dich an den Abend erinnern, als du uns allen von deiner Jugend und der Zeit am Hofe erzählt hast?", fragte Bent, legte den Umhang und den Perlenkragen ab, nahm zwei frische Becher und goß ihnen von dem Wein ein. Tachut setzte sich gähnend auf den Stuhl, zog die Perücke vom Kopf, kratzte sich genüßlich den Schädel mit dem schütteren, kurzen weißen Haar.

„Hab ich das?"

„Anschließend, als wir beide allein waren, fragtest du mich, was Isis mir geschenkt hat." Bent nahm auf dem anderen Stuhl Platz, verzog stöhnend das Gesicht, erhob sich wieder und zog auch den Perlenüberwurf aus. Sowas unbequemes! Den ganzen Abend auf den Perlen zu sitzen! Ihr tat vielleicht der Hintern weh!

„Ach, *der* Abend!"

„Du weißt, daß sie mir nichts geschenkt, sondern was genommen hat!"

„Ja, ja."

„Du weißt auch, daß *Sie* immer noch in mir wohnt!" Bent legte sich die Hand auf die Brust.

„Auch das."

„*Sie* will", Bent beugte sich dicht zu Tachut hin, über deren schrumpeliges Gesicht unheimlich das Licht der Kerze flackerte, flüsterte in ihr Ohr, „den Kronprinzen töten! Ich darf nicht in seine Nähe kommen! Erinnre dich an den

Tag, als ich Mesechnet Blut ins Gesicht spuckte. Kannst du dich an das Feuer erinnern? Den heißen Wind und die Heuschrecken? Das wird wieder passieren! Das und noch viel Schlimmeres!"

Tachut schnaubte wie ein alter Esel, stupfte heftig ihren Stock auf den Boden.

„Sch! Nicht so laut! Nicht daß Kara nebenan wach wird! Ich kann mich der Einladung nicht entziehen. Pharao selbst pocht auf meine Anwesenheit. Tachut, ich kann da aber nicht hingehen! Was soll ich bloß machen?"

„Da weiß selbst ich keinen Rat! Wie kommst du nur auf einen so abwegigen Gedanken?"

„Ich vergesse selten etwas. Obwohl dem Irrsinn anheimgefallen, unter Iarets liebevoller Obhut, erinnere ich mich doch an eine Begegnung mit Königin Teje und dem kleinen Prinzen. Schon damals wollte ich dem Kind Böses tun, Iaret konnte mich gerade noch so aufhalten. Erinnerst du dich? Als ich verbrannt, blutig und wahnsinnig hier im Haus gehalten wurde wie ein Stück Vieh? Da hinten in der letzten Kammer an der Ostwand? Die mit dem Balken?"

… Da schreitet die Herrin des Zitterns schon auf uns zu! Siehst du sie auch? In all ihrer herrlichen Schrecklichkeit wird sie dich heimsuchen! …

„Ich weiß es, Tachut! Ich weiß es seit vielen Jahren! *Sie* wird Besitz von mir ergreifen und den Thronfolger töten! Das allein hat *Sie* veranlaßt, meine Seelen zu besitzen!"

„Aber warum denn? Was hat der Junge denn getan?"

… Er wird uns alle vernichten wollen! Er ist der Untergang für das Schwarze Land! Er wird die Götter leugnen und sie im Hetemit [8] vernichten wollen! Das werde ich nicht zulassen! …

„Er wird erst was tun! Er will die Götter sterben lassen!"

… Ich werde nicht zulassen, daß dem Thronfolger Macht in die Hände gelegt wird! Mein ist die Rache! Mein ist die Wut! Ich bin Sachmet! Ich bemächtige mich der Frevler! Ich bin das verzehrende Feuer! Ich bin die Wahrheit und die Gerechtigkeit! Er steht außerhalb der Maat und ich bin das rächende Auge des Re! Ich bin Hathor-Sachmet, welche sich seiner Feinde bemächtigt! An meiner Seite Sia und Schai! [9] Er versteht nicht seines Vaters gute Absichten und er wird den Gottheiten großes Unglück bringen! …

„Mir scheint, der Irrsinn wohnt auch weiterhin in dir!", brauste Tachut ungeachtet Karas Schlaf auf. „Götter können nicht sterben! Was redest du nur

---

[8] *Hetemit* bezeichnet in der ägyptischen Mythologie den in der Duat liegenden Ort der Vernichtung. Ein geheimer Platz im Jenseits, wo Feinde der Götter und der Verstorbenen gerichtet, bzw. vernichtet werden. Sie erfahren so den zweiten Tod. Ein Übertritt der Seele nach *Sechet Iaru* (das Paradies) wird so unmöglich.

[9] Wille und Bestimmung

für einen Unsinn, Mädchen!"

Bent betrachtete im flackernden Schein der Kerze mit Bedauern die alte Frau, ihr liebgewordenes, vertrautes Gesicht, erblickte ihre Falten, die eingefallenen, heruntergerutschten Wangen, die Tränensäcke, den faltigen Hals, die mittlerweile etwas verschmierte Schminke. Was verlangte sie da nur von ihr? Tachut war alt, verbraucht, des Lebens fast überdrüssig und sie, Bent, belästigte sie zu dieser späten Stunde mit ihren dummen Sorgen.

Ich brauch dich! Deine Weisheit! Deinen Scharfsinn, deine Klugheit! Ich hab dich so lieb! Bist mir wie die Mutter, die ich nie richtig kennerlernen durfte.

Bent griff nach Tachuts faltiger, abgearbeiteter Hand, drückte sie sanft, strich ihr eine wiederborstige Haarsträhne hinters Ohr.

„Tachut! Ich habe nicht nur Mesechnet getötet! Ich habe noch jemanden umgebracht!"

„Oh ihr Götter! Kind! Laß die Finger vom Wein, mir deucht, du hast genug!"

„Die Frau des Großwesirs Eje! Frag Baumeister Bek! Er war dabei! Wir spazierten in der Nähe ihres Hauses. Heuschrecken, Blut! Ein Sturm! Sachmets Rache ist grausam. Sie ist heimtückisch! Und sie beschützt Pharao! Unter Ejes Obhut nahm der eigentliche Thronfolger den *Wereret* [10] seines Vaters und verunglückte. In ihrer gnadenlosen Rache bemächtigte Sachmet sich meiner abermals und ließ die arme Frau im Augenblick der Geburt ihrer Tochter sterben, entriß sie so dem liebenden Gatten, vollendete die Rache an ihm. Das Leben der Frau für das des toten Prinzen. Auge um Auge, so ist sie! Das Kind überlebte, es ist die Schwester der jungen Braut. Ich habe solche Schuld auf mich geladen! Tachut! Du mußt mir helfen! Das darf nicht nochmal geschehen!"

„Und du meinst, daß ich jetzt noch ruhig schlafen gehen kann?"

„So hilf mir doch! Du mußt mir einfach helfen! Nur Dir vertraue ich."

„Ich bin eine alte Frau! Bei was soll ich dir helfen. Bleib einfach da weg!"

„Aber der Gott verlangt von mir …"

„Und wenn du *nicht* kommst? Was dann? Macht er dich einen Kopf kürzer? Zieht dein Vermögen ein? Schließt den Tempel? Wirft uns allen den Krokodilen zum Fraß vor?"

„*Was?*"

„Krokodile!"

„Ach, du willst mich doch bloß hochnehmen! Jetzt bleib mal Ernst!"

„Schieb eine Frauensache vor! Sag, du kannst wegen deinem Monatsblut nicht erscheinen! Niemand verläßt dann das Haus, jeder wird das verstehen!"

„Teje weiß, daß das eine Lüge ist."

„Dann weiß ich auch nicht … Ich bin müde! Ich werde ein andermal

---

[10] Streitwagen

darüber nachdenken. Gute Nacht, mein Mädchen."

„Nacht, Tachut."

Bent streifte den Schmuck ab, nahm die Kerze, betrat ihr Badezimmer, wischte die Schminke aus dem Gesicht, wusch sich, pustete die Kerze aus, verkroch sich schnaubend in ihrem Bett.

Krokodile!

Pah! So ein Unfug!

Parser!

Das hörte sich schon richtiger an! Ein schönes, scharfes Bronzeschwert, glänzend in der hellen Morgensonne! Hocherhoben, damit Re es läutern konnte …

Mißmutig stopfte Bent das Kissen unter ihrem Kopf zurecht, zupfte an ihrer Decke, wälzte sich auf die andere Seite, fand auch dies unbequem, drehte sich abermals um, horchte in die Nacht. Knarzte da nicht ihre Tür? Sie starrte in die Dunkelheit, blinzelte, setzte sich auf. Selbst in dieser dunklen Stunde der Nacht erkannte sie die Umrisse in ihrer Kammer. Ewas kam auf sie zu. Groß, bedrohlich, sank vor ihr zusammen. Aus der unheimlichen Finsternis drang ein furchteinflößendes keuchendes Atmen. Glühendheiße Hände griffen nach ihr.

„Mach Platz Herrin, rutsch ein Stück!"

„Ranofer!"

„Wo warst du?" Sie sehnsüchtig verlangend küssend rutschte er zu ihr unter die Decke, drückte seinen nackten, heißen, für sie entflammten, aufgepeitschten Leib dicht an ihren. „Ich habe auf dich gewartet! Das dauerte ja ewig, bis die Dame Tachut müde wurde."

„Du solltest bei unserem Gast bleiben!"

„Der schläft seinen Rausch aus, der kann vielleicht was vertragen! Komm her, Schönheit, ich will dich! Jetzt! Sofort!"

An einem der darauffolgenden Nachmittage, in der stillen Hitze des Spätsommertages - Bent, gerade damit beschäftigt im Garten ein paar Kräuter zu pflücken - wurde laut und heftig an das große Tor gepocht, das hinaus zur Weide führte.

„Ja, ja!", blaffte sie, hebelte den schweren Balken aus seiner Verankerung, öffnete die Pforte. Ein paar ihrer Bauern standen betreten da, zwei hielten zwischen sich, in ihren Armen hängend, eine nahezu bewußtlose, stöhnende

Frau, aus deren klaffender Wunde am Oberschenkel Blut floß, viel Blut!

„Rasch!", befahl Bent, machte den Weg frei, ließ alle herein, deutete einem der Jungen das Tor zu schließen, eilte dann voraus um den Männern den Weg zu weisen.

„Ich brauch Uadja!", rief sie über den Hof. „Sie soll ihren Kasten mitbringen! Schnell! Es eilt! Kara! Heißes Wasser, Tücher, viele Tücher!" Sie öffnete die Tür einer der Kammern, wies die Männer an, die Verletzte vorsichtig auf das Bett zu legen.

„Und Ihr geht jetzt mal aus dem Weg, ihr Kerle. Da vorne ist die Küche, sagt der Köchin, ich hätte euch geschickt, sie soll euch versorgen, euch auf den Schreck ein ordentliches Bier zur Stärkung einschenken, meinetwegen auch Kuchen und Brot auftischen und jetzt hinaus. Nein, keine Sorge, wir werden ihr helfen! Hinaus jetzt!"

Bent trat zu der Frau, begutachtete das verletzte Bein. Das war heftig! Eine tiefe, klaffende Fleischwunde! Sie gab der fast Bewußtlosen ein paar leichte, zarte Ohrfeigen, damit sie wieder etwas zu sich kam.

„Was, bei allen Göttern, hast du gemacht?"

„Holz gehackt", kam die stöhnende Antwort. „Wir fällten eine der Akazien. Wir brauchen doch Feuerholz."

„Aber was machst du denn? Das ist harte Männerarbeit! Du siehst doch, was dabei herauskommt. Wie heißt du?"

„Binaret."

„Süß? Gut, Mädchen, wir werden dir gleich helfen!" Bent kramte Tücher aus der Truhe, richtete den Tisch,

„Der Sohn ist krank!", wimmerte die Verletzte. „Da können die Männer eine helfende Hand gut gebrauchen."

„Ja, und du rammst dir augenblicklich die Axt ins Bein, jetzt haben sie zwei Kranke! Hättest deinen Sohn gleich zu mir schicken sollen!" Bent streichelte der Frau beruhigend die Wange, schaute ihr genauer ins Gesicht. „Ach jaja! Deinen *kranken* Sohn kenn ich!", schimpfte sie dann, und tätschelte die Backe der Frau. „Der hat oft Anfälle von akuter Faulenzerei, was! Und meist ziehen ihm heftige Darmwinde durch den Kopf, die er mit ungezügelter Sauferei in den Griff kriegen will, hä! Meiner Meinung nach würde ihn ein gehöriger Tritt in den Hintern schon heilen! Nicht in Ohnmacht fallen, oh nein! Schön wach bleiben!"

„Was haben wir denn?", hörte sie Uadja von der Tür her rufen. „O-o! Ich mach das, Bent, laß mich mal schauen. Rühr du derweil deinen Schlaftrunk an!"

Während Bent darauf wartete, daß eine der Mägde ihren Arzneikasten brachte damit sie die Arznei anrühren konnte, bemerkte sie das herunterhängende Leinentuch, vom rot fließenden Blut längst durchtränkt. Es tropfte vom Saum auf den Boden, sammelte sich in den Rillen und Rissen der alten Steinfliesen zu einer kleinen Lache. Eile war geboten!

„Wir brauchen *Sefetsch*", rief sie Kara zu, packte ihre Glasflakons und die Waage auf den Tisch, „und *Schnedjet*! [11] Ich muß ein Mittel gegen Fieber ansetzen! Nadel und Faden brauchen wir, ruf Baket, sie kann schon mal die Fäden in die Nadeln machen, außerdem kann sie gut nähen! Die guten, breiten Binden brauchen wir und Wein um die Wunde auszuwaschen!"

„Du trinkst das jetzt, Süße", Bent hob der Bäuerin Kopf an und hielt ihr den Becher mit dem Schlaftrunk an die Lippen. „Dann schläfst du und wir werden sehen, daß wir dir helfen können. Keine Sorge, keine Angst, Mädchen! Du wirst bald wieder munter herumhüpfen!"

„Ihr Herz schlägt kräftig!", meinte Kara und erhob sich von der Bettkante, wo sie die ganze Zeit gesessen hatte, der Frau die Hand gehalten, um auf ihren Herzschlag am Handgelenk aufzupassen und um hin wieder die heiße Stirn mit einem feuchten, mit einer Essenz aus Minze getränktem, kühlen Tuch abzuwischen.

„Dann wird sie es auch überleben!", meine Uadja. „Das sind robuste Weibsleute, diese Bauersfrauen, die halten was aus. Kommt, packt alle mit an, wir legen sie auf das andere Bett. Das blutige Leintuch nehm' ich gleich mit." Schließlich hatten sie es geschafft und die Bäuerin lag, tief schlafend und gut versorgt in einem sauberen, frisch bezogenen Bett.

„Wenn sie wach wird, gebt ihr von dem Wein, in den ihr ein Eigelb hineingebt und Honig. Aber nur den Dotter von einem unserer komischen Vögel! Haben die Hennen gelegt? Sie muß wieder zu Kräften kommen, der Blutverlust wird sie geschwächt haben. Und ihr", wies Bent die Mägde an, „macht sauber! Und nehmt Uadja gefälligst das Leintuch und die blutigen Tücher ab! Sie ist eine Priesterin der Isis, soll sie vielleicht die niederen Dienste einer Wäscherin erledigen? Baket, du machst Uadjas Instrumente sauber! Schluß! Keine Widerrede! Hm!", brummte Bent noch mit säuerlichem Gesicht, rief die Magd zurück, die gerade mit ihren Kasten aus dem Raum gehen wollte. „Da steht *noch* was aus, ich bin hier nicht fertig!" Abermals packte sie die kleinen Glasflaschen und die *Mechat* aus, rührte eine große Menge einer gallig bitteren Medizin an, die wie von den Göttern dazu gemacht war, jemanden mindestens drei Tage lang von *innen* zu reinigen.

Mit dem Becher in der Hand betrat sie mit großer Geste die geräumige Küche, wo die einfachen Leute saßen, warteten, jetzt hastig unbeholfen aufsprangen, mit ehrfürchtigem Schweigen die unheimliche, furchterregende, mächtige Hexe von Uaset anstarrten, obendrein voller Furcht, die Mutter, die

---

[11] Koniferenharz und Nilakazienblätter

Großmutter, die Schwester, die Frau verloren zu haben.

„Sie hat es gut überstanden!", rief Bent den Männern und Kindern zu. „Ein paar Tage allerdings wird sie hierbleiben müssen. Nicht daß sie Fieber bekommt oder die Wunde wieder aufbricht."

„Habt Dank, Herrin!", grummelte der Bauer demütig, „Was bin ich Euch schuldig?"

Bent starrte ihn eine Weile lang an, der Mann wand sich schwitzend verlegen unter ihrem prüfenden Blick, zerknüllte aufgeregt sein Kopftuch, das er die ganze Zeit schon in Händen hielt.

„Nichts!", tadelte sie schließlich. „Aber daß mir das nicht nochmal vorkommt!"

„Nein, Herrin! Danke, Herrin! Kommt, wir gehen. Wir haben hier nichts verloren!" Erleichtert wollten sich die Bauersleut auf den Nachhauseweg machen.

„Einen Augenblick!", rief Bent mit ihrer unheilvollen Rabenstimme, vor der selbst die großen, kräftigen Männer zusammenzuckten. „Hiergeblieben! Von euch ist noch einer krank!" Gehorsam blieben alle stehen.

„Ich! Ich! Ich!", rief der Jüngste begeistert, drängelte sich eifrig in den Vordergrund, anscheinend froh drum umsonst behandelt zu werden. Bent zog ihn am Ohr zur Seite: „Du doch nicht! Der da! Dein Bruder! Komm du einmal her!"

Das lange Elend, eine mürrische Leichenbittermiene ziehend, trat zögernd vor.

„Trink das!" Bents Ton duldete keine Ausflüchte.

„Bin ich wirklich so krank?"

„Oh ja! Runter damit! Alles auf einmal!" Sie funkelte ihn mit glühenden Augen an während er gehorsam den Becher leerte.

„Wenn die besonders förderliche Wirkung dieser Arznei nachgelassen hat", raunte sie ihm unheildrohend ins Ohr, „dann komm ich persönlich zu dir. Und wenn ich dann sehe, daß du dich immer noch drückst, schon wieder säufst oder deine Mutter nochmals deine Arbeit macht, bekommst du noch so einen Becher voll von der guten Medizin! Ich wünsche gute Besserung! Und jetzt sieh zu, daß du schleunigst aus meiner Küche und meinem Haus verschwindest, denn das Zeug wirkt unglaublich schnell!"

Der pickelige Jüngling versuchte erst gar nicht etwas zu erwidern, schaute verblüfft in Bents Gesicht. Das bedrohliche Blubbern aus seinen Eingeweiden brachte ihn dazu, eiligst den Becher fallen zu lassen und Hals über Kopf aus dem Raum zu stürmen.

„Dem habt Ihr aber ordentlich Angst eingeflößt, Herrin!", lachte die Köchin und schaute, die Hände in die Hüften gestemmt, den Bauern nach, die draußen über den Hof hasteten, umgehend zusahen, daß sie aus Bents unheimlichen Bannkreis verschwanden. „Ich kenne ihn! Dieser Flegel! Dieser

Nichtsnutz! Hält sich mit Vorliebe in den Schenken auf und seine arme Mutter weiß sich keinen Rat mehr! Was hat er denn, daß du ihn auch noch mit einem *Pechret* versorgst?"

Bent grinste gehässig. „Ich hab ihm angesehen, daß er an einer bösartigen Verstopfung seiner Eingeweide leidet. Sowas sollte umgehend kuriert werden, damit ist überhaupt nicht zu spaßen!"

Am Abend versammelten sich alle auf der Dachterrasse, wollten plaudern, scherzen, die kühle Luft genießen. Die Köchin brachte Kuchen, Kara den Honigtopf, Uadja spielte auf ihrer Laute. Baket, abseits sitzend, konnte es einfach nicht lassen, unentwegt ihre Nase in die Papyri zu stecken. So nutzte sie auch jetzt den letzten Rest Tageslicht um zu lernen. Ranofer, der sie abholen wollte, wurde kurzerhand mit eingeladen und so brachte er auch Tachut nach oben, setzte sie vorsichtig in einen der Sessel, huschte die Treppe wieder hinunter und schleppte auch noch mühelos den großen Krug Wein und das dazugehörende Holzgestell hoch. Danach setzte er sich auf seinen alten, angestammten Platz auf der Brüstung, schaute seufzend hinüber zum Gebirge und dem Sonnenuntergang.

„Wenn ich es mir je leisten könnte, würde ich mir ein schönes großes Haus auf der anderen Seite wünschen", sinnierte er, Bent betrachtend, die gerade zu ihm trat.

„Neschon hat ein vornehmes Haus da drüben! Im *Aufstieg Atons*. Hast du für mich ein paar deiner Blättchen?", riß sie ihn aus seinen Betrachtungen, hielt ihm einen vollen Becher hin.

„Natürlich, Herrin!" Er kramte in der kleinen Tasche seines Schurzes, hielt seinerseits Bent eins der festgerollten Blätterklümpchen hin.

„Wo hast du das bloß her und was ist das überhaupt?"

„Keine Ahnung!", lachte er. „Ich dachte immer, das kann nur aus *Punt* kommen. Dann hat mir der Händler aber erzählt, es käme aus den Nordländern. Von Kaufleuten aus dem Norden der Nordländer. Und die haben es von Händlern, die es von Händlern beziehen die in Richtung des Sonnenuntergangs tagelang über ein großes Meer fahren. Dort gäbe es ein großes Land und sie handeln mit den Leuten dort." [12]

„Du spinnst doch!", lachte Bent neckend. „Ein großes Meer und Land Richtung Sonnenuntergang, pah! Du erzählst mal wieder Märchen! Oder schaust du deswegen nach Westen? Hoffst wohl etwas zu sehen, weil du da hoch auf der Mauer hockst."

---

[12] Nehmen wir an, Ranofers ominöse Blätterkügelchen bestünden aus Tabak. Tatsächlich, und vielen Archäologen ein Rätsel, wurden unerklärlicherweise bei der Mumie von Pharao Ramses II. Tabakblätter gefunden, was mich veranlaßte, die damals eigentlich nur in Amerika vorkommende Pflanze hier spekulativ mit einzubauen

„Selbst vom Westgebirge aus würdest du es nicht sehen. Noch nicht einmal, wenn du bis ganz hoch hinauf auf *Meretsegers* Gipfel steigen würdest, so weit ist das von uns weg." Er rieb sich müde die unrasierten Wangen, fuhr sich durch sein langes Haar.

„Meinst du wirklich, die Welt wäre so groß?"

„Oh ja!" Er spuckte über die Brüstung, nahm einen Schluck Wein. „Ich hörte, ihr hattet heute viel zu tun."

„Ja. Eine der Bauersfrauen hat es geschafft, sich eine Axt ins Bein zu schlagen."

„Du liebes Bißchen! Konntet ihr helfen?"

„Aber ja."

„War es schlimm?" Sein Blick huschte zu Baket und den anderen hin, dann faßte er ihr sanft unters Kinn, gab ihr einen zarten, tröstenden Kuß.

„Nicht doch!", flüsterte Bent und trat einen Schritt zurück. „Nein, es war nicht schlimm. Ich bin nicht zimperlich, das weißt du doch. Was war mit dem Herrn neulich?", fragte sie dann scheinheilig lächelnd, „Und dem vielen Wein? In der großen Kammer?"

„Oh ho!", lachte Ranofer. „Der hatte vielleicht einen Durst! Ehrlich gesagt, ich kanns verstehen. Das hat ihm ganz schön zugesetzt und auf einmal waren die bösartigen Schmerzen weg. Er ließ sich nicht nehmen, dies gründlich zu feiern und die Schmerzen von meinen Schlag mit dem Wein zu kühlen! Den Faustschlag hat er mir übrigens großmütig verziehen!"

Bent lächelte ihn an, versank mit ihrem Blick in seinen schönen Augen mit den langen Wimpern, schmachtete ihn beinahe wie ein Backfisch an.

„Ihr solltet mich nicht so anschauen, Herrin!"

„Ich liebe dich!", flüsterte sie zärtlich.

„Nicht doch! Ihr wißt, daß ich Eure Liebe nicht erwidere. Na! Sehe ich Tränen? Nicht!"

„Warum ist sie nicht schwanger, Ranofer?"

„Verdammt!", fluchte er, augenblicklich war seine gute Laune dahin. „Sie weiß zuviel! Stöbert zu oft in den Schriften! Ihr solltet ihr das verbieten! Anscheinend stopft sie sich da unten was rein, wenn sie ahnt, daß ich bei ihr liegen will! Sie ist nicht wie Nefru, deren gesegneter Leib bereits mit dem zweiten Kind schwanger geht." Im hohen Bogen spuckte er zornig die braune Brühe aus seinen Backen über die Brüstung. „Komm, ich erzähle dir lieber von dem Herrn: was ist das für ein feiner Kerl! Das glaubst du nicht. Nur der Wein konnte seine Zunge lösen und wir soffen und grölten wie die Jünglinge, die die Gefahr des Rausches nicht kennen, nicht sehen wollen. Wir lachten, hatten Spaß. Wäre er nicht, was er ist, ich glaube, dieser große Mann könnte mir ein guter Freund, nein, mein bester Freund sein."

„Wie schön das zu hören!" Bent schluckte die Tränen runter, gab sich wieder mal den Anschein, als könne ihre harte Schale niemals aufbrechen, nippte an ihrem Wein.

„Sie hat sich die Axt ins Bein gerammt, weil ihr unnützer Sprößling anscheinend wieder mal saufen war und sie die Arbeit erledigt wissen wollte. Da kommt mir die Galle hoch, Ranofer! Was sind das für Kinder? Haben keinerlei Achtung vor den Eltern, ihrer harten Arbeit und vor dem, was sie leisten! Er kam viel zu glimpflich davon!"

„Glimpflich?"

„Ihr solltet aufpassen, wenn ihr nach Hause geht. Paßt auf wo ihr hintretet. Ich gab ihm ein Abführmittel! Jede Menge davon!"

Ranofer brach in schallendes Lachen aus. „So wie ich dich kenne, hat es eine durchschlagende Wirkung! Der Nichtsnutz düngt mittlerweile bestimmt immer noch ausgiebig sämtliche Felder ringsum!"

Tage später erwachte Bent mitten in der Nacht. Ihr war, als hörte sie Schreie. Todesschreie. Jemand starb! Jetzt! In diesem Augenblick!

Sie setzte sich herzbebend auf, horchte in die Nacht. Die Stunde *Der Wütenden, welche die Hinterhältigen schlachtet* schien vorbei. Gerade schien die dunkle Stunde kurz vor Sonnenaufgang zu sein. Die elfte Nachtstunde, am Stundentor der *Ruheplatz der Unterweltlichen*, die Stunde *Der Sternigen, der Herrin der Barke, die den Widersacher abwehrt bei seinem Hervorkommen*. Die Nacht stand am *Rande der Höhle*!

„Zu kennen die Wesen der Unterwelt; die geheimen Wesen; die Tore und Wege, auf denen der große Gott wandelt; zu kennen, was getan wird, was in den Stunden ist und ihre Götter; zu kennen den Lauf der Stunden und ihre Götter; zu kennen ihre Verklärungssprüche für Re; zu kennen, was er ihnen zuruft; zu kennen die Gedeihenden und die Vernichteten" [13] , wisperte Bent aufgewühlt betend vor sich hin.

Komm mit

Irgendwo rief ein Käuzchen laut seinen unheimlichen Ruf; saß wahrscheinlich im Spalier. Die Blätter der Weinstöcke raschelten im ewigen Nordwind, doch im Haus selbst war alles still. Mit den Händen über ihre Arme streifend, versuchend die gruselige Gänsehaut zu mißachten, lauschte Bent den Geräuschen der Nacht. Hörte Mäuse piepsen, ihren eigenen Herzschlag, noch einmal das beklemmende *Komm mit* des Käuzchens, Grillen zirpen, ein Vogel gab in seinem Traum einen zwitschernden Laut von sich, sie

---

[13] Aus dem Amduat, die Stunden der Nacht und das was man darüber wissen sollte

hörte Bast schnurren, die zusammengerollt am Fußende ihres Bettes lag. Die klugen, wissenden Äugelchen der Katze leuchteten im Dunkeln zu Bent herüber.

„Du hast es auch gespürt!"

Mau

„Solltest du nicht auf Mäusejagd sein?"

Mau

„Schäm dich! Faulpelz!"

Es waren kaum Gäste im Haus, und diejenigen die sich hier gesund pflegen ließen, waren nicht so krank, daß Bent irgendein Ableben erwartet hätte. Auch war es nicht mehr so wie noch vor Jahren, als die alten Damen, allesamt Priesterinnen, hier bis zu ihrem Tode gepflegt und umsorgt wurden. Sie waren mittlerweile alle verstorben. Es waren weder alte noch gebrechliche Leute im Haus. Die einzig Alte war …

„Tachut!"

Sie fuhr aus dem Bett hoch, Bast suchte fauchend das Weite, Bent suchte mit fliegenden Fingern im Dunkeln nach ihrem Kittel, hastete, ihn überstreifend aus der Kammer über den in tiefster Schwärze daliegenden Innenhof. Neumond! Verflucht! Mit Wumms knallte ihr Fuß an die Mauer des Wasserbeckens. Nur mit ganz viel Beherrschung verkniff sie sich einen lauten Schmerzensschrei, sich sicher, sämtliche Zehen gebrochen zu haben. Humpelnd eilte sie weiter dem zweiten Innenhof entgegen um dort links hinüber zu Tachuts Wohnstatt zu huschen.

Unter der Tür des Allerheiligsten, das die beiden Höfe trennte, schimmerte ein blaues Licht auf!

Abrupt blieb Bent schnaufend stehen, starrte auf die schmale Ritze unter der Tür, betrachtete das unheimliche Flackern.

Da leuchtete keine vergessene Kerze!

Die *Sternige*!

Das Licht, weiß, blaßblau, flackerte so grell wie die seltenen Blitze die manchmal den Nachthimmel erleuchteten. Dann wandelten die Götter am Himmel entlang, kamen manchmal sogar von einem lauten Knall begleitet über *Nuts* gebeugten Leib auf die Erde herab. So wie Isis anscheinend bereits da war, ihren Wohnsitz auf Erden aufsuchte! Bent sank demütig auf die Knie, ehrfürchtig „Große Mutter! Verschone Tachut!" flüsternd. „Bist du gekommen, um sie zu dir zu führen? Geisterfürstin! Totengöttin! Nimm sie mir nicht weg. Bitte!"

Sich aufraffend stolperte Bent weiter in dieser absoluten trostlosen Finsternis, fand ihren Weg zwischen den beiden Höfen hinüber in den, wie eine dunkle, unheimliche Schlucht vor ihr liegenden breiten Gang zwischen der Festhalle und weiteren Wohnräumen. Dort blieb sie einen Augenblick japsend stehen, versuchte sich zu sammeln, ihre Gedanken zu ordnen, sich selbst zur Ordnung zu rufen. Warum bei allen Dämonen der Nacht brannten keine Lampen? Ist uns das Öl knapp geworden oder was? Normalerweise brannte des Nachts in jedem Hof wenigstens eine Laterne. Falls ein Notfall wäre, man es eilig hätte. Oh, wartet! Morgen werdet ihr alle was zu hören kriegen!

Endlich hatte sie sich soweit in der Gewalt, daß ihr das ganz besondere Kunststückchen – nämlich im Dunkeln etwas zu sehen – gelang. Ein Glück, denn sie wäre um ein Haar in Uadjas Kammer gestürzt. So hastete Bent schnell ein paar Türen weiter, riß Tachuts Kammertür auf, stürmte hinein.

Allein hier war niemand!

Das Bett leer, gar unbenutzt!

„Tachut!", krächzte Bent voller Entsetzen, „Wo bist du?"

Mit brennenden Augen starrte Bent schnaufend an Tachuts Tisch sitzend vor sich hin, grübelnd wie sie vorgehen sollte. Ihre Angst um die alte Frau ließ sie kaum einen klaren Gedanken fassen. Alle aus dem Schlaf schrecken, damit man mit Fackeln in der Hand nach der alten Dame suchte? Wo war Tachut? Sie vermutete sie überall, gestürzt und hilflos liegend, frierend in der kühlen Nacht, vor Angst sterbend. Tatsächlich gestorben.

Am Morgen, gleich nachher, sobald es hell war, würden sie sie finden. Kalt und steif, irgendwo. Im Garten, auf dem angrenzenden Feld oder unter dem Palmenhain, wohin sie manchmal zu einem kleinen Abendspaziergang aufbrach, oben auf der Dachterrasse, oder was noch schlimmer: vielleicht wollte sie die bucklige, steile Kellertreppe hinunter in die Apotheke. Lag am Fuße der Treppe, verkrümmt, mit gebrochenen Gliedern, blutend …

Aus dem Dunkel der Nacht schälte sich mit jedem weiteren bangen Herzschlag allmählich Chepres segnendes Licht. Nicht mehr lange und seine endlose Fahrt durch die schwarze, gefahrvolle Nacht ging vorüber, würde er hoffentlich triumphal dem Horizont entsteigen, Kemet einen weiteren Tag unter seinem hellem Leuchten schenken. Bent hoffte so sehr wie in noch keiner Nacht zuvor, daß Seth den ewigen Kampf gegen Apep auch dieses Mal gewonnen hatte, Chepre unversehrt seiner Barke entsteigen konnte, um sein göttliches Licht zur Erde zu schicken.

„Vater, hilf mir!", flüsterte Bent, die Hand im Ausschnitt, das vernarbte Tintenbild ertastend, „Steh auf! Laß es endlich Tag werden! Ich bitte dich!"

Die Tür knarzte, öffnete sich. Im schwachen Licht des jungfräulichen, noch kühlen Morgens wankte eine Frau herein, nackt, kraftlos, sank wie gänzlich ermattet keuchend an der Türschwelle zu Boden, die zarte Hand um den Riegel geklammert. Das war kein Mädchen! Keine der Mägde, kein junges Ding! Nein. Es war eine Frau im besten, schönsten Alter! Eine vollends aufgeblühte, vollkommene, pralle Schönheit, der noch ein paar etliche Jahre blieben, ehe man ihr das nahende Alter ansehen könnte. Schlank, groß, ein flacher Bauch, volle, feste Brüste, ein runder, saftiger Hintern. Sie wirkte so schwach und zerbrechlich wie ein hilfloser, zarter Schmetterling, der soeben seiner schützenden Hülle entschlüpft war. Das lange, dunkle Haar, von ein paar grauen Strähnen durchzogen, umgab sie wie ein schützender Umhang.

Ein Gast des Hauses?

Auch das noch!

Sicher hatte sie sich verlaufen. Bent wollte aufspringen, ihr hochhelfen, sie zu ihrer Kammer zurückbegleiten. Hielt im gleichen Augenblick inne, als die Dame sich mit der gepflegten schmalen Hand das wirre Haar aus dem Gesicht strich, hinter die Ohren klemmte, versuchte aufzustehen. Sich einen Schrei verkneifend stand Bent da, die Hand am Mund, starrte die Frau an, die endlich bemerkte, daß sie nicht allein in dieser Kammer war. Sie machte einen unsicheren, schwankenden Schritt auf Bent zu, hielt sich wie vollkommen entkräftet schwach an der Tischkante fest.

Bent starrte sie an – das mußte ein Alptraum sein! Dieses schöne, herbe Gesicht! Die glatten Wangen, die schmale, leicht gebogene Nase, wache Augen …

„Sie läßt dich sterben, bevor sie dir ihre Gunst erweist, hm? Niemand weiß das so gut wie du, Bent!"

„Tachut!"

Nur ein Flüstern kam Bent über die kalten Lippen, zu geschockt war sie.

„Bist du denn von allen guten Geistern verlassen!", zischte Bent ein paar entsetzlich lange, sprachlose Augenblicke später, legte Tachut mit zittriger Hand einen ihrer Umhänge über die nackten Schultern. Tachut gab keine Antwort, starrte still vor sich hin. Bent verstand sie nur zu gut. Saß sie nicht selbst vor Jahren genauso erschöpft an einem Tisch? So schwach, wie leer, entgeistert über das, was mit ihr geschehen war? War sie nicht selbst in jene kalte, grauenvolle, einsame pechschwarze Dunkelheit gesunken? In jene fürchterliche, gnadenlose Leere des Jenseits, in dieses leblose Nichts, außerhalb aller Gedanken und Gefühle?

Zitternd griff sie nach Tachuts warmer, ebenso bebender Hand, hielt sie, schaute ihr kopfschüttelnd ins Gesicht, streichelte ihr sanft die faltenfreie, glatte Wange.

„Ich sagte doch, ich denke darüber nach", hauchte Tachut kraftlos.

„Du spinnst doch!", fast kreischte Bent vor Aufregung.

„Du kannst dich *ihr* nicht allein entgegenstellen!", flüsterte Tachut heiser, räusperte sich, verdrehte die Augen, daß nur noch das Weiße zu sehen war.

„Ich bin Nebethat! Ich bin die Herrin des Hauses!"

„Was hast du nur getan!"

„Ich tat es dir zuliebe!" Sie zog sich schlotternd den Umhang fester, als fröre sie, schaute sich um.

„Nefru wird schon auf sein", zischte Bent, „die Öfen angezündet haben. Ich geh dir warmes Bier holen. Dann wird dir warm. Ich bring auch Brot und Honig mit. Du mußt was essen. Und wenn ich zurück bin … dann Tachut, dann … bete zu Isis, daß ich gnädig mit dir verfahre!"

„Und jetzt?"

Wenn Bent sich auch nach Außen den Anschein völliger Ruhe gab, so tobte in ihrem Inneren ein Sturm, ein gewaltiger, aufwühlender Sturm. Möglichst gelassen schaute sie Tachut zu, die sich an dem Becher mit dem warmen Bier festhielt.

„Jetzt", Tachut schob den Becher beiseite, suchte offensichtlich mit der Zunge im Mund alle Zähne ab, griff nach dem Brot, tunkte es in den Honig, „müssen wir sehen, daß wir weitermachen. Es sind Gäste im Haus, die versorgt werden wollen, der übliche Tagesablauf wird uns einholen. Die Wäsche will gewaschen werden, das Essen gekocht, die Gartenarbeit erledigt werden."

„Du weißt ganz genau, was ich meine!", giftete Bent, die sich ebenso einen Becher einschenkte, das Bier in ihre Kehle kippte, darauf hoffend, daß der kleine Rausch ihre fliegenden Gedanken beruhigte. „Wie willst du das den anderen beibringen? Tachut! Was hast du dir nur dabei gedacht?"

„Du kannst dich seiner Gunst nicht entziehen! Man schlägt keine Einladung des *Guten Gottes* aus! Du würdest ihn beleidigen! Man beleidigt keinen Gott! Er wird uns das Haus schließen, unser Vermögen einziehen, hundert Stockschläge und das Abschneiden von Nasen und Ohren werden dabei vielleicht noch das Harmloseste sein, im schlimmsten Fall …"

„Krokodile?", unterbrach Bent fassungslos.

„Auch das ist schon vorgekommen! Ich weiß, wie es am Hofe zugeht! Du darfst dir in deiner Position als Hohepriesterin der Isis und als *Semhert Per Nesut, Semhert Wati* der *Hemet Nesut Weret* [14] nichts, aber auch rein gar nichts zuschulden kommen lassen! Zuviele hungrige Mäuler hängen an deinen Rockschößen! Und nicht jede kann, so wie ich, in einem Tempel Zuflucht suchen, den Hof, das Große Haus, einfach hinter sich lassen. Du hast einen Ruf zu verlieren, einen guten Ruf, den du dir in den letzten Jahren redlich verdient hast! Der Herr achtet dich! Vergiß das nicht! Und wenn es so ist, wie

---

[14] Frei übersetzt: Freundin des Königshauses, einzigartige Freundin der Großen Königlichen Gemahlin

du sagtest, *Sie* den Jungen, den Prinzen … Was für eine grauenvolle Vorstellung … Es blieb mir keine andere Wahl, Bent! Ich fühlte mich zu alt, zu schwach … Es steht zuviel auf dem Spiel …" Tachut schaute mit flehendem Blick Bent ins Gesicht, „Wie sehe ich aus?", flüsternd.

Bent warf ihr wutentbrannt ein Stück Brot an den Kopf. „Du dummes Ding! Du blöde Nilgans! Du hättest sterben können! Versprich mir, daß du das nie wieder tust! Ich möchte keine Vorkehrungen treffen müssen. Sie hätte dich verbrennen können! In den Feuersee werfen können für deine Verfehlung!"

„Ich bin doch gestorben! Ich habe diesen See schon vor vielen Jahren einmal gesehen! Der *Oberste der Vernichtenden* schickte mich, die Frevlerin, abermals hinunter! In die feuergefüllten Gruben! Niemand kann in die Flammen, mit denen der Feuersee umgeben ist, eindringen, Bent. Ich habe es gesehen, vor vielen Jahren schon. Sagte ich dir damals nicht, *‚Was ich in dieser Nacht gesehen und erlebt habe, wünsche ich meinem ärgsten Feind nicht'*.

Aufgewühlt und erschüttert trank Tachut von dem warmen Bier, hielt sich an dem Becher fest, als könne er Halt und Sicherheit geben.

„Geköpfte Sünder", fuhr sie fort, „schwimmen in ihm, er ist das unnahbare Wasser, das Osiris' Feinden als verzehrende Flamme entgegenschlägt, ihm selbst, dem Gott der Toten aber zur Labung dient. Und zeigt der See sich den Wahrhaftigen nicht als voll mit Gerste, die ihnen zur süßen Speise gereicht? Während sein Wasser den Verdammten feurig erscheint, die Vögel des Himmels fliehen läßt bei seinem grauenvollen Anblick und seinem Gestank nach Pestilenz? Ich habe die dunkle Seite der Duat gesehen, Bent! Die Finsternis der Vernichteten besteht aus Blut! Sie schwimmen in ihrem eigenen Blut! Und nur weil Nebethat über mich wacht, konnte Isis, die Schwester, mir noch ein einziges Mal gnädig sein!"

Bent schnappte nach Atemluft. Niemals zuvor blickte sie in dermaßen grauenvolle Abgründe … Wußte sie doch, daß Horus die Riesenschlange *Großer Feuriger* auffordert, sein Maul zu öffnen, damit sie Feuer speie gegen die Feinde des Vaters mit den Worten: *Mögest du ihre Körper in Flammen setzen, ihre Seelen kochen durch den Gluthauch deines Maules, durch die Feuerglut, die in deinem Leib ist …* [15] Doch noch nie ist jemand zurückgekommen um zu berichten …

Außer …

Sie hier!

Sie, Tachut, war drüben! Die Freundin! Die Gefährtin! Und sie tat es einzig und allein um Bent zu helfen! Ohne zu wissen. ob sie jemals zurückkommen

---

15 Aus dem Amduat. Von dem was in der Duat ist: Der Feuersee, die Geköpften, das Blut, die Flammen, die Schlangen. Die Vorstellung einer Hölle existiert länger, als wir ahnen.

würde!

„Halt mich!"

Weinend fielen sich die beiden Frauen in den Arm, drückten sich.

„Wie du aussiehst?", schniefte Bent nach einer Weile, „Frag mich was anderes, du häßliche verschrumpelte Kröte!"

Tachut versuchte ein Lächeln. „Ich bin immer noch ich, hm?"

„Nein! Schlimmer!"

Tachut stand auf, ein wenig schwankend, so als sei der Körper nicht gewohnt, sicher auf zwei Beinen zu stehen, öffnete die Lade des kleinen Tisches neben ihrem Bett, entnahm ihr ein Anch, öffnete die Kammertür, ließ die Morgensonne hereinscheinen und den Umhang von ihren Schultern gleiten. Mutig blickte sie an sich herab, mit der freien Hand über die prallen Brüste, die runden Hüften, den Bauch streichend. Ließ die Hand sanft über das Schamhaar und zwischen ihre Beine gleiten. Hob schließlich das Gesicht und die Hand mit dem Spiegel in Res helles Licht, betrachtete tapfer ihr edel scheinendes Antlitz. Legte schweigend das Anch auf den Tisch, sank bestürzt in den Sessel davor, „Das habe ich nicht beabsichtigt", hauchend.

„Wie lange", zischte Bent, „warst du im Allerheiligsten?"

„Die ganze Nacht! Die Schmerzen der Gicht haben mich geradezu aufgefressen!"

„Wie konntest du nur!" Sie klatschte Tachut auf die Oberarme, in ihr Genick, auf ihre Hände. „Stell dir vor, dieses Geheimnis würde aufgedeckt! Andere würden danach verlangen! Nicht auszudenken! Du hast mir meinen Schlüssel gestohlen! Du darfst dort nicht hinein! *Ich* bin die Hohepriesterin! *Ich* bin die Herrin!"

„Ich war vor dir Herrin!", brauste Tachut auf, den Klapsen ausweichend. „Vergiß das nicht! Ich habe das Amt bis heute nicht abgelegt! *Ich* bin Nebethat!"

Das unheimliche Flackern in Tachuts Augen geflissentlich übersehend, kramte Bent in deren Truhe, zog ein Kleid heraus, warf es ihr zu.

„Zieh dich an! Und überleg dir gefälligst, wie du das …"

„Guten Morgen, Tachut", flötete es fröhlich von der Tür her. „Oh, du bist schon auf! Und Bent auch! Morgen!" Kara betrat gutgelaunt Tachuts Kammer, blieb stehen, blinzelte, weil sie vom Hellen in die dämmrige Kammer trat, klappte ungläubig den Mund auf und zu, zwinkerte nochmal, diesmal aber entgeistert. Schon bebte ihr Kinn.

„Mach die Tür zu!"

„Das ist doch Humbug!"

Wenn Kara auch das sanfteste Wesen unter Res segnenden Strahlen war, daß hier ging selbst ihr zu weit!

„Um ein Wunder gebetet und es wurde dir gewährt!", schimpfte sie, sich dazwischen kräftig in den Ärmel ihres Kittels schneuzend. „Diesen Unsinn kannst du kleinen Kindern erzählen! Oder Uadja! Die ist so heilig, die glaubt alles, was über Isis gesagt wird. *Wie* bei allen Göttern kannst du *so* aussehen?"

„Und Hemait!"

„Ach halt doch die Klappe!"

„Ein Wunder, Kara! So glaub es ihr doch!"

Immer noch zweifelnd schaute Kara zwischen den beiden hin und her.

„So ein Wunder, wie das damals, als du, Bent, ohne Brandnarben und geheilt in Iarets Kammer saßest?"

„Genau so eins!"

„Pesechet wird an die Decke gehen!"

„Tachut hat nicht vor, hier das Regiment zu übernehmen!"

„Ach nein? Hab ich das?"

„Ach ja, hast du!"

„Hört mit diesem dummen Zank auf! Wir haben wichtigeres zu tun!"

Die Tür wurde aufgerissen.

„Wo steckt ihr denn alle?"

„Uadja! Komm mal her, wir müssen dir was sagen!"

Bevor Uadja in eine betäubende, gnädige Ohnmacht fallen konnte, hatten sie sie schnell untergehakt und auf den Stuhl gesetzt.

„Geht's wieder?" Kara wedelte kurz darauf wie wild mit Tachuts Fächer vor Uadjas Gesicht, faßte in die Waschschüssel, spritzte sie naß.

„Ja!", krächzte Uadja und schob Kara beiseite. „Tachut! Wir müssen beten! Der Göttin ein Opfer bringen! Blumen? Oder? Sind genug im Garten? Weihrauch! Ist genug von dem *Senetscher* da? Der Beste ist gerade gut genug! Bent, das mußt du machen. Am besten sofort. Ihr danken! Der Großen Mutter! Für diese Gnade! Tachut, Tachut, Tachut!"

„Jetzt beruhige dich doch!"

„Das ich das noch erleben darf!"

„So eine alte Schrulle bist du jetzt auch wieder nicht!"

„Ich geb dir gleich Schrulle!"

„Sagst du es Pesechet und Baket?", heuchelte Bent salbungsvoll, „Und der Köchin und denen all? Ich werde keine Zeit finden – wie du sagst – *ich* muß der Göttin für diese Gnade danken. Das wir Tachut noch viele viele Jahre an unserer Seite haben dürfen! Wo *hab* ich nur meine Krone …?"

„Ich mach das, Bent, Herrin! Laß das mal meine Sorge sein. Die Ungläubigen werden was zu hören kriegen! So sieht es aus, wenn man wahrhaftig glaubt! Wahrhaftig betet! Das wird von den Göttern belohnt!"

„Neidisch bist du wohl gar nicht, hm?"

„Tachut!"

„Was denn? So wie sich aufführt! Warum hast du das denn nicht selbst mal ausprobiert!"

„Ich sollte vielleicht … Nein! Das wäre anmaßend! Ich muß gehen und Pesechet von diesem Wunder berichten!"

„Puh!" schnaufte Kara, nachdem hinter Uadja die Tür zuklappte. „Das wäre erledigt!"

„Wie gut, daß sie so gläubig ist! Ihren Ausführungen werden alle glauben – sie würden sich nicht trauen, was anderes zu behaupten."

„Hm", brummte Kara mißtrauisch und starrte die beiden eindringlich an. „Trotzdem hab ich das Gefühl, das hier ist was anderes!"

„Willst du meinen kleinen Hausaltar sehen?" Tachut sprang hoch, wütendes Flackern in den Augen, trat auf Kara zu, packte sie am Arm, schüttelte die Arme gründlich durch. „Hm, willst du? Da, guck! In der Ecke, auf dem Tischchen! Die Räuchertöpfchen für Isis! Die Matte am Boden davor! Wie oft, glaubst du, lag ich dort unten! Auf meinen alten Knien, vor Schmerz bebend, stöhnend und betete, daß sie mich vor dem Alter und seinen Schmerzen verschonen möge! Wie oft kroch ich auf allen Vieren, steif vor Pein, von Gicht zerfressen, zu meiner Bettstatt, damit ich mich daran aufrichten konnte? Wie oft, du dummes Mädchen? Wie oft? Kannst *du* ermessen, wie meine Knochen schmerzten? Mir die Luft weg blieb? Kannst *du* ermessen, wie es ist, kaum etwas zu sehen? Zu hören? Alt zu werden? Hm?"

„Laß mich los! Du tust mir weh! Nein, das kann ich nicht!"

„Kannst du mein ehrfürchtiges Erstaunen auch nur erahnen? Als ich wach wurde und gewahr, was passierte? Meine flehenden Gebete endlich erhört wurden? Diese Gnade, die mir wiederfahren! Du solltest Isis auf Knien danken, daß dir und diesem Haus meine Weisheit, mein Scharfsinn, meine Weitsicht noch lange Jahre erhalten bleiben! Daß ich unserer so von Herzen verehrten Göttin noch lange dienen kann!"

Aufgebracht schubste Tachut die schluchzende Kara von sich.

„Nein, das kannst du nicht, du kleines, dummes Ding! Dann urteile auch nicht! Und nun sieh zu, daß du zu beten anfängst! Vielleicht erfährst du ebenfalls eines Tages ein Wunder! Und jetzt: hinaus mit euch! Macht euch an eure Arbeit!"

Kara sah zu, daß sie aus Tachuts Kammer flüchtete, Bent blieb stehen.

„War das nötig?"

„Manchmal muß man grob sein, will man Gutes tun!"

„Sie nimmt es als gottgewollt hin! Sie hat dir auch so geglaubt!"

„Ihr kochten Zweifel hoch, die hab ich unterbunden!"

„Wenn das mal gut geht!"

„Ich mach das mit deinem Haar, halt still!" Tachut faßte nach dem elfenbeinernen Kamm, teilte Bents Haar in Strähnen ab, begann zu flechten. „Dein Blut gehört dir, Isis, deine Zaubermacht gehört dir, Isis. Der Knoten ist dein Schutz und behütet dich vor dem, der Verbrechen an dir begeht ..."

„Hör auf zu murmeln, Tachut! Was soll das denn?", maulte Bent, während sie Tachut die Haarnadeln hinhielt.

„Soll ich dir helfen oder nicht?"

„Ja, schon gut."

„Ist das Kleid neu?"

„*Tju*, das andere wurde fadenscheinig. Neschon gab sich alle Mühe. Ich finde, es ist viel schöner als das erste geworden."

„Die Stickerei ist wunderbar. Isis wacht über Uaset ... Wir werden ein wundervolles Fest erleben, was meinst du?"

„Keine Ahnung! Ich wäre froh, es wäre schon vorbei!"

„Was redest du denn? Du wirst es genießen! Von dem ganzen Prunk beeindruckt sein, alles in dich aufsaugen. Stell dir vor, du wirst wahrscheinlich ausländischen Königen und Gesandten begegnen! Viele schöne neue Eindrücke sammeln, Erfahrungen machen. Das wird ein einmaliges, großartiges Fest werden und du wirst deinen Spaß haben! Vergiß nicht: wir sind zu zweit, ich werde auf dich achtgeben. *Sie* kann dir nichts anhaben!"

„Was wird das jetzt? Ach Tachut! Du kannst mir doch kein Fädchen ums Handgelenk binden! Wie sieht das denn aus? Der wertvolle Schmuck und dann diese dünne Kordel! Mach das ab!" Wie ein Tolpatsch fummelte Bent an dem Knoten, verfehlte ihn ein ums andere Mal. „Das hast du schon mal gemacht!"

„Es wird dich beschützen! *Heka Achu*! Laß die Finger davon! Du wirst den Knoten nicht lösen können! Du hast noch soviel zu lernen! Aber sei dir gewiß: ich werde die geschenkte Zeit nutzen, um dir all mein Wissen beizubringen. Auch alles über *Heka Achu*." Gefühlvoll legte Tachut Bent die schwere goldene Kette mit dem Abbild der geflügelten Isis um den Hals, strich ihr sanft über die Wange. „Als *ich* damals in diesen Tempel kam, wurde das Haus von Satiah, der *Tochter des Mondes*, geleitet. Anfangs fürchtete ich mich vor der weisen, blinden Frau. Doch in ihrem Herzen wohnte nichts als Güte. Sie hat mich alles gelehrt, hat mich geleitet, mir die Geheimnisse der Magie anvertraut. Und als sie schließlich starb, brachte man Satiah mit aller

Achtung, die ihr gebührte ins *Pa cher aa schepes en Heh en Renpetju en Pera'a Anch Uda Seneb her Imentet Uaset…"* [16]

„Wohin?"

„Ins *Sechet Aat*, in das *Große Feld*! Sie war Große Königliche Gemahlin von Djehutimes, *Men Cheper Re*, aber das wußte niemand mehr, nur ich. Und so veranlaßte ich, daß sie dort, neben den königlichen Gräbern der Damen des Harems von Amenhotep, unserem Guten Gott, beigesetzt wurde. "

„Was erzählst du denn da? *Men Cheper Re*! Das ist doch mehr als hundert Jahre her!

„Auch sie wußte um die göttliche Kraft die im Allerheiligsten wirkt, Bent. Und sie hat sie genutzt. Nicht zum eigenen Vorteil, nur um zu helfen. Als sie starb verging ich vor Kummer und Schmerz, so sehr habe ich sie geliebt, geachtet. Ich will Satiah für dich sein, dich lehren und leiten, damit du deinen Weg gehen kannst.

„Auch wenn deine Worte mir Mut machen sollen, habe ich Angst!"

„*Du?*"

„Was, wenn *Sie* es trotzdem schafft?"

„Dann werden wir den Kampf gemeinsam aufnehmen! Hier, Kind, die Krone!"

„Du weißt, was ich von diesem Bild halte!"

„Du weißt, was ich von *dir* halte! Vergiß das Parfüm nicht. Nein, noch ein wenig! Ja, auch noch ein wenig ins Haar! Fertig?"

„Nein!"

Bent stellte das Parfümfläschchen auf den Tisch neben das Waschgeschirr, griff nach dem silbernen Anch mit dem Elfenbeingriff, starrte zum wiederholten Male ihr gemaltes Gesicht an.

Eine Frau mit Hörnern auf dem Kopf, dazwischen ein Kringel

Eine vornehme Dame! Das lange Haar, glänzend schwarz, zu einer aufwendigen Frisur gebändigt. Gewandet in ihr edelstes Kleid mit goldener Stickerei, geziert mit teurem, blinkenden Schmuck. So vollendet schön wie eine *Ta Schepsi* … Das Gesicht im Spiegel der wohlbekannte Dämon mit feuchten roten Lippen, kalt und glatt, sie selbst giftig und gefährlich wie eine Natter …

Vergebens suchte sie Bent in dem Spiegelbild. Jene Bent, die sie kannte. Die unwirsche Herrin dieses Hauses; die Heilerin. Jene Frau, deren Tage von harter Arbeit geprägt waren. Wo war sie? Sie erblickte Sahu-Re, die ehrwürdige, ewig jung wirkende Hohepriesterin der Isis, auf dem Weg in den Palast, aufgewühlt … wie ein verschrecktes Karnickel!

---

[16] *Die große und erhabene Nekropole der Millionen Jahre des Pharao – er lebe, sei heil und gesund – im Westen von Uaset.* Das Tal der Könige

Bent schaute sich tief in die bleichen Augen unter der schwarzen Farbe des *Sedemet*, zwinkerte, atmete tief ein. Plötzlich wirkte ihr Blick geradewegs wie aus der dunkelsten, tiefsten Duat. Kalt! Wie eine Tote! Längst erloschen das Feuer darin, verblaßt jeglicher Glanz …

Es klopfte …

Sie warf den Anch auf das Bett, griff nach der ledernen Rute mit dem goldenen Griff …

„Komm rein Kara!"

„Seid ihr fertig? Sie sind da, alle. Warten nur auf euch! Oh, Tachut! Du bist wunderschön!"

„Hör auf zu flennen, Weib!"

„Also von Bent laß ich mir das vielleicht ja gerade noch so gefallen!"

„Sie hat Recht, Kara! Zieh die Nase hoch. Tachut? Wollen wir?"

„*Tju!*"

Ranofer schaffte tatsächlich eine kleine Verbeugung.

„Laß das!", raunte sie ihm zu, schaute ihn wohlwollend an. In der schicken Uniform des Isistempels stand er da, selbstsicher und groß, sich seiner neuen Würde bewußt.

Bent erinnerte sich ganz genau an den Wortlaut jenes Briefes, den er ihr vor ein paar Tagen mit stolzgeschwellter Brust gezeigt hatte:

Für seine großmütige und unerschrockene Hilfe bei einer wenig delikaten Angelegenheit erheben wir, Heqa Heqau, Der grimmige Löwe, Amenhotep, Herrscher von Uaset mit sofortiger Wirkung den Offizier und wackeren Wächter des Südlichen Harems von Amun, Ranofer, abermals in den Rang des Offiziers und machen ihn zum Obersten Hauptmann der Wächter des Südlichen Harems von Amun, unserem göttlichen Vater

„Die Priester des Amun werden Euch das Ausleihen ihres neuen Hauptmannes aber in Rechnung stellen. Und die wird nicht gering ausfallen", neckte er, um dann bewundernd zu flüstern: „Du bist wunderschön!"

„Danke! Du auch! Guten Morgen, Samut. Ich danke euch, daß ihr euch bereit erklärtet, mich als meine Wache zu begleiten. Und keine Angst, mit den Priestern des Amun werde ich fertig! Montju, schau nicht so grimmig drein. Du mußt doch hier die Stellung halten. Auf wen soll ich mich denn sonst verlassen? Kara, hör endlich auf zu flennen!"

„In den Palast!", schniefte Kara. „Welch eine Ehre! Aber daß du Tachut mitnimmst…"

„Du mußt wie Montju hierbleiben, Süße. Du mußt doch auf alles achtgeben, wenn ich nicht da bin. Ich werde morgen wieder da sein ..."

So die Götter es wollen! Ich wünschte, ich wäre in meinem Bett geblieben!

Als sähe sie alles zum letzten Mal betrachtete Bent im klaren Licht des kühlen Morgens den Innenhof mit seinem Weinspalier, das Wasserbecken mit dem verschwenderisch blühenden blauen Lotos, ihre Leute, die stolz wie nur sonstwas sich alle vor ihrer Kammer versammelt hatten. Selbst die Mägde, die Köchin und ihr Mann, ihre Söhne – alle standen im Innenhof. Manche staunenden Blickes, mit offenem Mund ob des göttlichen Wunders, welches Tachut wiederfahren war. Kara schniefend, wie sollte es anders sein, Uadja mit verschleiertem, verklärtem Blick, als stünde Isis leibhaftig vor ihr. Pesechets Blick ließ nichts erkennen, doch Bent blickte ihr Herz, gewahrte die verbotene, vergebliche, zärtliche Liebe zu ihr, schaute in ihr mürrisches Gesicht, das nach außen offensichtliche Feindschaft, gepaart mit Eifersucht zeigte. „Hab einen schönen Tag", knurrte sie griesgrämig.

„Danke, Pesechet."

„Wenn du die Gelegenheit bekommen solltest", drängelte Kara sich vor, „dann wünsch ihnen auch von mir alles Gute, viele gesunde süße Kinder und alles Glück dieser Erde. Der Thronfolger, du liebes Bißchen! Und seine kleine Prinzessin ..." Der Rest ging in genußvollem Schneuzen und Freudentränen unter.

„Hier!" Tachut drückte Bent eine Blüte vom Lotos in die Hand. „Das hat schon mal geklappt, Kopf hoch! Los jetzt. Mach das Tor auf, Montju, Zeit, daß wir aufbrechen."

Mit großen Augen musterte Bent am Anleger die Barke des Tempels. Sie leuchtete prunkvoll im hellen Lichte Chepres, die Farben so frisch und bunt wie eben aufgetragen. Aber was war das? Am Bug prangten Schriftzeichen!

Auf Imachyts Schwingen

„Es war an der Zeit, daß sie ihren Namen zurückbekommt!", bemerkte Tachut hinter ihr. „Immerhin gehörte sie einmal mir. Und ich habe mir erlaubt, daß sie zur Feier des Tages einen neuen Anstrich erhält."

„Bist du die Herrin?", schnaubte Bent, gewann allmählich ihre Fassung wieder, ärgerte sich über Tachuts Eigenmächtigkeiten.

„Ah!", bemerkte diese. „Hab ich dich wütend gemacht? Hm? Behalt sie bei, diese Wut. Das verstörte Karnickel kann ich an meiner Seite nicht gebrauchen!"

„Maße dir nicht zuviel an, Tachut!"

„Nach dir, Bent!"

Die Mannschaft stand stramm, als Bent die Barke betrat, die Lotosblüte vorsichtig hinter ihren Gürtel klemmte und in ihrem Sessel vor der Kabine

Platz nahm.

„Macht die Vorhänge beiseite! Die ganze Stadt soll sehen, daß die Herrin des Isistempels auf *Iterus* Wogen zum *Glanz des Aton* unterwegs ist! Jeder soll sehen, daß Pharaos Gunst auf mir und meinem Hause ruht. Auf mir! Sahu-Re, Herrin des Hauses der Isis! Setzt das Segel, Männer! Auf den Schwingen des Nordwindes werden wir den Strom überqueren und dem *Guten Gott* und der *Prinzessin aller Frauen* unsere Aufwartung machen!"

Auf Imachyts Schwingen wurde vorsichtig erst über die Wasser des gewaltigen Hafens, dann über einen breiten, von wiegenden Palmen gesäumten Kanal in die Nähe des großen Tempel des Amun auf dem Palastgelände gerudert. Tachut selbst wurde derweil schon zu den Audienzräumen gebracht, wo später sich alle einfinden sollten.

Mit einem Tragsessel, von Ranofer und Samut flankiert, brachte man Sahu-Re in die heiligen Hallen des Reichsgottes, wo sie im dortigen Innenhof geduldig mit anderen Würdenträgern auf die Erscheinung des Guten Gottes wartete, der Amun-Re, den göttlichen Vater, um seinen Segen für diese Verbindung bitten wollte. Ringsum sie herum brandete Stimmengemurmel, Hüsteln und das Klingeln unzähliger *Sechem*. [17]

Im Gewühl der anderen feinen Leute, vornehmlich Priester und Priesterinnen aller wichtigen und unwichtigen Götter, und im Dunst des Weihrauches, der unzähligen eifrig geschwenkter Räucherarme entwich und sie gleich zum Husten bringen würde, erblickte sie Meretre, die Hohepriesterin der lieblichen Hathor, wie sie selbst mit der gehörnten Sonnenscheibe gekrönt. Grüßend nickte diese ihr zu, was Bent mit einem freundlichen Lächeln anerkannte.

Im Geiste ging Bent das zuvor von Teje zugeschickte Zeremoniell immer wieder durch, hoffend und zu allen Göttern – den wichtigen wie den unwichtigen – betend, daß sie Tachut im Getümmel rechtzeitig wiederfand, bevor sie vielleicht unversehens dem Thronfolger in die Arme lief.

Endlich erschien der Gute Gott!

Lautstarke Trompeten, das Gerassel der *Sechem* und noch mehr weihrauchgeschwängerte Dunstschwaden kündigten von seiner Ankunft!

Amenhotep Heqa Uaset, Neb Maat Re, Ka Nacht Cha em Maat, Ka Nacht Heqa Heqau, Amenhotep Netjer Heqa Uaset!

Wie alle anderen beugte Bent ihre Knie, sank auf den Boden, starrte auf die polierten Steine, streckte die Arme vor, hoffte, die Krone bliebe an ihrem

---

[17] Sistren. Das Sistrum ist ein mächtiges Kultobjekt, genutzt um die Ehrfurcht vor den Götter kundzutun. Die metallene Rassel ist ein zu einem Oval gebogener Bügel an einem Stil, welcher mittig mit locker sitzenden Stäbchen und kleinen Schellen versehen war, die beim Schütteln klingelten.

Platz, erkannte anhand des Geraschels ringsum, daß *Der Gute Gott, Herr der Maat, Erbe des Re, Starke Stier, Herrscher der Herrscher, Der die Asiaten schlägt, Der sein Haus der Ewigkeit vergrößert, Der die Beiden Länder verbindet und leitet, den Gesetzen Bestand gibt, Amenhotep, Gott, Herrscher von Uaset* [18] ins Allerheiligste eingetreten war. So erhob sie sich wieder.

Doch der Gott machte anscheinend auch kein großes Federlesens um irgendwelche Dinge, schon gar nicht um sowas wie ein Zeremoniell, säumte nicht, erledigte die ihm aufgetragene Pflicht offenbar zügig und flott, denn gleich darauf trat er wieder heraus, so schnell, daß kaum jemand – schon gar nicht der allgewaltige Zeremonienmeister – darauf gefaßt war, alle weiterhin plaudernd beisammenstanden. Spitzfindig wie er nun mal war, stieß der neue Hohepriester des Amun aus dem großen *Ipet Sut*, Meriptah, seinen Stock auf den Boden:

„Stille! Verneigt euch! Verneigt euch vor eurem Guten Gott!"

„Was fällt dem *Hem Netjer Tepi en Amun* ein?", tuschelte Meretre, die sich zwischenzeitlich zu Bent gesellt hatte, „Er ist nichts als der *Vorsteher der Propheten aller Götter von Uaset*! Er hat längst nicht Ptahmoses Macht, seinen Einfluß!"

„Nein, wahrlich", flüsterte Bent, sich vorschriftsmäßig verneigend zurück. „Ptahmose war *der einzige Vorsteher der Propheten aller Götter der Beiden Länder*! Mögen die Götter *Dem Ersten Diener des Amun* in den ewigen Gefilden des Friedens wohlgesonnen sein!"

„Das mögen sie, Sahu-Re, das mögen sie! Wollen wir für sein Seelenheil beten!", hörte sie über sich die wohlbekannte, laute, befehlsgewohnte Stimme. „Erhebt euch, Herrin vom Isistempel, Herrin der Katzen! Unterbrecht Euren angenehmen Plausch doch für eine kleine Weile!"

Geschmeidig und erhaben wie eine Katze kam Bent dem Befehl nach und auf ihre Füße, „Mein Herr, mein Gott! *Nesu Bity*!", hauchend, sich empörte, verärgerte Blicke speichelleckender Hofschranzen und vor allem vom Zeremonienmeister einfangend. Mit ihren bleichen, wie aus dem Totenreich wirkenden, scheinbar blinden Augen blickte sie dem Mann unerschrocken entgegen, bis er hüstelnd den Blick senkte, seine Aufmerksamkeit – bleichgeworden und ein wenig fahrig – anderen scheinbaren Frevlern zuwendete.

„Meine *Nebet* ist bei der aufgeregten Braut geblieben, so wie es sich gehört!", plauderte Pharao, wies – in der Hand das blau-goldene Heqa – vor sich, stupste sie damit zart am Ellbogen, auf daß er wünsche mit ihr zusammen die Räumlichkeiten des Gottes zu verlassen.

„Wir wollen die anderen doch im Glauben lassen wegen Eurer Augen,

---

[18] Vollständige Königstitulatur von Pharao Amenhotep III.

meine Dame", flüsterte er schelmisch. Und so schlenderte Bent mit Pharao an ihrer Seite aus dem großen Tempel des Amun-Re. „Sie vertritt seit Jahren Mutterstelle bei ihr", erzählte er launisch weiter, „so ist es nur Recht und Billig. Der Bräutigam weilt derweil zitternd der Dinge harrend in seinen Gemächern aus." Sein Schmunzeln verriet ihr, daß er die Plauderlaune beibehalten wollte, so antwortete sie lächelnd: „Die letzten Stunden seiner Freiheit genießend?"

„Ihr werdet Zeugin seiner Heirat werden! Ihr, Sahu-Re, werdet den Kontrakt mit unterzeichnen!"

„Zuviel der Ehre!", flüsterte Bent entgeistert.

„Ihr werdet Meriptah doch nicht den alleinigen Triumpf überlassen wollen? Daran wird er zusammen mit seinem Stellvertreter, Majarets Gatten, noch lange zu kauen haben, nicht wahr? Keine Angst, Sahu-Re, mein *Imi ra Mescha*, ah, da kommt er gerade, wird ebenso Zeuge sein!"

„Die Dame!" Formvollendet verbeugte sich der Oberste Heerführer vor Bent.

„Du wirst ihr doch geholfen haben, als sie im letzten Jahr um Rat bat?"

„Selbstverständlich, Herr! Habe ich Euch helfen können, Dame Sahu-Re?"

„Danke, ja, vorzüglich habt Ihr geholfen."

„Ihr habt Euren Vater ausfindig gemacht?"

„Ja Herr."

„Ein verschollener Soldat meiner Armee, *Imi ra Mescha*! Niemand soll Pharao um Hilfe bitten und er versagt sie! Siehst du meinen Großmut? Ah, da ist ein weiterer tapferer Recke meines Heeres!" Mit dem Heqa berührte Pharao Ranofers Oberarm, Samut daneben salutierte, genau wie Ranofer auch, vorschriftsmäßig. „Das, *Imi ra Mescha*, ist Ranofer! Einst Offizier in meiner Armee! Jetzt ehrenwerter Hauptmann der Wächter des *Ipet Resit*. Schau dir an, was ich für prächtige Männer in Diensten habe!"

„Schau dir lieber an, was du für prächtige Frauen in deinem goldenen Land hast!", meinte der *Imi ra Mescha*, nahm Ranofers Salutieren zur Kenntnis, nahm noch viel lieber bewundernd Bents Hand, hauchte einen Kuß darüber, schaute ihr tief in die Augen: „Sie hier ist neben unserer *Nebet*, unserer geliebten *Prinzessin aller Frauen*, unserer hochverehrten *Nesut* die wahre *Djed chet neb iret nes*! Deine gesamte Leibwache hat sie an jenem Tag verzaubert, Amenhotep! Sieh dich vor! Die Hexe von Uaset! Sie allein käme, ohne daß wir sie aufhielten, bis in die Kammer hinter dem Thronsaal! Sie allein käme, ohne aufgehalten zu werden, selbst bis in das *Herz des Palastes*!"

„Sieh an, sieh an!", schmunzelte Pharao, reichte Bent eigenhändig die Hand, half ihr in den Tragsessel, „Dann solltest du besser deine Wachen verdoppeln, *Imi ra Mescha*!

Das muß ein Traum sein!

Bent bewunderte auf dem Weg zum Palast nicht zum ersten Mal den bezaubernden Park mit all seinen Schönheiten, den zahmen Tieren, den üppig blühenden, exotischen Blumen. Doch heute erblickte man keine Baugerüste mehr, keine halbfertiggestellten Mauern, keine Bauarbeiter. *Pen Tjehen Aton* erstrahlte in seinem königlichen Glanz, in seiner vollendeten Schönheit!

Nein, das war kein Traum!

Sie war sich nur zu bewußt, daß Pharao neben ihrem Sessel einherschritt, auf der anderen Seite der *Imi ra Mescha* - er hieß Ramose, [19] wie sie aus der Unterhaltung der Männer heraushörte. Beide plauderten, als sei sie erwählt, ein vollwertiges Mitglied des elitären Hofstaates! Und noch weniger entging ihr das Schäkern der Männer! Wie aufgeplusterte Täuberiche gurrten sie um ihre Gunst, buhlten um sie, übertrumpften sich gegenseitig mit Wortwitz und Schlagfertigkeit sie zu unterhalten, während sie sich dem Audienzsaal näherten. Sie mochte sich gar nicht vorstellen, was in Ranofer vor sich ging, der mit Samut hinter dem Tragsessel schritt. Es war gut, daß sie sein Gesicht nicht sehen konnte!

„Was ist das *Herz des Palastes*?", fragte sie neugierig, lächelnd das Schäkern der Männer erwidernd.

„Oh ho! Amenhotep, die Dame will es aber ganz genau wissen!"

„Wie gut, daß wir unter uns sind, Ramose. Und was bin ich der *Nesut* dankbar, daß sie darauf bestand, diesen denkwürdigen Tag ohne großes Zeremoniell hinter uns zu bringen. Du willst wissen, was das *Herz des Palastes* ist? Soll ich es dir zeigen, wenn wir angekommen sind? Es wird dir gefallen, Herrin der Katzen!"

„Ihr beliebt mit mir zu scherzen, mein König!" Bent schlug ihm sanft ihren flaumigen Fächer auf den Arm. „Ein Palast kann doch kein Herz haben!"

„Wartet es nur ab, Herrin!" Wie ein übermütiger junger Mann lächelte Pharao sie an, legte seine Hand auf sein Herz, doch im gleichen Augenblick wechselte seine Miene zu jener undurchdringlichen, mürrisch scheinenden Maske, die sie schon einmal an ihm gesehen hatte: an jenem fernen Tag des Umzuges, als er, gerade den Thron bestiegen, seine junge Braut Teje in sein Heim holte. Die kleine Gesellschaft kam gerade an den Toren des Audienzsaales an!

„Ich darf Euch geleiten?" Ramose machte abermals eine vollendete Verbeugung, hielt ihr galant die Hand hin, half ihr aus dem Sessel. „Auf seine

---

[19] Pharao Amenhoteps III. Regentschaft verlief, bis auf einen Feldzug in Nubien, in seinem 5. Regierungsjahr, friedlich. Den Namen irgendeines Obersten Heerführers, *Imi ra Mescha*, auszumachen war mir nicht möglich, deshalb ist Ramose ein fiktiver Name

Huld müßt Ihr nun verzichten, Ihr versteht?"

Bent ergriff seine Hand, erhob sich. „Ich verstehe! Natürlich!"

„Er bat mich für heute an Eurer Seite zu stehen, *Nebet*, Euch zur Gesellschaft zu dienen, damit Ihr Euch unter all den hohen Gästen nicht verloren vorkommt."

„Wie liebenswert. Habt Dank. Ich freue mich, den Tag in Eurer Gesellschaft zu verbringen! Wollt Ihr mich nun hineinbegleiten?" Mit kalter Hand umklammerte sie die Rute, bat Isis im Geiste um Beistand und betrat durch die große Doppeltür den prächtigen Audienzsaal.

Was für eine Pracht! Was für ein Duft! Was für ein Meer von Blüten! Dazu spielten Musikanten auf ihren Harfen und Flöten, deren süße Töne sanft das Stimmengewirr untermalten. Dazwischen Jungs und Mädchen, die große Fächer aus weißen Straußenfedern schwenkten, manche verteilten von silbernen Tellern bunte Weinbecher aus wertvollstem Glas, gefüllt mit dem süßesten, besten *Irep Maa*, andere dagegen teilten Gebäck, süß, knusprig und verführerisch duftend, aus.

Froh darum, vor der Hitze des Vormittags in die kühle Halle entfliehen zu können, suchten ihre Augen nach Tachut. So ließ sie den Blick über die erlesene Gästeschar schweifen, bemerkte, daß ihr Ramose das von einem der Mädchen hingehaltene feuchte, parfümierte Tuch herreichte. Sich die schwitzigen Hände abreibend entdeckte sie Bek in der illustren Gesellschaft! Ramose nahm ihr das Tuch ab, reichte ihr dafür einen Weinbecher.

„Ist das Baumeister Bek da vorne?"

„Mag sein. Er ging hier ein und aus. Schließlich ist er für die prachtvolle Ausschmückung von *Pen Tjehen Aton* verantwortlich gewesen. Außerdem ist er der Vetter von Amenhotep Hapu, ah, er steht bei dem Herrn Bek, seht Ihr! Ihr kennt ihn bestimmt! Pharaos engster Vertrauter, sein *Semher wati*."

„Ja, ja, wir sind uns ein zwei Mal begegnet!" Bent widerstand augenblicklich dem Drang, zu Bek hinzugehen, genauso wie dem den Becher in einem Zug zu leeren, betrachtete weiter die Gäste, in der Hoffnung endlich Tachut zu finden.

„Oh, meine Dame!", lenkte Ramose die Aufmerksamkeit wieder auf sich, „Kennt Ihr schon den Ehrenwerten *Imi ra nut Tjati*? Hochverehrter Herr Eje, der Vater der anmutigen Braut! Darf ich Euch mit der Dame Sahu-Re bekannt machen?"

Sie schaute ein verhärmtes, mageres Gesicht. Zwei tiefe Furchen des Kummers gruben sich über die Wangen zu den Lippen. Kalte Augen musterten sie mißtrauisch. Aus dem kleinen mürrischen Jungen von einst, der so wütend einen Stein vor sich her kickte, weil er sich verkauft und verraten fühlte, war ein Mann geworden, dem man nichts mehr vormachen konnte. Obendrein bekleidete er gleichzeitig das hohe Amt des *Tjai chu her wenemi*

Nesu, und war somit neben dem Guten Gott der mächtigste Mann im Staat!

Doch sie hatte seine Frau auf dem Gewissen und der Schmerz um den tragischen Verlust stand ihm noch immer im Gesicht!

Bent widerstand erfolgreich auch dem Gefühl demutsvoll und wie um Verzeihung bittend auf die Knie zu sinken, starrte ihn daher mit ihren bleichen Augen an, oder besser, sie gab sich den Anschein ihn anzustarren, weil sie über seine Schulter hinweg auf den Gast in seinem Rücken blickte.

„Die Dame!" Der *Großwesir* und *Wedelträger zur Rechten des Königs* ließ sich täuschen, glaubte an die Blindheit der Herrin vom Isistempel, neigte weder den Kopf noch ließ er eine andere freundliche Geste erkennen.

„Was für eine Ehre", hauchte Bent heiser, „für Eure Tochter! Ich hatte das Vergnügen sie bereits kennenzulernen. Sie ist ein bezauberndes, entzückendes Geschöpf. Voller Liebreiz, Anmut und Freundlichkeit. Mir kam zu Ohren, daß das Kind ohne Mutter aufwachsen mußte und so ihre vollendete Holdseligkeit allein der Erziehung ihres liebenden Vaters zu verdanken ist!"

Flüchtig brandete in Ejes hagerem Gesicht ein Anflug von väterlichem Stolz auf, einen Herzschlag lang meinte sie, sein verhärmtes Inneres aufgebrochen zu haben. Die Verwirrung über ihre Freundlichkeit überspielend, neigte er den Kopf, flüsterte ein *„Dwa Netjer ink*, meine Dame, wenn Ihr mich entschuldigen möchtet!"

„Macht ihn Euch niemals zum Feind, Dame Sahu-Re!", meinte Ramose ernst. „Sein Einfluß ist groß! Sehr groß!"

„Wie könnte ich den Bruder meiner Königin gegen mich aufbringen? Dazu besteht gewiß kein Anlaß!", erwiderte Bent scheinbar ausgelassen. „Wollt Ihr mir nicht noch ein paar der Gäste vorstellen, mein lieber *Imi ra Mescha*?"

Er lachte sie an, hauchte ein leises: „Viel lieber, meine Herrin, wünschte ich mit Euch allein zu sein! Wißt Ihr noch? Wie einst?"

„Mein Lieber, diese Zeiten sind vorbei!"

„Wie außerordentlich schade. Und wie gut, daß es das ausgesucht vornehme Haus am kleinen Markt wieder gibt. Aber wer kommt denn da angehopst?"

Bent erblickte ein junges, süßes Mädchen, das sich fröhlich und übermütig wie ein Fohlen durch die Leute zwängte, und kaum daß sie das *angehopst* hörte, sich den Anschein von Würde und Erhabenheit gab.

„Ramose!", säuselte sie, als würde sie neckisch einen großen Bruder tadeln, hängte sich frohgemut in seinen Arm „Wie immer zu Späßen aufgelegt! Wo bleibt Euer Scharm Damen gegenüber? Wollt Ihr mich nicht vorstellen? Guten Tag die Dame, *Anch Uda Seneb*!"

„Seneb ti!", grüßte Bent freundlich zurück und wurde sich gewahr, daß das jenes Kind war, dessen Mutter sie …! Das das jenes Kind war, daß damals, als Teje sie zur Hohepriesterin geweiht hatte, dabei war.

„Wäre ich nicht schon mit der Armee verheiratet, Mudjemet wäre meine erste Wahl!", spaßte der *Imi ra Mescha* aufgekratzt. „Mudjemet, Prinzessin, das ist die Dame Sahu-Re, Hohepriesterin unserer geliebten Isis."

„Wie außerordentlich scharmant!", strahlte Mudjemet. „Ich suche Vater, habt ihr ihn gesehen? Stand er nicht gerade eben hier? War ich nicht schon mal in Eurem Tempel, Dame? Aber da war ich noch ganz klein. Ich mußte Taduchipa und ihren gutgemeinten Klapsen aus dem Weg gehen, sie ist dermaßen nervös … Es geht gleich los. Wir sollen dann alle hinüber in den Thronsaal…"

„Mudjemet!"

„Ja, Vater! Entschuldigt mich!"

„Reizend!", lächelte Bent und nippte an ihrem Wein, fühlte sich, als hätte sie bereits jetzt zuviel getrunken. Aus den Gesprächen ringsum hörte sie ein gewispertes: „Die bei Ramose steht ist des Guten Gottes neue Favoritin!" – „Nein, nicht wirklich? Wie pikant!" Mit bitterbösem Blick versuchte sie auszumachen, wer solche dummen Gerüchte in die Welt setzte, doch das war bei der Anzahl der vielen Gäste in dem Raum unmöglich. Ihr sowieso aufgewühltes Gleichgewicht verlor endgültig seinen Gleichklang, als schlage der Balken ihrer inneren *Mechat* mal hierhin, mal dorthin. Aufgewühlt fummelte sie an dem Bändchen an ihrem Handgelenk, fühlte Hitze in sich aufsteigen, beißenden Schweiß auf ihrer Stirn.

„Einen großen Mann möchte ich Euch noch vorstellen, Dame. Schaut, er kommt geradewegs auf uns zu. Das, verehrte Dame, ist der Vater unserer Königin! Der *Zweite Priester des Amun, Gottesvater, Priester des Min, der Aufseher der Pferde, Der Vorsteher der Rinder des Min*. Und ist er nicht *Iripat, Königlicher Siegler und Semher wati*?"

„Welch eine Ehre!", hauchte Bent, neigte vor Tejes Vater leicht den Kopf, begutachtete sein kantiges, gutmütiges Gesicht. Schwer vollstellbar, daß der verhärmte, schlanke, ja beinahe magere Eje sein Sohn war.

„Die Ehre liegt allein bei mir, Herrin", antwortete er höflich, wandte sich daraufhin launisch an Ramose. „Ramose, du weißt doch, ich bin nur der bürgerliche Schwiegervater des Guten Gottes!" Er nahm Bents Hand in seine warme kräftige, tätschelte sie zart. „Nennt mich Juja, und ich bin der *Stellvertreter Seiner Majestät bei der Streitwagentruppe* und, was für eine glückliche Fügung des Schicksals, Großvater von Braut *und* Bräutigam."

„Zu gütig, mein Herr Juja!", antwortete sie, strahlte ihn an, klappte ihren Fächer auf, wedelte sich kokett die Hitze aus dem Gesicht. Wie leicht die Männer doch zu täuschen sind! Ein Lächeln, eine kleine Berührung, ein Augenaufschlag und sie waren augenblicklich verzaubert. Verlangten noch nicht einmal eine Antwort! Niemand sah hinter ihre Stirn, niemand erkannte ihre Seelenqual, ihre Pein. Das Gefühl heißer, mächtiger Wut wurde in ihr immer stärker, doch meinte sie gleichzeitig daran zu ersticken. Sie dachte, ihr

Blut koche, die Luft wurde ihr knapp, das Herz raste, *badum, badum*, sie hörte seinen aufgewühlten Tanz in ihren Ohren. *Ich bin Sachmet* hallte es in ihrem Kopf, *an meiner Seite Sia und Schai*. Bent schloß für einen Augenblick die Augen, versuchte sich zu beherrschen, die *Mächtige* nicht Oberhand gewinnen lassen.

Verschwinde, du hinterhältiges Miststück …

„Und sie wird das große Glück haben, Mutemwija zu begegnen, mein Bester!", meinte Ramose aufgekratzt. „Stellt Euch vor meine Liebe, die Frau von der man sagt: Die große Königliche Gemahlin, die Gottesmutter Mutemwija, hochgerühmt, geneigt, liebevoll, die Halle mit dem Duft ihres Taus gefüllt. Herrin der Beiden Länder, die Gottesmutter, die den König gebar, vom Guten Gott gepriesen und alles, was sie befiehlt, wird für sie getan!"

„Wie schön, das über die Mutter unseres guten Gottes zu hören!", säuselte Bent mit einem heuchlerischen Lächeln.

„Oh meine Liebe! Da bist du ja!" Mit übermütigem Schwung zwängte Tachut sich wie die schäumende, glitzernde Bugwelle vor einer schönen Barke durch die Gäste! Hob sich von allen anderen Damen ab, wirkte allein mit ihrem Zugegensein, mit ihrer körperlichen Anwesenheit geradezu selbst wie eine Königin, in ihrem weißen, tief ausgeschnittenen Kleid, dem türkisen Perlenüberwurf, der üppigen, mit türkisen Perlen geschmückten Perücke mit den vielen kleinen Zöpfen. In ihrem Diadem steckte eine blaue Lotosblüte, ihr auserlesener, ausschließlich aus Gold, Türkisen und Lapislazuli bestehender Schmuck klingelte und klimperte. Überschwenglich fiel sie Bent um den Hals, hakte sich bei ihr ein, griff fest nach ihrer Hand. Juja machte bei ihrem Anblick große Augen, ein glückseliges, verzücktes Lächeln erschien auf seinen Zügen.

„Was für eine Frau, Dame Sahu-Re! Verzeiht einem alten Mann, aber mir scheint, mein Herz ist augenblicklich in Liebe entbrannt! Wollt Ihr mich nicht vorstellen?"

„Mein lieber Juja", lachte Tachut und er fing sich einen leichten, übermütigen Klaps mit ihrem Fächer ein, „Habt ihr vor, Eure geliebte Tuja zu vergessen? Mir scheint, der überschwengliche Duft in diesem Saal, das Hochgefühl bei der Erinnerung an die eigene Heirat, die vergangene Jugend raubt euch die Sinne, macht euch wohl zum letzten Mal zu einem wilden, verwegenen Verführer! Die Dame Iaret, welche die Gemahlin unseres hochverehrten Guten Gottes Osiris Djehutimes war, dem Vater unseres Guten Gottes Amenhotep, war die Base meiner Mutter Tachut. Ihr Vater war Hepu, *Imi ra nut Tjati* von dem Oberen Kemet. Ptahhotep, mein Großvater, *Imi ra nut Tjati* von dem Unteren Kemet. Ihre beiden Damen waren Schwestern. Vor Euch steht die Tochter Tachuts, deren Name und Titel auch ich geerbt habe. Ich darf mich dir vorstellen? Vor dir steht *Irit pat aat em Ah*, die Dame Tachut,

Weret Hesut, Die groß ist an Gunst!"

„Was für ein bezaubernder Titel, meine Dame!"

Für den Augenblick vergaß Bent völlig ihren inneren Aufruhr. Mit offenem Mund gewahrte sie Tachuts Schwindelei, sich als ihre eigene Tochter auszugeben. Und der gute Juja fiel voll darauf herein, gurrte was das Zeug hielt, plusterte sich auf wie einer der prächtigen Pfaue draußen im Park, spreizte alle Federn, genauso wie die anderen Männer gerade eben noch bei ihr selbst.

Was für ein Getue, was für ein Geschiß!

„Der *liebe* Juja sollte besser sehen, daß er das reine Andenken an seine geliebte Tuja nicht vergißt!", murrte es plötzlich neben den dreien, ein wertvoll verzierter Stock pochte laut auf den Boden, eine ältere, elegante Dame starrte Tachut an wie einen Geist.

„Mutemwija!", schnurrte Tachut abfällig, „Noch immer biederen Anstand verbreitend!", ließ augenblicklich Bents Hand los und in ihrem Gesicht zeigte sich plötzlich abgrundtiefer unverhohlener kalter Haß.

„Königinmutter! *Mut Nesut!*", grüßte Juja.

Bent machte einen Knicks. „Majestät"

„So, so, du bist Tachuts Tochter! Hat ihr vertrockneter Leib es letztendlich doch noch zu etwas gebracht. Dieses ehrlose Weib, das einfach so verschwunden ist!" Der Stock, stochernd in Tachuts Magengrube, zauberte Tachut selbst lediglich ein boshaftes Grinsen ins Gesicht. Ihn wegschlagend zischte sie die ehemalige Rivalin um die Gunst des Guten Gottes Djehutimes an:

„Du hast kein Anrecht mich so anzugehen, Mutemwija! *Du* bist nur eine Ausländerin, immer noch bloß geduldet! *Ich* bin eine Dame, eine *Ta Schepsi*, Fürstin des *Schwarzen Landes*! *Ich* stehe im Rang immer noch höher als du!"

Mutemwija rammte abermals ihren Stock auf die wertvollen Fliesen. „Auf der Stelle könnte ich mit einer einzigen Geste dich anmaßendes Frauenzimmer entfernen lassen!"

„Und warum tust du es dann nicht?" Tachut zog den danebenstehenden und mit anderen Gästen plaudernden Ramose grob am Arm zu sich. „Hier werden ein paar Männer der Leibgardisten gebraucht, *Imi ra Mescha*. Nur zu, Mutemwija, du brauchst nur den Mund aufmachen! Nein? Das würdest du nämlich niemals wagen! Niemals würdest du einen Eklat heraufbeschwören! Ich will dir auch sagen warum, Mutemwija! Weil du kuschst und dir alles gefallen läßt! Weil du gefallen willst! Du dich immer und überall lieb Kind machst, niemals dieses Fest, das hier für deinen Enkel abgehalten wird, entweihen würdest! Du hast noch immer keinen Funken Mumm in deinen alten, mitannischen Knochen!"

„Tachut!", tadelte Bent und zupfte die Aufgebrachte am Kleid, blickte entsetzt in ihre weiß funkelnden Augen.

„*Ich* bin die *Herrin des Hauses*, Mutemwija, das solltest du niemals vergessen!"

Mutemwija wich alles Blut aus den Wangen, „Eine Wiedergängerin!", rufend, „Sie ist eine Wiedergängerin! Schafft sie raus!"

Juja, ein wenig unbeholfen ob dem Gezicke, ein wenig konfus dastehend, nahm schnell ihren Arm, zog die Königinmutter von der gereizten Dame Tachut weg.

„Was war das denn?", lachte Ramose verwirrt.

„Du solltest mich entfernen, so verstand ich jedenfalls ihr Gekeife."

„Ihr seid ein geladener Gast?"

„*Tju!*"

„Aber was will die *Mut Nesut* denn dagegen haben?"

„Das entzieht sich meiner Kenntnis!", säuselte Tachut.

„Nun, wo so viele unterschiedliche Menschen mit unterschiedlichen Belangen aufeinanderstoßen, kommt es hin und wieder vor, daß gewisse Animositäten aufeinandertreffen. Wir sollten die Sache auf sich beruhen lassen."

„Oh, der Herr beherrscht die hohe Kunst der Diplomatie!"

„Wo kämen wir hin, wenn ich das nicht täte, meine Dame? Dann befände sich Kemet ständig im Kriegszustand und das wollen weder ich noch unser Guter Gott!"

„Welch weise Worte!"

Und natürlich war es der Zeremonienmeister, der abermals bat zu schweigen, zu folgen, Ehrfurcht zu zeigen, dazu aufforderte den Audienzsaal zu verlassen um sich im Thronsaal erneut zu versammeln.

„Der alte Zausel ist ein rechter Zuchtmeister!", wisperte Bent in Ramoses Ohr, was ihm ein lautes, herzhaftes Lachen entlockte.

„Hier, wir müssen rechts herum, Herrin!", meinte er lachend und führte Bent in einen breiten, luftigen Korridor, von dem man abermals rechts hinüber in eine weitere prächtige, säulengestützte Halle kommen konnte. Da die vielen Leute in dem Korridor einfach stehenblieben, wagte sie über manchen Kopf hinweg einen neugierigen Blick hinein, erkannte neben anderen Gästen den feinen Herrn Meriptah, anscheinend in ein Streitgespräch mit dem *Tjai chu her wenemi Nesu* verwickelt, welcher nun einen großen, mit blau eingefärbten Straußenfedern besetzten, übermannsgroßen Wedel in Händen hielt. Mißmutig stieß er gerade den Stab desselben auf die Fliesen, beendete abrupt das Gespräch, wandte sich ab, schickte sich an, den Saal zu verlassen. Meriptah zupfte ein wenig nervös an seinem *Ba-Abi*, versuchte anscheinend seine in Grund und Boden gestampfte Würde wiederzuerlangen.

„Laß mich vorbei, *Imi ra Mescha!*", zischte der *Wedelträger zur Rechten des*

Königs, Eje, aufgebracht, zwängte sich an ihnen vorbei durch die Leute.

Das schien außerdem noch gar nicht der Thronsaal zu sein, denn es kam wieder Bewegung in die Menge. Und jetzt erkannte Bent, warum es nicht zügig voranging: Da vorne befand sich lediglich ein schmaler Durchlaß! Bloß ein paar Leute konnten gleichzeitig in dem engen Winkel des Korridors vorankommen. Abermals blieben sie geduldig stehen und Bent nutzte die Gelegenheit, die feinen Wandmalereien zu bewundern.

Dieses Sockelfries!

Wie zauberhaft der Künstler doch die Uferlandschaft des *Iteru* abgebildet hatte! Von Bordüren in leuchtendem Blau, Rot, Gelb, Schwarz und Ocker eingefaßt, flatterten wie lebensecht gemalte Wasservögel aus dem Dickicht aus Papyrus und Binsen, erhoben sich über die Knospen des blauen Lotos und einer Reihe blauer und roter Blümchen in den darüber gemalten blauen Himmel. Bents Füße liefen über wertvolle Kacheln aus grüner Fayence mit goldfarbenen Spiralen verziert. Es wirkte, als wandele sie selbst über kühles, glitzerndes Wasser und betrachte das Ufer. Was für eine erlesene Pracht!

Sollte sie jedoch vor diesem Anblick verblassen!

Endlich waren sie im Thronsaal angelangt!

Von allein zwanzig prächtigen, bunt bemalten, mächtigen Säulen, deren Kapitelle abwechselnd eine geöffnete und eine geschlossene Papyrusdolde zeigten, gestützt, erstreckte sich der luftige, bestimmt achtzig *Meh Nesut* [20] lange Saal hin bis zu einem dreistufigen Podest an seiner gegenüberliegenden Stirnseite, vom Saal durch zwei mächtige Pfeiler abgetrennt. Durch die hoch oben angebrachten Oberlichter strahlte Res helles Mittagsgestirn, warf scharfe Schatten an die Wände und den Fußboden. Am Boden selbst Kacheln mit den Abbildern der gefesselten Feinde Kemets! An den Wänden Bilder der Königsfamilie, lebendige Abbilder der mächtigsten lebenden Götter Kemets, inmitten der grandiosen Landschaft des Flusses, der den *Remet en Kemet* so teuer, so lieb war. Katzen tummelten sich in den gemalten Gräsern zu Füßen ihres Herren oder der Königin, da half ein eifriger Jagdhund seinem König die Beute zu fangen, dort prangte der *Herrscher der Herrscher* auf seinem Prunkwagen, die feurigen, schwarzen Rösser prächtig aufgezäumt, zum Sprung bereit, die geschlagenen Feinde unter sich.

Staunenden Auges wanderte Sahu-Re an Ramoses Arm bis hin fast vor die beiden Throne auf dem Podest, hinter dem wertvoll verzierte Türen in offensichtlich noch prunkvollere Gemächer führten.

Der Gott hatte dort bereits Platz genommen. Der andere Thron, stand leer, gebührte Teje, der *Prinzessin aller Frauen*. Was für ein prächtiger Stuhl! Wohl von einem wahren Künstler der Schreinerskunst aus dunklem Zedernholz

---

[20] Königliche Elle: 0,54 cm

gemacht, über und über mit goldener Zier geschmückt! Die geflügelte Sonnenscheibe an der Rückenlehne, darunter die Königin selbst und der König, die goldverzierten Armlehnen wie die Flügel der Isis gestaltet, endeten in kunstvoll gefertigten Köpfen der Königin. Auf der Sitzfläche das Fell eines Leoparden. Davor ein zierlicher Fußschemel, darauf liegend ein Kissen aus Leopardenfell. Amenhotep Heqa Uaset dagegen verzichtete auf einen Schemel! Seine Füße berührten die Kacheln, stampften seine Feinde in Grund und Boden! Rechts von ihm, halb hinter seinem Thron stand wie in Stein gemeißelt Eje, *Tjai chu her wenemi Nesu, Wedelträger zur Rechten des Königs!*

Sahu-Re verstand die eindeutige Botschaft dieses Saales nur zu genau. Demutsvoll neigte sie sich vor dem Thron auf die Knie.

„Erhebt Euch, Herrin des Isistempels!"

„Habt Dank Herr!"

Gleich darauf bemerkte sie die zwischen und hinter den Säulen stehenden Tische, an denen Würdenträger und hohe Minister mit ihren Damen saßen. Ramoses Worten lauschend, der ihr die Namen der mächtigen Männer und Frauen zuflüsterte, führte er sie an seinem Arm durch den prächtigen Saal.

„Aper El, schaut, da an dem Tisch mit dem Blumenschmuck aus Lilien, daneben seine Gattin Weria. Seines Zeichens Mitannier und er ist der *Nördlichste Wesir* unseres Reiches. Ihm zur Seite Tušratta, Sohn von Šuttarna, dem Fürst von *Nehern!* Er kommt direkt aus der Hauptstadt des Mitanni-Reiches *Waššukanni* und besucht gleichzeitig seine Schwester Kiluḫepa, die eine der Königlichen Gemahlinnen unseres Guten Gottes ist!"

„Kiluḫepa?", fragte Bent, der die Aussprache des mitannischen überhaupt nicht geläufig war.

„In unsere Sprache übersetzt bedeutet ihr Name *Die Sonnengöttin Hepa ist meine Stärke*. Sie kam seinerzeit mit dreihundertsiebzehn Damen in den *Ipet* des Guten Gottes."

„Ah, ja, *tju!* Davon hörte ich! Und der Herr am Nachbartisch? Nie sah ich so einen Bart!"

„Ein Abgesandter aus *Keftiu*. [21] Und wahrlich, der spitz nach vorne und oben gekämmte, üppige Bart ist in der Tat recht gewöhnungsbedürftig!"

„Erst recht der Rock, den er trägt!", schmunzelte Bent, „Mit all diesen Zipfeln und Troddeln! Und der Mann ist von oben bis unten mit Tintenschmuck verziert."

„Er macht einen fürwahr abenteuerlichen, kriegerischen Eindruck. Doch die Leute aus *Keftiu* sind überwiegend friedliche Händler."

---

[21] Kreta, mit dem Ägypten unter Amenhotep regen Handel betrieb. Manchmal ist auch unter Amenhotep III. die gesamte Levante damit gemeint

„Mir scheint, ich bin gerade auf einen solchen Händler getreten", bemerkte Bent, besah sich die Fliesen am Boden und konnte sich nur zu gut vorstellen, wie der vornehme Herr sich bei dem Anblick dieser Kacheln fühlen mochte.

„Und schaut, Herrin", meinte Ramose schließlich, „da vorne erblickt Ihr den König von Babylon! Kadašman Enlil! Seine Schwester ist ebenso eine Gemahlin Pharaos. Doch als sich Kadašman Enlil erdreistete, im Gegenzug für *seinen* Harem eine ägyptische Prinzessin zu fordern, gab der Herr, unser goldener Pharao, ihm zur Antwort, daß es noch niemals in all den langen Jahren der glorreichen Pharaonen vorgekommen sei, daß eine ägyptische Prinzessin zu irgendwem an den Hof geschickt wurde und er, der Herr der *Beiden Länder*, Gott, Herrscher von Uaset, schon gleich gar nicht mit sowas anfangen werde! Und da vorne kommt Šuppiluliuma, der Großkönig der Ḫatti!"

„Was für ein Mannsbild!"

„In seiner Begleitung die ehrwürdige *Tawananna Ḫinti*."

„Bitte wer?"

„Seine Gemahlin. *Tawananna* nennt man die Großköniginnen bei den Hethitern."

„So, so! Mir scheint, Herr Ramose, Ihr seid, was den Palastklatsch angeht ganz schön auf dem Laufenden!"

„Ich wäre nicht *Imi ra Mescha*, wäre ich nicht über alles auf dem Laufenden, was den Klatsch und den Tratsch anbelangt", schmunzelte er um dann wie todernst hinzuzufügen: „Manch Schlimmes konnte so schon verhindert werden!"

„Ihr habt Recht! Selbst ich, in meiner Position erfahre mehr aus den Klatsch im Haus, als wenn ich unumwunden fragen würde."

„Aber meine Dame! Was habt Ihr?" Besorgt umfaßte er fest ihren Ellbogen.

Bent zusammengezuckt, krümmte sich für einen kurzen Augenblick wie unter heftigen Schmerzen.

„Nichts! Es geht schon wieder. Habt Ihr die Dame Tachut gesehen? Schlenderte sie nicht eben hinter uns!"

Ich allein bin das verzehrende Feuer

Verschwinde!

Aufgewühlt faßte Bent sich in den Ausschnitt, tat, als ob sie die goldene Kette richte, fühlte klebriges Blut an ihren Fingern.

„Oh ja, davon habe ich schon gehört. Tintenzeichnungen können in der Tat zu bluten anfangen oder wollen erst gar nicht richtig abheilen. Hier", Ramose trat zu einer der Dienerinnen, reichte Bent eins der parfümierten, feuchten Tücher. Mit Schrecken gewahrte sie die Heuschrecke darauf.

„Na sowas!", lächelte er, schnipste lässig das Insekt weg; es landete tatsächlich mit einem leisen *platsch* bei einem vorbeischlendernden Gast im Wein, woraufhin der den Becher mit säuerlicher Miene ganz schnell irgendwo abstellte.

„Keine Sorge, Euer bezauberndes Kleid hat nichts abbekommen."

Bent, sich die Hände und den Ausschnitt mit dem Tuch abreibend, betrachtete dabei mit brennenden Augen das wertvoll verzierte Schwert an seinem Gürtel, warf das Tuch achtlos zu Boden, fühlte glühende, wallende Hitze in sich aufsteigen. Heißer, brennender Schweiß brach ihr aus der Haut. Schon schmachtete sie Ramose an, gurrte wie ein verliebter Backfisch, streichelte ihm den kräftigen Arm. Schmiegte sich kokett an ihn, schnurrte wie ein Kätzchen, schlug ihre Krallen in sein Fleisch, fuhr mit dem goldenen Griff ihrer Rute über seinen Bauch.

„Meint Ihr, *Imi ra Mescha*, mein hochverehrter Ramose … oh, ich wünschte, ich könnte Euch noch einmal wie einst verführen. Erinnert Ihr Euch? Kennt Ihr noch den süßen Schmerz meiner goldenen Rute? In Euren Spiegel schau ich Tag für Tag, sehne mich … Meint Ihr, Ihr könntet mir Euer Schwert zeigen, mein starker Recke?" Mit feuchter Zunge benetzte sie ihre gemalten, blutroten Lippen, schmiegte sich fester an ihn, schaute ihm tief in die Augen. „Ich hörte, unser Guter Gott soll einen Dolch aus purem Eisen besitzen! Doch ich glaube, Euer Schwert ist nicht weniger machtvoll! Aber nein! In dieser Halle wird man Euch untersagt haben, es aus der Scheide zu ziehen. Und doch, was gäbe ich darum, es zu berühren!", betörte sie ihn schmeichelnd, als rede sie voll sinnlicher Wollust von seinem anderen Schwert, jenem aus drallem, zarten Fleisch *unter* seinem Schurz. „So mächtig, so furchterregend! Was für eine Kraft dahintersteht."

Schon umfaßte seine starke Hand das verzierte Heft der prächtigen Waffe. Und fast wäre ihr gelungen, ihn zu täuschen. Er war drauf und dran, ein Sakrileg zu begehen, in der Halle des Königs ohne Not das Kurzschwert zu ziehen, damit sie mit seiner Hilfe das verflixte Bändchen am Handgelenk loswerden konnte.

„Das wird der Herr Ramose doch nicht ernsthaft vorhaben, auch wenn ich selbst es zu gern gesehen hätte!", hörte sie Tachut hinter sich tadelnd raunen. „Man sagt, der Prinz und seine kleine Braut kämen gleich im Thronsaal an. Wollen wir nicht noch einen *Irep Maa* zusammen trinken, bevor die Zeremonie beginnt? Das wird wohl eine geraume Weile dauern und so säßen wir nicht mit trockenen Kehlen da."

„Ich werde einen Weg finden! Du wirst mich nicht aufhalten!", knurrte Bent zornig, verdrehte die Augen, fummelte an der dünnen, bunten Kordel.

„Mir deucht allerdings", Tachut führte Bent lächelnd von Ramose weg, „du hast bereits genug von dem süßen Wein! Entschuldigt uns, mein Herr."

„Ich kann sie nicht aufhalten!", keuchte Bent, als sie aus Ramoses Hör- und Sichtweite verschwunden waren, krallte sich hilfesuchend in Tachuts Arm. „Sie ist hier! In mir drin! Tachut! Hilf mir!"

„Dein Blut gehört dir, Isis", betete Tachut leise und schob Bent in eine stille Ecke hinter einer der Säulen, „deine Zaubermacht gehört dir, Isis. Der Knoten ist dein Schutz und behütet dich vor dem, der Verbrechen an dir begeht! Oh Himmelskönigin, Mutter der Natur, Herrin aller Elemente, erstgeborenes Kind der Zeit, Höchste der Gottheiten, Königin der Toten, Erste der Himmlischen, die alle Götter und Göttinnen in einer Erscheinung vereinigt. Du Schutzherrin, Bewacherin und Betreuerin aller die leiden und in großer Sorge sind. Du Schutzherrin der Geburten und der Mütter, du bist Isis, der magische *Ach*, und besitzt mehr Weisheit als jeder andere Gott. Herrin der Schiffahrt, Isis, du segelst die Sonnenbarke mit gutem Wind, in diesem, deinem Namen Maat. Allein mit einem Wink gebietest du über des Himmels lichte Gewölbe, des Meeres heilsame Lüfte und der Unterwelt vielbeweinte Stille. Dein Blut gehört dir, Isis, deine Zaubermacht gehört dir, Isis, du, die von dem Throne des Königs. Erhöre deine Magd Sahu-Re, die flehentlich um Beistand bittet! Stell sie unter deinen besonderen Schutz, Herrin des Himmels, die du alle Dämonen mit deiner Zauberkraft abwehrst."

„… Erhöre deine Magd Sahu-Re, die flehentlich um Hilfe bittet! Stell mich unter deinen besonderen Schutz, Herrin des Himmels, die du alle Dämonen mit deiner Zauberkraft abwehrst!", betete Bent verängstigt mit, hielt vertrauensvoll, wie ein kleines Mädchen die Hand der Mutter, Tachuts Hand.

„Da kommt er!", schnaufte sie aufgelöst. „Der Prinz! Oh, Tachut! Ihr Feuer lodert bereits in mir! Ich verbrenne! Gleich einer Fackel werde ich ihn mit meiner lodernden Glut vernichten!"

„Feuer flackert in deinen Augen, Bent! Oh nein! Isis wacht über Uaset! Deshalb wird es glückselig leben!", fauchte Tachut sie an, „Reiß dich zusammen! Tritt ihr entgegen! Hier, trink! Dann wirst du ruhiger und *Sie* schläft vielleicht, löschst so ihre wütende Glut! Gelang diese List nicht bereits ihrem Vater?" 22 Tachut packte Bent fest am Arm. „Sahu-Re! *Er* ist dir nahe! Ruf den König aller Existenz, den Allvater, dir zur Seite zu stehen! *Er* soll seine Tochter zurückrufen!"

Der Becher Wein und ein inbrünstiges Gebet an Re, den Gottvater schien für den Augenblick *Die Mächtige* in ihrem Blutrausch besänftigt zu haben und Bent fand Gelegenheit, die Ankunft des Kronprinzen zu verfolgen. Sie erblickte einen schlaksigen, ja fast schon schmächtigen, großen Jungen mit schräg stehenden Augen. Wenn auch in diesem Alter die Jugend den Älteren gegenüber gern ein mißmutiges Gesicht zeigt, so schien der Mißmut dieses

---

22 In der uralten Geschichte von der „Vernichtung der Menschheit" ging dem Gott das Wüten seiner blutrünstigen Tochter zu weit. Mit Wein berauschte Re Sachmet, damit sie von der Menschheit abließ, sich beruhigen und in die sanftmütige Hathor zurückverwandeln ließ

Jünglings aus etwas Tieferem geboren. Bent schien, als sei die Welt nicht für ihn gemacht, als gehöre er nicht hierher, als wandle er auf Pfaden die niemand sonst wagen würde zu betreten. Im krassen Gegensatz dazu wirkte seine liebreizende Braut wie die schönste, teuerste Blume eines Gartens.

Er wird sie zertreten!

Geh aus meinem Kopf!

… Ich hüte das Leben, ich kann eine solche Tat nicht zulassen, einerlei welche Folgen sich daraus ergeben! …

Iarets Worte in jener schrecklichen Nacht, bevor Bentsachmet als Sahu-Re wiedergeboren wurde! Bent umklammerte beschwörend die geflügelte goldene Isis vor ihrer Brust, versuchte sich an Iarets Güte zu erinnern, erblickte im gleichen Augenblick schaudernd unter den Gästen eine Dame in einem roten Kleid, wunderschön anzuschauen, mit großen, funkelnden, grün flackernden Augen.

Diese Dame hatte Bent schon einmal gesehen!

An jenem grauenvollen Tag, als die Hure Bentsachmet starb, ihr verbrannter, geschundener Leib durch Uaset irrte, in den Dreck, den Staub der Straße sank, um dort, in jener schmuddeligen Ecke am Fischerhafen wie ein elendes Tier qualvoll zu verenden. Reichte diese Dame ihr damals nicht die Hand?

… Ich reiche dir meinen Arm, hast du nicht darum gebeten? Steh auf, Bentsachmet! …

Bent erlaubte sich einen schnellen Blick hin zu den Mägden mit dem Wein, nahm sich wie beiläufig einen der gefüllten Becher von dem Teller, trank ihn hastig aus.

Ich reiche dir auch jetzt meinen Arm, Tochter der Löwin! Gemeinsam werden wir ihn hinwegfegen, Schwester!

Tochter des Re, du stehst *mir* gegenüber, *mir* kannst du nichts anhaben. Finde deinen Frieden. Erwecke deine gute Seele, denk an die Sanftmütige in dir!

Ich werde ihn töten! Du wirst mich nicht aufhalten! Eher töte ich dich!

Du willst dich mit *mir* messen? Oh nein, ich werde nicht mit dir kämpfen, *Herrin der Angst*. Deine Raserei macht mich nicht bange! Wenn du mich vor die Wahl stellst, stelle ich mich gegen dich! Du beherrscht meine dunkle Seele nicht länger, ich bin nicht das willige Opfer deiner Rache! Weiche von hier!

Ich besitze Isis Macht auf Erden! *Ich* allein bin die Hexe von Uaset! Siehe, Sachmet! Ein Wesen bin ich, doch vielerlei Gestalten!

Ich bin du und du bist ich

Ich bin Bent und ich werde das nicht zulassen!

An meiner Seite Sia und Schai!

Und an meiner Nebethat und Hathor! „Ruf Meretre, Tachut, ruf sie! Eil dich!"

Vom Wein berauscht blickte Bent der Dame des roten Tuches entgegen. Einerlei wie lächerlich sie sich machen würde, träte sie trunken zu der Zeremonie hin! Das war nichts! Würde höchstens lachend abgetan und selbst in ein paar Jahren würde man noch über die schwankende, betrunkene Hohepriesterin lachen, sofern man nicht selbst, was abzusehen war, vom Feiern trunken war, so gänzlich berauscht, daß man es bereits am nächsten Tag vergessen hätte!

Doch wie grausam dagegen wäre es, käme heute der Junge, der Kronprinz ums Leben! Das Lachen würde auf lange Zeit hin verstummen! Selbst in ein paar Jahren wäre der Schmerz des Verlustes und die Trauer um ihn nicht vergessen!

Sich einen weiteren Becher greifend trat Bent mutig durch die Schar der Gäste auf *Nebet Sedau* zu, „Ich danke dir!", wie demütig hauchend. „So begegnen wir uns endlich, ehrwürdige *Sat Re*! Es tut gut, in dein Angesicht zu blicken."

Du dankst mir?

Ohne deine Hilfe wäre ich an meinem Leben zerbrochen! Warst du es nicht, die mir immer wieder ihren Arm reichte, mich aufrichtete? Denn du bist auch gütig, Sachmet! Warum sonst hättest du mir immer wieder geholfen? Und heilst du nicht? Hilfst du nicht den Ärzten und Heilern? Selbst Ranofer hast du verschont! Doch du bist gar nicht so mächtig wie du dir den Anschein gibst, du räudige Katze! Wärest du das, so würdest du das Kind selbst umbringen! Aber in deiner eitlen Verschlagenheit willst du *mich* dazu benutzen! Damit du deine erhabene, reine Göttlichkeit nicht befleckst, Pharao dir weiter wohlgesonnen bleibt, Statuen von dir errichten läßt, dir huldigt! Du bist nichts als eine hündische Heuchlerin, *Mächtige*! Nach Pharaos Gunst lechzend, winselnd wie ein schmeichelnder, buhlender, sabbernder Köter! Verschwinde! An *meiner* Seite Wille und Bestimmung, Herrin der Angst! Heute wirst du keine Beute schlagen! Nicht solange ich über den Prinzen wache! Heute und in alle Ewigkeit nicht! An meiner Seite Isis, Hathor und Nebethat!

Bent war, als schlüge die mächtige Pranke der Göttin sie zornig zu Boden! Gerade so konnten Tachut und Meretre Bent auffangen, bevor sie torkelnd zu Boden gestürzt wäre. Schnell wurde ein Stuhl gebracht, Meretre fächerte ihr Luft zu, Tachut tätschelte Bent die Wange.

„Die Aufregung und die Hitze! Das mußte ja so kommen! Macht Platz, laßt ihr doch ein wenig Luft! Oh, Danke, Herr Ramose, ja, es geht schon wieder. Nicht wahr Bent?"

„Danke Tachut!", keuchte Bent, nahm den Becher entgegen, erblickte Sachmet dabeistehend.

Verschwinde aus meinem Leben! Du hast mir geholfen und ich habe dir gedankt, der Liebe abgeschworen, mein blutendes Herz verhärtet und mein Leben der Heilkunst gewidmet. Das sollte genügen um dein heißes, göttliches Herz zu besänftigen!

Du gehörst mir

Mit boshafter Wut schlug Sachmet ihre Reißzähne in Bents Herz, gleichsam damit sprang Bent mit einer raschen Bewegung von dem Sessel hoch, zog Ramose das Schwert aus der Scheide. Wie schwer es war, wie scharf! Ein einziger Streich würde genügen, das unselige Kind entseelt auf die Fliesen stürzen! Schon spürte Bent wie ihre Augäpfel nach oben strebten, abermals glühende Hitze sich ihrer bemächtigte. Mit aller Kraft umklammerte sie das Heft, schwankend dastehend, schnaufend, keuchend, sich aufrichtend, das Schwert erhebend. Und sie erblickte den Jungen und das Mädchen!

Und sie erblickte die Stadt, die Stadt des Königs:

Uaset lag vor ihr in Schutt und Asche. Die Straßen verwaist, voller Unrat. Ein heißer, unbarmherziger Wind pfiff mit unheimlichem Brausen durch unbewohnte Häuser. Blätter und abgerissene, dürre Zweige jagten durch die leeren Gassen. *Aton*, die funkelnde Sonnenscheibe, brannte unbarmherzig auf die verdorrten Palmen und Weiden am Ufer, versengte erbarmungslos das blühende Land, ließ es austrocknen, ausbluten … Die leuchtenden Farben des *Südlichen Harems* verblaßt, abgeblättert; seine majestätische Erscheinung jetzt einer Ruine gleich …

Nur eine alte Hexe, listig und verschlagen, schlich in den öden Straßen umher …

Ein paar Herzschläge lang erkannte Bent abermals - wie schon vor ein paar Jahren - dieses grauenvolle Bild sinnloser Zerstörung. Sie *mußte* den Prinzen töten, denn er würde das alles einst verursachen, Kemet den Todesstoß versetzen!

Allein durch das Erscheinen Tejes, der Königin, abgelenkt, die ihrem traurig dreinblickenden Sohn gerade einen liebevollen Kuß auf die Stirn gab, fühlte Bent sich in ihrem Blutrausch für einen kurzen, schmerzhaften Augenblick zärtlich an Nefertem erinnert! An ihr eigenes Kind! Fühlte nach all den langen Jahren wieder den bitteren Schmerz und das Leid einer Mutter die ihr Kind verliert. Wollte sie Teje das wirklich antun? Sollte die Königin ein zweites Mal so leiden? Auch den zweiten Sohn verlieren?

Und sie schaute Nefertem, erblickte sein kleines Gesichtchen, kopfüberhängend …

… Mama hilf mir! …

Die letzten Worte die sie von ihm hörte …

Mitleid und Trauer überfluteten Bent, die heiße Wut schwand, der unbändige Zorn, wich dem warmen Gefühl von Liebe und Barmherzigkeit. Abermals dachte sie an Iaret, die sich selbst bereitwillig für Bent geopfert hatte, damit Sachmet nicht siegen konnte …

Bent machte mit dem Schwert in der Hand einen Schritt auf *Die Mächtige* zu, umfaßte mit beiden Händen das Heft, hob die Arme hoch über sich, die scharfe Schwertspitze auf ihr eigenes Herz gerichtet:

Ich gehöre niemandem! Nur mir allein! Ich bin eine freie Frau Kemets! Ich bin Bent meri en Nefertari Marya! Die Herrin des Isistempels, beseelt von Isis! Weiche, *Nebet Sedau* oder ich töte *dich*!

Die Tochter des Re, die Dame des roten Tuches, die Herrin der Angst fauchte zornig, zeigte Bent ihre blitzenden Reißzähne. Doch plötzlich schien sie zu schwinden, das leuchtende Rot des Kleides verblaßte zu einem hellen Braun, sie sank auf die Knie, als wolle sie sich demütig vor Sahu-Re verbeugen. Kaum berührten ihre Hände den Boden verwandelte sie sich in die große, furchterregende Löwin, die Bent schon einmal gesehen hatte. Damals, als Iaret um Bents Leben kämpfte! Mit mächtigem Gebrüll machte Sachmet sich den Weg frei, drehte sich um, stolzierte fauchend und grollend durch den Thronsaal zu dem Gott hin. Das mächtige Raubtier sprang elegant auf das Podest mit den Thronen und …

… die Tochter *Ta Miu's*, die zärtliche Bastet, hüpfte dem Guten Gott auf den Schoß, der das anmutige, niedliche Kätzchen erfreut hätschelte und koste.

„Ich konnte mich nicht beherrschen!", schnaufte Bent gefaßt, reichte Ramose sein Schwert. „Verzeiht mir! Was für ein wundervolles Stück. Welch eine erlesene Arbeit der Schmiedekunst."

„Einer liebreizenden Dame mag man ihren Frevel wohl verzeihen!", meinte Ramose galant, steckte seine Waffe in die Scheide. „Und es war gut, daß uns in dieser stillen Ecke niemand bemerkt hat. Aber jetzt wird es Zeit, der Zeremonienmeister zückt seinerseits schon seine eigene Waffe."

Laut dröhnend vernahm Bent das Aufschlagen seines Stabes auf dem glatten Boden. Andächtig verstummten die Leute, nahmen Platz. Bent wurde von Ramose zu ihrem Tisch geleitet, von wo sie einen guten Überblick über das Geschehen hatte. Tachut hielt ihre Hand, Bent fühlte sich mit einem Mal sicher und befreit.

Den Rausch des Weines mißachtend, versuchte sie, innerlich noch völlig aufgewühlt, dem Ablauf zu folgen. Doch was sollte schon groß zu sehen sein? Heiraten war in den *Beiden Ländern* eine reine Formsache. Das Vermögen der Brautleute wurde aufgelistet, der Kontrakt unterschrieben. Eigentlich eine Sache, die nach wenigen Augenblicken erledigt schien. Allein hier im Großen Hause würde es vielleicht ein wenig länger dauern, vermutete Bent, irrte sich gewaltig.

„Eje, *Tjai chu her wenemi Nesu, Wedelträger zur Rechten meiner Majestät!*", sprach Pharao den Großwesir an, der es anscheinend geschafft hatte, sich wenigstens für einen kleinen Augenblick von seinem mächtigen Wedel zu lösen – einer der Leibgardisten, die hinter dem Thron standen hielt ihn in

Händen. „Die Morgengabe die ich, Amenhotep Heqa Uaset, für deine Tochter erbrachte, steht hinter uns, im Schatzhaus des Königs. Hast du gesehen, was meine Majestät brachte, so wie wir es ausgehandelt haben?"

„*Tju, Nesu!*", antwortete Eje feierlich.

Meine Schöne, die da kommt", sprach Pharao Taduchipa an, „ich brachte dir als Brautpreis Gold und Geschmeide, Silber und Edelsteine. Ballen von feinstem *Secheru Nesut*, Wein und Getreide. Hast du gesehen, was meine Majestät dir brachte und bist du damit einverstanden?"

„*Tju, Nesu!*", hauchte das Mädchen.

„Bist du bereit und freien Willens den Kontrakt zu zeichnen?"

„*Tju, Nesu!*"

„Amenhotep, *Sa Nesu*, bist du bereit und freien Willens den Kontrakt zu zeichnen?"

„*Tju*, Vater. Ja, *It*! Wie du wünscht, mein König."

Und Bent hörte seine Stimme! Die Stimme des künftigen Königs. Längst dem Krächzen eines Jugendlichen erwachsen, warm und volltönend. Wenn er redete, hörten ihm wahrscheinlich alle zu.

Abermals stieß der Zeremonienmeister seinen Stecken auf den Boden, ein Schreiber trat vor, entrollte einen *Djema* auf dem Tisch, stellte Farbe, Pinsel, Wassertöpfchen dazu, der Zeremonienmeister deutete den Zeugen der Unterzeichnung des Kontraktes beizuwohnen. Und so erhob sich Sahu-Re, schritt mit dem ehrwürdigen *Hem Netjer Tepi en Amun* Meriptah, dem *Imi ra Mescha* Ramose, der ehrwürdigen Hohepriesterin der Hathor, Meretre, und einigen Ministern und hohen Damen des Großen Hauses zu dem Brautpaar hin.

Scheinbar gelassen schaute sie zu wie Teje, ihr göttlicher Gemahl Amenhotep, Eje und das Brautpaar den Kontrakt unterzeichneten. Duftendes Bienenwachs wurde erwärmt, auf den *Djema* getropft, das Königspaar drückte seine Siegelringe hinein.

„Ihr seid Augenzeugen dieser Verbindung!", rief der Gute Gott, trat zur Seite, machte Platz, „So gehet hin und bekräftigt mit euren Zeichen die Vereinigung unserer beiden Häuser: die des Großen Hauses von Amenhotep und die des Hauses von Eje, *Tjai chu her wenemi Nesu*! Möge die Ehe unserer beiden Kinder vom Glück gesegnet sein!"

Und Bent ging hin, setzte ihr Zeichen unter die Abmachung:

Dies ist Bent meri en Nefertari Marya, die dies zeichnet, ehrwürdige Hohepriesterin unserer geliebten Göttin Isis, Sahu-Re

Und ihr war, als würde sie ein Todesurteil unterzeichnen …

„Stille!", gemahnte der Zeremonienmeister, stupfte seinen Stab abermals auf.

„Wir werden uns nun zurückziehen, in den heißen Mittagsstunden ruhen, bevor wir uns am Nachmittag zum Festbankett versammeln!", sprach Amenhotep, der Herrscher von Uaset, laut, bückte sich, hob das Kätzchen hoch. Es kosend und streichelnd wandte er sich an Bent: „Ihr folgt mir, Sahu-Re!"

Flüchtig erhaschte Bent Tejes bittenden, entgeisterten Blick, während sie nach Pharao das Podest betrat und ihm durch die Tür rechts hinter dem Thron folgte.

„Ihr wolltet doch wissen, ob mein Palast ein Herz hat", sprach der Gute Gott, nachdem einer der Leibgardisten das Portal geschlossen hatte und sie sich in einem riesigen – Bent mußte zweimal hinsehen – Bade- und Ankleidezimmer wiederfand! Voller erlesener Möbel und Truhen aus teuerstem Zedernholz, mit Gold, dem blauem Glas, der glitzernden, glänzenden, schimmernden Fayence, dem *Tjehenet* und wertvollen Elfenbeineinlagen verschwenderisch dekoriert.

„Bewahrt Ihr es in einer Wanne auf?" Nur der übermäßige Genuß des Weines konnte ihr das entlocken. Laut lachend ließ Pharao die Katze zu Boden, öffnete eine weitere Tür, bat sie hindurch und Bent betrat ein prächtiges Gemach, gut und gerne mehr als sechzehn Ellen in der Länge und mindestens zehn *Meh Nesut* breit. An der linken Schmalseite, einem erhöhten Alkoven gleich, fand sich eine prächtige Bettstatt.

„Die Damen werden sich bis zum Abend in den *Ipet* zurückziehen. Habt Ihr ihn bewundern dürfen?" [23]

„Leider nein."

„Ihr müßt darin lustwandeln, es ist ein Genuß. All die zauberhaften Räume, die kleinen Gärten, die Springbrunnen, singende, zwitschernde Vögel in Käfigen. Ihr werdet mit all den Damen in Ruhe plaudern können, sie Euch zu Freundinnen machen! Obwohl ich fürchte, sämtliche Tanten und Großtanten, die Nichten und Basen, die stolzen Großmütter der Brautleute, meine Töchter und Gemahlinnen werden alles mögliche über mich ausplaudern!", setzte er lächelnd hinzu. „Gleich nachher werden wir gemeinsam dorthin gehen, meine Majestät wird Euch begleiten. Und das, meine Liebe, ist *mein* Reich! Der Palast des Königs! Der Thronsaal, der Harem, das Schatzhaus und dies!", er breitete die Arme aus, als wolle er den ganzen wunderbaren Raum umarmen, „Das Herz des Palastes! Das Herz von *Pen Tjehen Aton*! Hier

---

[23] Ein altägyptischer Harem ist nicht allein ein Ort der Wollust. Es war das Haus, die Wohnstatt aller Frauen Pharaos, allen voran die weiblichen Verwandten und Kinder des Königs

schlägt *mein* Herz, das Herz meiner Majestät allein! Wie findet Ihr es?"

„Bezaubernd, mein König!" Bent lobte das breite, goldene Bett in dem Alkoven, bewunderte die feinen Malereien an der Wand: zahlreich bedeckten die *Medu Netjer* für *Anch* und *Sa*, Leben und Schutz, die Wände. Und von wegen schlug sein Herz hier allein! An der westlichen Wand strotzte ihr manch Abbild des Gottes Bes entgegen, streckte ihr frech die Zunge raus, zeigte unverhohlen sein kleines Glied!

„Ich gehe nicht davon aus", neckte sie, „daß der niedliche Possenreißer Euch des Nachts unterhalten soll. Und ich vermute, daß er weder Schlangen noch anderes Wüstengetier hier besiegt."

„Wie scharfsinnig Ihr seid, Sahu- Re!"

„Als Gott der Zeugungskraft gibt er wohl acht, daß Euer Zepter nicht erschlafft. Außerdem hält er böse Geister fern, wenn Ihr bei Eurer Gattin liegt."

„Gefällt euch der Raum, *Nebet*?"

„*Tju!*"

Bent schaute nach oben und ein ehrfürchtiger Schauder überlief sie: Von einem feinen, rot, blau und gelbem Mosaikmuster auf ockerfarbenem Grund eingefaßt, umgeben mit einer dreireihigen Bordüre aus Margeriten prangten die Abbilder der mächtigen Geiergöttin Nechbet hoch oben an der Decke, genau über dem Bett! Amenhoteps *Schenu* links und rechts zu ihren mächtigen Klauen, die je einem *Schen*-Ring [24] hielten. In alle Ewigkeit würde sie über ihn wachen!

„Das ist beeindruckend, mein Herr!"

„Nicht wahr! Doch ehe wir gleich hinüber in den *Ipet* zu den Damen gehen und uns auf das anschließende Festmahl freuen, so will meine Majestät mit Euch reden, *Nebet*. Nehmt Platz, Herrin der Katzen, und sagt mir, was Ihr von meinem *Sa Nesu* haltet!" Er packte das ihm um die Beine streichende, maunzende Kätzchen im Genick und hob es auf seinen Schoß.

„Oh, ich bekam keine Gelegenheit mir ein Urteil über den Kronprinzen zu bilden." Gehorsam ließ Bent sich Pharao gegenüber auf einem der Sessel nieder.

„Auch wenn ich ein Gott bin, *Nebet*, so weiß ich doch um meine Sterblichkeit." Hingebungsvoll hätschelte er die Miu, die Pharaos Gunst großmütig schnurrend ausgiebig zu genießen schien.

„Nicht doch!", unterbracht Bent ihn.

„Doch doch! Irgendwann werde ich mit Re in seiner Barke am Firmament segeln, unterbrecht mich nicht! Und ein Vater sollte seinem Sohn alles zeigen, ihn alles lehren, nicht wahr? Daher hat sich meine Majestät entschlossen, den

---

[24] *Schenu* ist die königliche Kartusche, *Schen* ist eine Seilschleife ohne Inschrift, steht für Ewigkeit

Sa Nesu, Sameref, mein liebender Sohn, zum Mitregenten meiner Majestät zu erheben. Hab ich Eurem Anspruch damit genüge getan?"

„*Mein* Anspruch?"

„Ihr habt mich getadelt, daß ich ihm die Vaterliebe versage."

„Nichts lag mir ferner!"

„*Ihr dürft den anderen das nicht spüren lassen! Er ist der Thronfolger! Er braucht alle Eure Unterstützung, denn er wird einst sein, was du jetzt bist, Amenhotep!* Genau das habt Ihr zu mir gesagt! Und ich achte die Weisheit der Frauen! Was ist jetzt? Seid Ihr einverstanden?"

„Aber natürlich! Wie kann ich Eure Entscheidung anzweifeln!"

„So sei es! Er wird mein *Tjet*, mein Pantherfellträger! [25] Der zweite Mann im Staate!"

Fauchend, wie mißbilligend sprang die Tochter der Bast von Pharaos Schoß, schüttelte sich, putzte sich das niedliche Gesicht, schmiegte sich dann mit aufgestelltem Schwänzchen an Bents Beine, rieb zärtlich ihr Köpfchen daran.

Mau

„Sie liebt Euch, Herrin der Katzen!"

Mit einem eleganten Sprung hüpfte die Tochter *Ta Miu's* auf Bents Schoß, rollte sich zusammen, schnurrte genüßlich. Schlug pfeilschnell ihre Krallen in Bents Oberschenkel!

„Au!"

Und aus dem glückseligen, wonnetrunkenen Schnurren hörte Bent:

Vergiß niemals: Du gehörst immer noch mir! Und einst wirst du ihn für mich töten!

---

[25] Titel eines altägyptischen Kronprinzen

NUT WIRD MUTTER
DER GÖTTER GENANNT,
WEIL SIE DIE STERNE
GEBOREN HAT.
NICHT EINER VON IHNEN
GEHT ZUGRUNDE

(Aus dem Nut-Buch)

SARA

Irgendwo in Norddeutschland, ein Dorf in der Nähe von Kiel
August 1963 A.D.

Sie saß mit Lisbeth vorm Dorfkrug unter der Linde, süffelte die Limo durch den Strohhalm, schwärmte zum x-ten Mal von dem Film, den sie heut nachmittag im Kino anschauen wollten.

„Ich finde ihn so süß!"

„Der ist doch nicht süß!", empörte Sara sich. „Das ist ein tragischer Held! Der schöne, edle Wilde! Und er ist viel schöner als Alain Delon!"

„Den kennt doch kein Mensch!"

„Na und! Nach diesem Film wird man ihn kennen!" Sara zog sich die Kniestrümpfe hoch. „In der Bravo war ein Poster von ihm! Mama darf es aber nicht finden, so habe ich es unter der Matratze versteckt", kicherte sie ausgelassen.

„Da wird sie es aber finden, wenn sie das Bett frisch bezieht", gackerte Lisbeth.

„Bis dahin ist Winnetou längst in einen anderen Wigwam gezogen!" Prustend gackerten sie weiter über ihre große, neue, aktuelle Liebe. Was war dieser Pierre Price aber auch ein schöner Mann! Fast so schön wie Elvis!

„*Schuld war nur der Bossa Nova, was kann ich dafür!*", trällerten sie jetzt gemeinsam den Hit dieses Sommers, kicherten so albern wie es nur Backfische fertig bringen.

„Öch bön öin Börliner!", kicherte Lisbeth.

„Hör auf!" Sara rempelte sie in die Seite, was war die manchmal noch so kindisch! „Der sieht auch gut aus!"

„Oh ja! ... *der war schuld daran ...*"

„Hab ich einen Hunger!" Saras Magen rumorte laut, übertönte selbst den Bossa Nova. „Wo bleibt er nur?"

„Nicht nervös werden! Er wird jeden Augenblick da sein! Du wirst deinen Sonntagsbraten schon bald bekommen."

Ja, Papa war stets pünktlich. Wie jeden Sonntag, wenn sie nach der Morgenmesse von Mama nochmal losgeschickt wurde, ihn zu rufen. Wie immer saß er im Dorfkrug mit den anderen feinen Herren beim Frühschoppen, hochtrabenden Gesprächen, natürlich den guten Rat gebend nicht doch mal zu sündigen, ein zwei Runden Skat, ein zwei Bierchen. Sie bekam eine Limo, durfte ihn anschließend nach Hause begleiten. Ihr Papa! Der größte und schönste Mann überhaupt! Neben ihm verblaßten sämtliche Elvisse, Alains und Johns dieser Welt!

Lisbeth rammte ihr den Ellbogen in die Seite. „Achtung!"

Ach verflixt! Da kam *Er*! Sara bekam einen hochroten Kopf, fühlte zu deutlich den schon wieder heruntergerutschten Kniestrumpf. War sich ihrer lächerlichen geflochtenen Zöpfe bewußt. Zum Glück trug sie ihr gutes Sonntagskleid! Möglichst unauffällig versuchte sie den Strumpf hochzuziehen, bemerkte ihren Papa, der mit dem Herrn Doktor, dem Herrn Bürgermeister und dem Herrn Apotheker, Lisbeths Papa, aus der Dorfwirtschaft trat, ohne Unterlaß in ihre lebhaften Debatten vertieft. Da trat der junge Mann tatsächlich zu ihnen an den Tisch.

„Guten Morgen, Fräulein."

„Hier sagt man Moin", bemerkte Lisbeth spitzfindig, musterte den Zugezogenen ausgiebig. Sara wäre am liebsten im Erdboden versunken. Diese Augen! Warum mußte der auch anfangs der Ferien in ihr Dorf ziehen? Seit er da war, war alles anders! Vor allem dieses Herzklopfen! Ihr Leben schien irgendwie aus den Fugen geraten.

„Lisbeth!"

„Ja Papa, ich komme! Wiedersehen, Sara. Bis heute mittag."

„Wiedersehen", hauchte sie.

„Sie planen einen Sonntagsausflug? Darf ich?", fragte er, zog am Stuhl, sie nickte, er setzte sich.

„Nein."

„Heute mittag?"

„Wir gehen ins Kino."

„Was gibt es denn?"

„*Winnetou*! Im Gloria."

„Soll gut sein, habe ich gehört. Aber *James Bond jagt Dr. No* soll besser sein."

„Sowas darf ich mir nicht angucken!"

„Nein, natürlich nicht. Das ist viel zu brutal und aufregend für eine so anmutige junge Frau."

Sara glühte der Kopf, spürte wie ihr die Röte ins Gesicht schoß, traute kaum ihn anzusehen. Obwohl sie genau wußte wie er aussah. Träumte in diesen Ferien jede Nacht von ihm. Er sah aus wie James Dean! Wie Marlon Brando! Nein, Unsinn! Er war viel viel hübscher! Und diese schönen grünen Augen! Sie leuchteten wenn er sie ansah.

„Aber *Cleopatra* dürfen Sie doch bestimmt sehen? Mit Elisabeth Taylor und Rex Harrison? Im *Gloria*?", entrüstete er sich jetzt. „In Kiel? Aber wie kommen Sie denn dahin?"

„Mit dem Bus."

„Der fährt doch erst im Nachbardorf ab."

„Na und? Wozu hab ich Füße?"

„Das ist doch viel zu umständlich. Ich könnte sie beide doch hinfahren."

„Ich darf nicht zu fremden Männern ins Auto steigen."

„Oh. Das habe ich nicht bedacht. Entschuldigung."

„Bitte."

„Sara!"

Sie sprang hoch, der junge Mann ebenso.

„Guten Morgen, Herr Pfarrer!", grüßte er anständig, machte sogar einen Diener.

„Moin. Gehen wir, Mädchen!"

„Ja Papa. Wiedersehen."

„Wiedersehen Fräulein."

Sara guckte hinaus auf die Terrasse. Mutter und Vater einträchtig noch bei Kaffee und Kuchen. Sie würde es nicht bemerken, oder? „Ich gehe jetzt!", rief sie fröhlich.

„Ist gut mein Schatz, schön aufpassen!"

„Ja Mama!"

Sie schlich zurück ins Bad, suchte und fand Mamas Lippenstift, malte sich die zartrosa Farbe auf den Mund, spuckte in die Wimperntusche, rieb das Bürstchen darin, versuchte ihre zitternden Finger ruhig zu halten, während sie die schwarze Farbe in den Wimpern verteilte. Nur kurz überlegte sie, ob sie auch den Eyeliner benutzen sollte, um sich wie Cleopatra eine schicke schwarze Linie um die Augen zu malen, ließ es aber bleiben. Dafür war keine Zeit mehr. Sie zupfte an der Bluse, an ihrem Rock, bedauerte aus tiefstem Herzen, daß sie diese modernen, superkurzen Röcke nicht tragen durfte, drückte einmal vorsichtshalber die Wasserspülung und verschwand eiligst aus dem Haus. Als sie um die Häuserecke verschwunden war, zog sie die kindischen Spangen aus ihren Zöpfen, kramte im Handtäschchen nach einem Kamm, zog ihn ordentlich durch die goldblonde lockige Pracht, öffnete zwei Knöpfchen von der Bluse, entledigte sich der Kniestrümpfe. Hoffentlich war dieser ganze Zirkus nicht umsonst und sie traf ihn vielleicht im Kino!

„Wie siehst du denn aus?", zischte Lisbeth bewundernd. „Du traust dich vielleicht was!"

Gemeinsam wanderten sie schnatternd über die Landstraße zur Bushaltestelle hin. Lisbeth kramte schonmal ein paar Groschen aus der Börse, als neben ihnen ein Wagen hielt. Eine schneeweiße, schicke Borgward Isabella! Ein Cabrio, das schwarze Verdeck heruntergeklappt.

„Das ist ja vielleicht eine Überraschung!", rief der junge Mann fröhlich, beugte sich vor, öffnete die Beifahrertür. „Wie schön, daß wir uns wiedersehen!"

Saras Herz machte einen Sprung! Es klopfte auf einmal wie toll. Dieser blöde Bus war vergessen! Das Kino war vergessen, Lisbeth erst recht! Doch die packte Sara jetzt am Ellbogen, „Das dürfen wir nicht!", raunend.

„Ach! Wir sind doch zu zweit! Was soll denn passieren?"

„Da kommt schon der Bus, Sara."

„Für die gesparte Busfahrt können wir uns aber ein Eis kaufen!"

„Oder eine Cola!", meinte er.

„Genau!"

„Gehen Sie auch ins Kino?"

„Ja!"

„Bringen Sie uns wieder nach Hause?"

„Natürlich!", lachte er.

„Eis *und* Cola, Lisbeth!"

„Also gut!"

Mit großen Augen starrte Sara auf die Leinwand. War mittendrin in der Prärie. Diese weißen, unglaublich schönen Felsen! Die sattgrünen Wiesen dazwischen. Und erst der edle Apache! Aber der andere war auch nicht schlecht! Und wie rührend Nscho-tschi sich um ihn kümmert, obwohl er am Marterpfahl sterben soll! Aber als Häuptling Intschu-tschuna starb und Old Shatterhand und Winnetou Blutsbrüder wurden, diese schöne Musik ihr eine richtig dicke Gänsehaut verschaffte, griff ihr Begleiter auf einmal nach ihrer Hand auf dem Knie. „Sie liebt ihn so", flüsterte er. Empört zog Sara ihre Hand weg. „He!"

„Verzeihung. Aber das ging mir nahe."

„Ja, mir auch."

„Sch!", hörte man es aufgebracht von der Reihe dahinter und Sara schaute von da an nur noch aufmerksam auf die Leinwand.

Dienstags drauf trafen sie sich wieder. Zufällig! Sara war gerade auf den Weg in die Kirche um die Blumen mit Wasser zu versorgen, als er über den Friedhof geschlendert kam, hier und da die Gräber betrachtete. Wie traurig er ausschaute! Sie winkte ihm, er winkte zurück, betrat kurz nach ihr die Kirche. Es war schön still hier drin! Und so köstlich kühl nach der Augusthitze draußen. Die Sonne schien durch die bunten Fenster, malte ein zauberhaftes Muster auf die Wände. Er stand ein bißchen unbeholfen da, ganz so als wäre ihm seine Anwesenheit hier drin peinlich. Sie setzte ihr strahlenstes Lächeln auf, ging zu ihm.

„Guten Abend, Fräulein! Wie schön Sie zu treffen."

„Moin!"

Sein Blick wanderte durch die Kirche, blieb auf der Darstellung des Heiligen haften.

„Der heilige Sebastian, ihm ist die Kirche geweiht." Sara stellte die Gießkanne ab, ärgerte sich, daß sie Gummistiefel trug.

„Ein Krieger!", hauchte er, anscheinend im Moment völlig fassungslos über den von Pfeilen durchbohrten, zur Schau gestellten.

„Natürlich! Er war römischer Soldat!"

„Das wußte ich gar nicht", lächelte er verlegen.

„Und wie heißen Sie? Es wäre wirklich nett, wenn Sie sich mal vorstellten. Schließlich kennen wir uns schon so lange. Seit Sonntag."

„Habe ich das versäumt?"

„Aber ja!", empörte sie sich niedlich schmollend, drohte ihm spaßeshalber mit den Zeigefinger. „Sonst gehe ich nie wieder mit Ihnen ins Kino!"

„Das kann ich nicht verantworten! Mein Name ist Se…" Er beäugte noch einmal den Gemarterten, legte die Hand auf sein Herz, machte eine kleine Verbeugung. „Sebastian. Was für ein Zufall! Sebastian … Roth."

„Echt jetzt?"

„Ja!"

„Ich heiße Sara!"

„Die Sprache der Hebräer! Die Prinzessin! Die Nebethat!"

„Die *wer*?"

Er schaute ihr tief in die Augen, „Die Herrin des Hauses", flüsternd. „Ich wünschte …"

„Was?"

„Ach nichts."

„Doch! Sagen Sie!"

„Nein! Das gehört sich nicht." Er setzte sich in eine Bank, begutachtete die kleine Kirche in aller Ruhe. „Das ist also euer Tempel."

„Wie bitte?"

„Entschuldigen Sie, aber man erzog mich ohne Religion."

„Oh!"

„Und euer Gott?" Er nickte zu dem Gekreuzigten hin.

„Gottes Sohn!"

„Noch einer?" Er schüttelte lachend den Kopf.

„Wollen Sie mich veräppeln?"

„Nichts liegt mir ferner. Ich habe Sie beleidigt! Verzeihen Sie mir?"

Sie versank in diesen leuchtenden Augen, erblickte sogar Tränen darin. Warum war er jetzt so traurig? Wenn sie ihn doch bloß trösten könnte. Was war er für ein schöner Mann! So höflich, freundlich. Sein blondes Haar leuchtete in der Abendsonne wie Gold, er sah aus wie ein Engel! Ja, genau so. Hehr und rein wie ein Erzengel! Und doch schien ihr für einen kurzen Augenblick er sei ein anderer. Als schimmere etwas wildes, wüstes durch ihn hindurch. Wie der tolle Fernseher in der Dorfkneipe, wenn die Antenne nicht richtig stand oder der Decoder von dem neuen Zweiten Programm Mucken machte. Das flackerte genauso. Ganz kurz währte dieser unheimliche Eindruck, sie verfluchte sich im Geiste für ihren Hokuspokus, ihre blöde Hellsichtigkeit. Fehlt ja nur noch, daß ich ihm die Karten lege! Mit so einem Kinderkram brauch ich ihm bestimmt nicht kommen! Sie musterte ihn nochmal. Nein! Er war einfach wahnsinnig attraktiv, bezaubernd, anständig und liebenswert! Schien wie der süße Junge von nebenan. Der perfekte

Schwiegersohn für meine Mama!

„Wie alt sind Sie, Sara?"

„Sechzehn!", log sie, ungeachtet dessen, daß sie sich in der Kirche, vor dem Angesicht Gottes befand, verlegte kurzerhand ihren Geburtstag um glatte sieben Monate vor.

„Ich hätte auf siebzehn getippt", meinte er bewundernd.

„Wirklich?"

„So erwachsen wie Sie wirken."

Jetzt verschlug es Sara tatsächlich die Sprache. Ihr kleines vorlautes Plappermäulchen verstummte. Nach einer Weile meinte sie: „So ein Kompliment hat mir noch keiner gemacht."

„Man sollte Ihnen ständig Komplimente machen!"

„Warum sind Sie so traurig?", fragte sie mutig.

„Weil ich warten muß."

„Worauf?"

„Darauf, daß du siebzehn wirst!" Er drückte ihr einen zarten Kuß auf die Lippen, stand auf und verließ eilig die Kirche.

„Solange du *deine* Füße unter *meinem* Tisch ausstreckst, wird gemacht was ich sage!", polterte ihr Vater am Freitag abend. Trotzig biß Sara die Zähne zusammen, bevor die Tränen purzeln konnten.

„Aber der Film läuft nur in der Abendvorstellung! Er hat Überlänge!"

„Du bleibst hier!"

„Mama!"

„Du hörst auf deinen Vater! Samstags abends in die Stadt! In einen Film der bis zwölf Uhr läuft! Wo kommen wir denn da hin? Schluß jetzt!"

„Aber Elisabeth Tay…"

„Ruhe! Ich will keinen Ton mehr hören!"

„Ihr seid so gemein!" Sara sprang vom Stuhl hoch, rannte hinaus, durch den Garten, über den Feldweg, blieb weinend und schniefend stehen, betrachtete die Staubwolke, die Traktoren, die abgeernteten Felder, trampelte bockig mit den Füßen. Immer diese Bevormundungen! Stets wußten sie alles besser! Hatten überhaupt kein Verständnis für sie! Was war schon dabei? Wollten sie sie bis zum Ende ihres Lebens bevormunden? Sich einmischen? Noch nicht einmal ins Kino durfte man! Wo sie so erwachsen war! Immer pünktlich zu Hause war! Nichts durfte sie, überhaupt nichts, niemals! Weglaufen? Ja, das wäre das Beste! Sollten sie sie doch suchen! Sollten sie doch weinen! Ich weine auch!

Am Schweinestall von Bauer Mielke bog sie wieder auf die Straße, schlenderte weiter, träumte davon mit *ihm* wegzulaufen, das öde Dorfleben ein für alle Mal hinter sich lassen, ein neues Leben zu beginnen, diesen Mief, insbesondere den von Schweinen, hinter sich zu lassen! Ein für alle Mal! Was für ein beschissenes Dorf! Was für ein beschissenes, enges Leben! Trotzig trat sie gegen die leeren Milchkannen an dem Zaun, daß es nur so schepperte, hörte neben sich ein Auto halten.

„Sara!"

„Sebastian!"

„Aber … Was ist denn los? Hast du geweint?"

„Nein!" Sie stieg einfach zum ihm - dem Fremden - in den schönen Wagen.

„Wenn uns jemand sieht! Sara! Steig aus, sonst ist der Dorfklatsch perfekt."

„Mir doch egal! Fahr!"

„Wohin?"

„Weit, weit weg!"

Er gab Gas, legte den Arm um sie! Ja! Das war das wahre Leben! So fühlte sich Freiheit an! Die Straße vor sich, immer weiter, der Sonne entgegen, den Fahrtwind im Gesicht! Er ließ sie los, machte das Autoradio lauter.

Love, love me do … You know, I love you … I'll always be true …

„Ein Lied von mir für dich!" Er warf ihr einen liebevollen Blick zu, guckte schnell wieder auf die Straße. Sara verstand genug englisch um zu verstehen um was es da ging. Sie spürte, wie sie bis unter die Haarwurzeln rot wurde. Was auch immer dieser Paul da sang, es war die Wahrheit! Er liebte sie! Sebastian liebte sie! Und würde ihr auf ewig treu bleiben! Genau wie Paul das da sang! Schluß mit Mädchen! Zeit endlich eine Frau zu werden! Jetzt! Und nicht erst mit uralten siebzehn! Fertig, basta!

„Bin ich eine Frau?", fragte sie später, nachdem er an einem lauschigen Plätzchen im nahen Wald angehalten, eine Decke aus dem Kofferraum geholt, sie ausgebreitet hatte, Sara neben sich auf den Boden zog.

„Was denn sonst!", lachte er gutmütig.

„Ich …" Sie schaute über die Lichtung, hörte den Vögeln bei ihrem Abendkonzert zu, riß einem Gänseblümchen die Blütenblätter einzeln raus, dachte an den unsinnigen Streit den sie eben daheim noch mit den Eltern geführt hatte. „Nein, ich bin keine! Ich bin ein Mädchen!" Das zu sagen forderte ihren ganzen Mut.

„Das sagte auch schon Jack Lemmon!", grinste er. Sie schubste ihn.

„Mach!"

„Was?"

„Mach mich zu einer Frau!"

„Um Gottes Willen, Sara! Nein!"

„Bin ich so häßlich?"

„Aber ganz im Gegenteil!"

„Warum tust du es dann nicht? Ich wünsch es mir aber!"

„Das gehört sich nicht! Erst wenn man verheiratet ist."

„So lange warte ich nicht!"

„Sara!" Welch eine furchtbare Verzweiflung in seiner Stimme lag!

Er schaute sie so lieb an! Ihr kleines, verliebtes Herz verzehrte sich so nach ihm. Doch er schien von ihr wegzurücken, einen inneren Kampf mit sich zu führen. Viel zu anständig! In seinen Augen Tränen. Sie waren schon ganz rot! Nicht doch! Nicht weinen!

„Was hast du denn?"

„Ich suche das Gute in mir!", stöhnte er gequält.

„In dir sehe ich nur Gutes! *Alles* an dir ist gut!"

„Oh, wenn du wüßtest!"

Mutig und liebevoll wischte sie die Tränen von seinen Wangen, schaute ihm tief in die vom Weinen roten Augen. Dort drinnen, tief in seinem Innersten schien es dunkel, gefährlich und düster, voller Schmerz und Sehnsucht.

„Hast du das Gute gefunden?", flüsterte sie atemlos.

Er hielt ihre Hand fest. „Es ist da! Tief in mir drin, längst verschüttet. Wenn ich die Schlange bekämpfe, dann bin ich gut! So lange her. Zuviele Lügen! Zuviel Blut! Zuviel Krieg! Zuviel Verführung!"

Krieg!

Sara konnte es bald nicht mehr hören! Da war der Krieg schon bald zwanzig Jahre vorbei und immer noch redeten alle ständig davon.

„Wenn ich könnte wie ich wollte, würde ich mir eine Welt voller Frieden und Liebe wünschen! Liebe mich, Sebastian!"

Er zog sie an sich, zornig, aufgewühlt, „Ich kann das nicht, Sara!", zischend. Sein Griff um ihr Handgelenk hart, geradezu brutal, sein Blick wild und zu allem entschlossen. Und doch zügelte er sich.

Dieser blöde Anstand!

Sie machte sich los, stand auf, zog den Pulli über den Kopf, öffnete ihren Büstenhalter, ließ den Rock und den Schlüpfer fallen, schämte sich in Grund und Boden, gewahrte seinen unbeherrschten, lüsternen Blick. Gewahrte aber auch plötzlich sich selbst im Licht der Abendsonne! Schön! Jung! So lebendig! Ganz deutlich fühlte sie den von der Sommersonne aufgeheizten Boden unter sich, spürte die magische Kraft der Natur und roch den sinnlichen, betörenden Duft des Waldes. Verspürte die mystische, geheimnisvolle Kraft der Frau in sich. Ihm, nur ihm würde sie ihre Jungfräulichkeit schenken! Diesem verzauberten Augenblick wohnte etwas heiliges inne, sie war bereit, sich ihm wie ein heidnisches Opfer darzubieten. Und einer heißen Welle gleich überkam sie die jahrtausendealte göttliche, verführerische Magie der Liebe!

„Kannst du es jetzt?", flüsterte sie, ließ sich neben ihm nieder, nahm tapfer seine große Hand, legte sie auf ihren süßen Busen.

„Nur wenn du es mir freiwillig gibst!" Wirkte er listig? Ach was!

„Nach was sieht das denn aus?", flehte sie.

„Nach Trotz!"

Er schien so abweisend. Und doch machte er den Eindruck, jeden Moment unbeherrscht über sie herfallen zu wollen. Er war so hübsch in seiner süßen Verlegenheit, seiner inneren Zerrissenheit, so furchtbar galant! Mutig küßte sie ihn. Auf den Mund!

Er erwiderte den Kuß, sie spürte seine Zunge, seine harten Hände auf ihr, er fühlte sich gar nicht so zart an wie er aussah! Einerlei! Irgend etwas passierte gerade mit ihr. Ein Kribbeln, eine furchtbare Ungeduld, sie wollte ihn fühlen, spüren! Jetzt! Sofort!

„Zieh dich aus!", wisperte sie. „Mach!" Atemlos schaute sie ihm dabei zu. Betrachtete ihn eingehend und bedauerte im gleichen Augenblick ihren blöden Vorschlag. Denn das war kein süßer, verlegener, zarter Jüngling! Nie im Leben!

Das …

… oh du liebe Güte!

Das war ein ausgewachsener, großer, starker Mann! Zu allem entschlossen! Voller steinharter Muskeln, dunkelblondes Haar auf Brust und Bauch und erst sein …

Am liebsten hätte sie einen Rückzieher gemacht!

Er riß sie stürmisch an sich. „Willst du das wirklich?"

Sie war viel zu weit gegangen um jetzt nein zu sagen!

„Ja!"

Er nahm sie! Ungezügelt, wild, leidenschaftlich. Im ersten Moment tat es weh, dann wußte sie nicht, was sie davon halten sollte. Es war unheimlich! Am liebsten hätte sie geweint, wußte nicht, ob sie ihn wegstoßen oder umarmen sollte, ob sie weinen, lachen oder schreien sollte. Allein das Gefühl von ihm in ihr drin hielt sie davon ab. Hart, heiß! Voller Glut. Sie meinte heißes Metall zu riechen, Blut und etwas dem sie keinen Namen geben konnte. Mit einem dämonischen Lächeln im Gesicht schaute er ihr zu. Beobachtete ihre sittenlose Nacktheit, ihre lasterhafte Schamlosigkeit. So glaubte sie für ein paar beängstigende Augenblicke, sie triebe Unzucht mit dem leibhaftigen Teufel! Schämte sich furchtbar. Hatte Mama sie nicht immer wieder gewarnt? Und doch …

Es war auch schön!

„Du bist die einzige unter all den verlorenen Seelen, die mir gefallen hat!", stöhnte er in ihr Ohr und hielt einen Augenblick inne.

„Was ist denn?", hauchte sie, voller Angst etwas falsch gemacht zu haben, schaute ihm bange ins Gesicht. Hinter ihm stand die tiefstehende Sonne, leuchtete um sein Haupt wie ein Glorienschein! Wie ein Engel! Nein! Das war kein Teufel! Er war ihre große Liebe! Die einzige! Die wahre! Zärtlich streichelte sie sein Gesicht, „Ich liebe dich!", seufzend.

„Ich habe das Gute in mir gefunden!" Sein großes Glied wurde noch härter, fast meinte sie, das nicht mehr aushalten zu können, gleich würde er sie bei lebendigem Leib zerreißen! Sie spürte etwas in sich hochkochen, ein nie dagewesenes, heftiges Gefühl, Tränen stiegen in ihre Augen, sie hätte vor Lust schreien mögen! Und wie ein glühender Strom fühlte sie jetzt etwas Heißes, Feuriges tief in sich drin, als würde es sie von innen heraus verbrennen …

Er ließ sie los, rutschte ein Stückchen zur Seite, nahm sie in Arm, „Hat es dir gefallen?", flüsternd. „War das gut für dich?"

„Ich weiß nicht", flüsterte sie zurück.

„Für mich war es das! Du hast mir gefallen!"

„Wirklich?", wisperte sie verwirrt und richtete sich auf.

„Die Schönste von allen!", lobte er, spielte mit ihrem langen Haar.

„Ich muß gehen! Mama wird mich schon suchen!"

„Deine Mama wird ihre Tochter nicht mehr wiedererkennen!"

„Wieso?" Ein heißer Schrecken fuhr Sara in die Beine.

„Sie ist jetzt eine Frau!"

Er stand auf, griff nach seinen Kleidern, zog sich an, raffte ihre Sachen zusammen, drückte sie ihr in die Hand. „Na mach schon, Nebethat, ich fahr dich nach Hause!"

„Wo warst du?"

Sara griff nach dem Tuch, half der Mutter das Geschirr vom Abendbrot abzutrocknen.

„Bei Lisbeth", log sie.

„Wenn du möchtest, so hat dein Vater entschieden, gehen wir nächsten Samstag alle zusammen in diesen Film. Das wird schön werden!"

„Mir doch egal!"

„Aber Sara!"

„Na gut!"

***

Wo war er nur? Seit jenem verzauberten Freitag hatte sie ihn nicht mehr gesehen. Es war bereits donnerstags drauf und am Montag würde die Schule wieder angehen, die schöne Ferienzeit vorbeisein.

„He!" Lisbeth schubste sie.

„Laß mich in Ruh!", giftete sie die Freundin an, ließ sie einfach stehen, schlenderte alleine über die Dorfstraße, an der Bäckerei vorbei, bog in die Seitenstraße ab. Wohnte er nicht dort. Bei der Witwe Althaus zur Untermiete? Das schöne schicke Cabrio auf der Straße stehend?

Da stand kein Auto!

Sarah schaute die Straße entlang, niemand draußen, niemand zu sehen. Mutig öffnete sie das Gartentürchen, klingelte bei der alten Frau, betrat den

Hausflur.

„Frau Althaus?", rief sie, bevor die alte Dame einen Schreck bekam.

„Ja?" Sie kam aus der Küche, in der einen Hand eine dicke Mohrrübe, in der anderen ein Messer. „Ah, das Mädchen vom Herrn Pfarrer! Was ist denn, meine Kleine?"

„Mein Vater wollte den Herrn Roth etwas fragen und ich soll ihn bitten, zu ihm zu kommen."

„Ach, das ist aber dumm. Der Herr Roth ist am letzten Samstag schon wieder ausgezogen! Hat das Zimmer nur für vier Wochen gemietet."

„Ach …" Sara wurden die Knie weich. „Danke, Frau Althaus", flüsterte sie und machte, daß sie aus dem Haus kam.

Was mach ich denn jetzt bloß?

Schniefend trippelte sie durch das Dorf.

Der hat nur Ferien hier gemacht! Und ich blöde Gans bin auf ihn reingefallen! Nein! Er wird zurückkommen! Zurück zu mir! Denn das war wahre Liebe! So kann kein Mann gucken, wenn er nicht wirklich liebt! Du bist so doof, Sara Ney! Der hat dich verführt! Benutzt! Und ist dann klammheimlich verschwunden! Lacht sich wahrscheinlich über mich kaputt! Love, love me do! Ha, ha, ha! Alles Lüge! Dreckskerl! Nein! Ich liebe ihn! Nein, ich will ihn vergessen! Auf der Stelle! Niemals werde ich ihn vergessen! Mein ganzes Leben lang nicht!

Im Oktober bereute sie zutiefst diesen schmachtenden, blöden Gedanken. Wahrlich, sie würde ihn ein ganzes Leben lang nicht vergessen!

Zum zweiten Mal war ihre Regel ausgeblieben!

***

„Sara! Was ist das für ein Brief? Wie kommt deine Lehrerin dazu, so etwas von dir zu behaupten? Du schwänzt die Schule? Und wo kommt diese Note her? In deinem ganzen Leben hast du noch keine sechs geschrieben! Oh, warte, wenn ich deinem Vater diesen Brief zeige! Wie siehst du nur aus? Auf der Stelle ziehst du diesen kurzen Rock aus!" Die Mutter hielt kurz inne, besah sich ihr Kind. „Hast du zugenommen?"

„Das geht dich überhaupt nichts an!"

„Sara!"

„Ist doch wahr! Ihr habt überhaupt kein Verständnis! Meint, nach diesen beschissenen Krieg sei die Welt wieder völlig in Ordnung! Ist sie aber nicht! Sie haben ihn erschossen! Einfach so! Im offenen Wagen! Es ist immer noch Krieg!"

„Es tut mir für Jackie ja auch unendlich leid…"

„Was interessiert mich diese aufgeblasene…"

„Sara! Ich verstehe dich nicht mehr! Wo ist meine süße Tochter geblieben?"

„Ihr zieht Mauern hoch, schliddert sehenden Auges in den dritten

Weltkrieg! Ich habe auch einen Traum, Mama, von einer besseren Welt! Genau wie Herr King!"

„Was redest du für einen Unsinn!"

„Ich rede wie es mir paßt!"

„Wenn du nicht schon so groß wärst, würde ich dich übers Knie legen!"

„Ich bin viel größer als du meinst! Ich werde die Schule sausenlassen! Ich mach das alles nicht mehr länger mit! Dieses Spießertum! Diese beschissene Scheinheiligkeit!"

Der Mutter fehlten offensichtlich die Worte. Sara starrte sie an, nichts als Wut im Bauch und Haß im Herz und das Gefühl ihr wehtun zu wollen.

„Wir werden das später besprechen. Wenn du deine Wut unter Kontrolle hast. In deinem Alter ist das völlig normal. Und daß du das Gymnasium verläßt ist keine Option…"

„Du hast mir überhaupt nichts zu sagen! Brauchst mir nicht mit hochtrabenden Worten kommen!"

„Sara! Mach mich nicht wütend!"

Das war nicht mehr ihre Mama! Das war eine Frau! Eine Konkurrentin!

„Ich bin schwanger!", blaffte Sara und es klang, als habe sie sämtliche Schlachten dieser Erde gewonnen!

Mutter wich alle Farbe aus dem Gesicht. Das hat gesessen! Das bringt sie von ihrem hohen Roß! Reißt sie aus ihrer scheinheiligen Heiligkeit!

„Dafür, daß du so besonders erwachsen wirken willst, benimmst du dich reichlich kindisch!"

„Und du verlierst wohl niemals die Contenance!"

„Auf dein Zimmer! Sofort!"

***

Nach dem Abendbrot saßen sie alle im Wohnzimmer. Papa zündete feierlich die erste Kerze am Adventskranz an. Noch vier Wochen bis Weihnachten. Tolles Fest. Das Fest des Erlösers. Und wer erlöst mich? Sara starrte in die Flamme, betrachtete die rote Kerze, das rote Schleifchen. Nächstes Jahr um diese Zeit würden große süße Äugelchen verwundert das Kerzchen betrachten …

„Wer war das, Sara?" Ihr Vater bemühte sich nicht zum ersten Mal um einen geduldigen, ruhigen Tonfall. Schon das allein brachte sie auf die Palme.

„Niemand!"

„Jemand aus dem Dorf?"

Sie lehnte sich in dem schicken Cocktailsessel zurück, verschränkte trotzig die Arme vor der Brust.

„Du mußte es uns sagen, mein Schatz!"

Natürlich! Mutter! Mit salbungsvollem Ton!

„Keiner von hier!", maulte Sara.

„Du bist furchtbar verstockt!"

„Alfons! Laß sie! Sie wird es uns schon sagen. Derjenige wird zur Rechenschaft gezogen, die Vaterschaft anerkennen, sie vielleicht sogar heiraten und dann ist alles gut!"

„Ich heirate niemanden!"

„So kommen wir hier nicht weiter! Entweder du sagst uns jetzt sofort, wer dieses Dreckschwein war oder…"

„Oder was? Steck mich doch ins Heim! Mir doch egal!"

„Seinen Namen, Sara!"

„Der heilige Sebastian!", spottete sie.

„Und wie noch?"

„Wie ein Engel kam er zu mir!"

„Von wo?"

„Er hatte einen Heiligenschein!", trotzte sie. „Dort, als er mich auf dem Waldboden nahm! Mich zur Frau gemacht hat! Und es hat mir Spaß gemacht!"

„Um Gottes Willen, Kind, du redest völlig wirr! Hat dir jemand Gewalt angetan?"

„Wie ein Engel hat er mich geliebt! Der Krieger! Verwundet, weinend! Sebastian!" Heiße Tränen flossen plötzlich wie ein Sturzbach. „Mama!"

***

Trotzig knallte sie das Zeugnis auf den Tisch. Grinste stolz von einem Ohr zum anderen.

„Das habt ihr nun davon!"

„Oh mein Schatz! Wundervoll! Klassenbeste! Wie gut, daß du ein Jahr ausgesetzt hast. Nicht auszudenken, all dies Gerede … Was trägst du denn nun zur Abschlußfeier? Und wer geht zum Abiturball mit dir mit? Was hast du da nur an!"

„Batik."

„Das sieht furchtbar aus!"

„Mama!" Ein fröhliches Stimmchen von unten, sehr energisch.

„Och!" Sara verdrehte die Augen, als sie jemand gebieterisch an der weiten Pluderhose zog. „Wer ist das denn? So ein hübscher kleiner Schatz! Gibst du der Mama einen Kuß?"

„Nein! Mama! Guck! Bagger!"

Sie bückte sich zu dem Knirps, bekam im selben Moment versehentlich den blechernen Bagger in die Stirn gerammt. „Ich hasse dich!"

Der Kleine kicherte ausgelassen, Sara nahm ihm den Bagger ab und ihn hoch.

„Zeit für deinen Mittagsschlaf, du Pupser! Wo ist dein Teddy?"

„Nicht müde! Nein!"

„Oh doch! Hier, dein Teddy!"

Der Teddy flog mit Schwung durch die Küche. „Bagger!" Ohrenbetäubend dieses Gebrüll!

„Jetzt gib ihm doch den Bagger! Den hat er mit seinem Opa zusammengebaut!"

„Ich bin ja schon froh, daß er keinen Panzer mit ihm zusammenbaut!" Sara schaute ihrem Kind stolz ins Gesicht, er strahlte über beide Backen, streichelte seiner Mama die Wange, gab ihr einen saftigen Bussi. „Du weißt ganz genau wie du mich rumkriegst, mein kleiner Engel, was? Mit deinen schönen Augen! Und deiner zuckersüßen Schnute!"

„Wo er die wohl her hat?"

„Mama! Laß mich zufrieden damit!"

„Ja, schon gut. Was willst du jetzt machen, mit dem Abitur in der Tasche?"

„Dasselbe wie bisher."

„Also Kind! Dein Talent in dieser Nähstube vergeuden!"

„Was willst du denn? Alles handgemacht, alles besser als dieses Zeug von der Stange!" Sara blieb auf dem Weg zu ihrem Zimmer stehen, musterte baff den neuen Fernseher im Wohnzimmer. „Was ist das?"

„Ein Farbfernseher! Toll was? Wurde heute morgen gebracht!"

„Ihr seid völlig dem unsinnigen Konsum verfallen. Wozu braucht man sowas?"

„Wie im Kino, Sara. Alles bunt!"

„Den hättet ihr am zweiten Juni gebraucht. Da hättet ihr Benno Ohnesorgs Blut ganz bunt in eurem eigenen Wohnzimmer bewundern können!", spottete sie bissig.

„Kann man denn kein vernünftiges Wort mehr mit dir reden? Immer nur dagegen! Immer nur Krawall!"

„Ich bin nicht auf Krawall, Mama!", säuselte sie. „Es ist der Sommer der Liebe!" Sie faßte Raphaels Händchen, tanzte singend mit ihm durchs Wohnzimmer. „… *If you're going to San Francisco. Be sure to wear some flowers in your hair* … Trag Blumen im Haar, Mama! Nur so wird die Welt bunter und besser!"

***

„Raphael! Hör auf zu träumen! Mach voran! Was willst du? Käse oder Marmelade?"

„Wurst!"

„Ich habe keine!" Sara schmierte Butter auf sein Brot, klatschte einen Löffel von der Erdbeermarmelade drauf, schnitt Schäfchen, rückte ihm den Becher Milch hin, stand auf, weil es unten klopfte. „Ist offen!", rief sie durch das geöffnete Küchenfenster hinunter.

„Das Brot ist trocken, Mama!"

„Ich hab kein anderes!" Sie spielte nervös mit den unzähligen langen Ketten um ihren Hals, polierte die große Sonnenbrille, setzte sie auf ihren Scheitel.

„Wenn du mir ne Mark gibst, renn ich schnell zum Bäcker!"

„Stell jetzt das Auto weg und iß!"

„Das schmeckt aber nicht!", maulte er. Sie riß ihm das Spielzeugauto aus der Hand, rückte nachdrücklich den Teller vor ihn.

„Was machst du mit den Koffern?"

„Nichts!"

„Und die Schachteln da?"

„Iß!"

„Och nicht *der* Blödmann!"

„Raphael!"

„Ich komme in Frieden, du güldenes Kind der Liebe!" Toni trat salbungsvoll zu ihm, wuschelte ihm durch die blonden langen Locken. Raphael duckte sich schnell.

„Noch besser, du gingest in Frieden! Hau ab! Du stinkst!"

„Wenn es auch modern ist, Sara, aber schneid ihm um Gottes willen die Haare, er sieht ja aus wie ein Mädchen!" Toni ließ sich am Tisch nieder, griff nach einer Scheibe Brot.

„Du bist so doof!" Raphael trat Toni unterm Tisch herzhaft ans Schienbein.

„Jetzt iß dein Frühstück!" Sara wurde allmählich sauer, musterte Toni, mußte ihrem Siebenjährigen Recht geben. Er stank. Das lange schwarze Haar strähnig, fettig, wirkte genauso ungepflegt wie der lange Bart und der schmuddelige Kaftan.

„So nicht, Toni! Keine Minute! Die Seife wurde erfunden, daß man sie benutzt! Egal wie du dazu stehst, *ich* mach das nicht mit! Du kannst mein Bad benutzen. Verschwinde, aber auf der Stelle!"

„Relax, Babe", er packte seelenruhig eine Tüte aus, wollte sie anzünden. „bleib ruhig! Laß uns doch mal drüber reden…"

„Ich diskutiere nicht! Samstags wird gebadet! Basta!" Sie schnippte ihm den Joint aus der Hand, legte das lange bunte Band um ihre Stirn, schaute, daß er auch ja im Bad verschwand, machte das Radio lauter, summte mit … *My Sweet Lord* … betrachtete wehmütig die beiden kleinen Zimmerchen mit der Kochecke, „Ich werde es vermissen", seufzend.

„Was Mama?"

„Du bist auch mein süßer Herr! Wenn du fertig bist, pack bitte deine Kleider und Spielsachen in die Kisten. Und vergiß deine Schulsachen nicht."

„Ich muß heute noch einmal in die Schule, Mama! Dann komm ich zu spät!" Wie konnte man nur so niedlich vorwurfsvoll sein?

„Heute nicht."

„Warum nicht?"

„Mach, was ich dir sage!"

„Du bist so hübsch, Mama!"

„Danke!" Sie schluckte die Tränen runter, spülte das wenige Geschirr, begann alles vom Tisch und den Rest von dem, was im Kühlschrank lagerte, in eine der Bananenkisten zu packen, zog den Stecker, ging nachsehen, daß Raphael auch ja alles einpackte.

„Was soll ich mit der Winterjacke!", nörgelte er jetzt. „Es ist Sommer! Nächste Woche gibt es Ferien!" Sara nahm ihm die Jacke aus der Hand, stopfte sie obenauf in die Kiste, packte Handschuhe, Schal und Mütze ebenso dazu, schaute nach, daß er nichts vergessen hatte.

„Kriegen wir endlich den neuen Schrank?"

„Hast du deine Schulsachen?"

„Ja!"

„Den Teddy?"

„Ich brauch kein Teddy! Bin ich ein Baby?"

„Nimm den Teddy! Hör auf mich, Raphael! Mach! Bevor ich es mir anders überleg!"

„Weinst du?"

„Warum machst du es mir denn so schwer?", schluchzte sie.

„Ich mach doch überhaupt nichts, Mama!"

„Schau mich nicht so an!", giftete sie den süßen Bub voller Verzweiflung an.

„Ja, Mama."

„Soll ich das schon mal runtertragen?" Toni kam aus dem Bad, im wallenden Kaftan, roch wie ein Blümchen, das nasse Haar klebte ihm lockig am Kopf, schlüpfte in die Latschen.

Raphael streckte ihm die Zunge raus, „Du siehst aus wie Jesus", kichernd, „nur blöder!"

„Ich geb dir gleich was hintendrauf! Nimm deinen Ranzen! Geh schon mal runter." Sara schaute sich um. Alles fertig. Sie schloß das Küchenfenster, legte für Lisbeth einen Zettel hin. Sie würde die Wohnung übernehmen. Sara nahm die letzte Kiste, schloß hinter sich die Tür ab, legte den Schlüssel unter die Fußmatte.

„Uih!" Raphael hopste auf der Straße so ausgelassen wie es nur kleine Jungs können. „Ist der toll! Gehört der dir, Toni? Wirklich? Wieviel PS hat der denn? Und wir fahren jetzt damit? Klasse! Wo fahren wir denn hin?"

„Zu Oma und Opa."

„In die Ferien? Auja!"

Sara schob die Tür von dem bunten Bully auf, wuchtete ihren Koffer und die Kisten hinein, „Das werden die längsten Ferien deines Lebens, mein Schatz", murmelnd.

ES IST ÜBERHAUPT
KEIN LICHT DORT.
WAS NUN JENEN
ORT ANGEHT,
LEER VON HIMMEL
UND LEER VON ERDE,
DAS IST DIE GESAMTE DUAT

(Aus dem Nut-Buch)

ÄGYPTEN, LUXOR

Dienstag, 07. Februar 2012 A.D.

LUXOR, WESTBANK
IM HAUS DER ARCHÄOLOGEN

„Diese vermaledeiten Scherben machen mich noch wahnsinnig!"

Anna stand auf, gab dem Stuhl einen Rand, trat unter der Überdachung heraus, zündete sich eine Zigarette an, öffnete die Tür vom Innenhof, starrte hinunter über Qurna, Kom el Hettan, über die grünen Felder bis hinüber nach Malkatta.

„Der Aufstieg Atons, dort sollte ich graben!", [26] zischte es sinnlos durch ihren Geist. „Dort liegt alles, was Uaset einst ausmachte!" Verwöhnt von den Erfolgen in Kom el Hettan – wo man quasi bloß die Hand auszustrecken brauchte um ein grandioses Artefakt zu finden - ärgerte sie sich jetzt auch noch zusätzlich über den unglaublichen Erfolg des Schweizer Teams, das nun, nach den Wirren des vergangenen Jahres, endlich seinen sensationellen Fund aus dem letzten Jahr publik machen konnte: das unversehrte Grab mit der prächtig erhaltenen Mumie von *Nehemes Bastet,* Tochter eines Priesters, Sängerin des Amun im großen Karnak-Tempel. Pah! Nur zu gern würde Anna erfahren, wer die andere, bös zugerichtete, zerfledderte Mumie in dem Schutt des kleinen Grabes war. Sie war viel älter datiert und mußte irgendeinen Bezug zu Amenophis III. haben. Sie vermuteten der Name der Dame sei Satiah gewesen. Und was sich wohl in dem anderen Grab, KV 40, direkt daneben, befinden mochte? Am 20. dieses Monats werden sie es wissen! Wenn sie in den Schacht hinuntersteigen und es öffnen! So geht wahres Ausgräberglück! Nicht wie sie, die an diesem langen Tisch tausende von bedeutungslosen Scherben sortierte.

„KV 64! Verdammt!"

Ihren unbändigen beruflichen Ehrgeiz für den Augenblick begrabend, wanderte ihr sehnsüchtiger Blick weiter über die Äcker, hinüber nach Al Aqaltah, machte den schmalen Weg aus und mit Mühe erkannte sie im ewigen Dunst das einsame Haus mit der Kuppel inmitten der Felder.

„Dumme Ostraka, mit sinnlosem Gekritzel, gefunden in einem Müllhaufen!", schimpfte sie, sich lauthals Luft machend. „Und andere finden den Schatz ihres Lebens!"

---

[26] Die antike Stadt auf der Westbank von Luxor, in der Nähe von Malkatta, dem Palast von Amenhotep III., wurde 2021 entdeckt

„Vielleicht möchte die Dame einen Tee?"

Sie erstarrte. Diese Stimme!

Anna liefen trotz der angenehmen Wärme und ihres Seelenschmerzes eiskalte Schauer über den Rücken. Diese freundliche, widerliche, säuselnde, einschmeichelnde Stimme! Sie drehte sich ungläubig um; der alte Bettler stand im Innenhof, in Händen ein Tablett, darauf eine Tasse und ein Teller mit Gebäck, über dem Arm - wie ein Oberkellner - eine Serviette.

„Hibiskustee? Oder möchten Sie schwarzen Tee? Ich kann gerne welchen machen."

Sie starrte auf das Tablett, als hätte er gebeten, sie solle einen Cocktail aus Arsen und Zyankali auf ex trinken.

„*Was* machen Sie hier?", zischte sie krächzend. Heißer Schweiß kroch ihr den Nacken hoch, Panik breitete sich aus, die Hände begannen zu zittern. Und wie sah er überhaupt aus? Rasiert, das Haar geschnitten, sauber! Auf der Nase eine altmodische Brille, gekleidet in eine offensichtlich frisch gewaschene und gebügelte Galabiya, ein langer Schal um seinen Hals. Ja er roch sogar nach Seife und Deodorant, wirkte nicht mehr mager und verhärmt.

„Es gibt Menschen, Madame Berger", der alte Mann stellte das Tablett auf den Tisch, „die sind das reine Licht Gottes. Sind ihnen schon mal solche Menschen begegnet? Sie treten einem unvoreingenommen gegenüber. Achten dich, einfach weil du da bist. Gleich wie du daherkommst." Schimmerte da etwa eine Träne in seinen Augen? Pah! Und wenn! Dann war es höchstens eine Krokodilsträne! „Ich wußte lange nicht, daß es solche Menschen gibt. Madame Karoline war so gütig mich einzustellen. Wenn auch lediglich als Handlanger, zum Fegen, Müll wegbringen, Tee kochen, aufräumen … Ich begegnete ihr ein zwei Mal. Sie gab mir etwas Geld, ein anderes Mal etwas zu essen, wir kamen ins Gespräch …"

„Halt die Klappe, Amenhotep!"

„Madame Berger, Sie müssen mir glauben, daß ich nicht wußte, daß es das Haus ihrer Arbeitsstätte ist! Ich habe Ihnen versprochen, mich fern zu halten. Wenn Sie das wünschen, werde ich auf der Stelle gehen, wieder betteln …"

„Nimm deinen Tee und verschwinde!" Mehr brachte sie nicht heraus, schaute ihm zu, wie er nach dem Tablett griff, die Scherben auf dem Tisch, das Tablett wieder abstellte, die Brille wie einen Fremdkörper zurechtrückte.

„Das sind keine Scherben, Madame Berger. Das sind keine Ostraka!"

„*Was*?"

„Da stehen Namen, Madame. Und sehen Sie dieses? Eine scharfe Kante, ein Winkel! Da ist das Gegenstück!" Er hielt die beiden Bruchstücke aneinander; sie paßten! „Das sind die Steilkanten, die Grate einer Pyramide, Madame. Das sind keine Ostraka! Die Schrift! Innen angebracht. Es war hohl. So klein, so zierlich, nicht groß. Ich vermute, es hatte vier Seiten. Reiner, weißer Kalkstein.

Hier noch eine Kante, schauen Sie. Mindestens eine dreiviertel Elle, höchstens zwei Ellen hoch. Das, Madame Berger, sind keine Scherben, das da war ein *Benben*!" [27]

„Und *du* willst das wissen?"

„Ich werde doch ein *Benben* erkennen, wenn ich es sehe! War ich nicht Baumeister? Errichtete ich nicht Bauwerke zum Ruhme des Guten Gottes? Es ist ein Friedhof, den ihr da ausgrabt! Ein Friedhof der einfachen Leute. Vor den Gräbern der Noblen, damit sie ein klein wenig von ihrem Ruhm in die Gegenwelt mitnehmen können. Dies allerdings", er hielt eine weitere Scherbe hoch, „dies ist die Scherbe eines Bechers oder einer Kuchenform. Vielleicht für Spitzkuchen … Ich kenn mich mit den Gepflogenheiten die in einer Küche herrschen nicht so aus …", versuchte er ein verlegenes Grinsen, welches seinem vernarbten, faltigen, eingefallenen Gesicht einen dämonischen Ausdruck verlieh.

Anna wühlte in den Kalksteinbruchstücken, drehte sie um, suchte und fand ein Stück. Ein Stück mit einem Namen. Eine Luftröhre mit Herz, einen Brotlaib, ein Schlitten …

Ritzte sie diesen Namen nicht irgendwann in die Rinde eines Baumes?
In die Rinde eines Feigenbaumes, einer *Nehet*
In einem prächtigen Garten
Vollkommen an Sein und Nichtsein
Nefertem

Anna überkam das Gefühl, ihr wurde jeden Moment schwarz vor Augen. Hatte sie hier vielleicht das Grab ihres Kindes ausgebuddelt? Gleich würde sie kotzen!

„Madame Karoline!", hörte sie durch das Rauschen in ihren Ohren den Alten plärren, fühlte außerdem wie er sie anfaßte, am Arm packte, so fest und brutal, wie am Neujahrstag 99, als er sie daran hindern wollte, ins Taxi zu steigen. Sie spürte wie er sie niederdrückte, als stünde sie in einem stinkenden Abtritt …

… niederdrückte auf ihren Stuhl, ihr fürsorglich mit der Serviette Luft zufächelte.

„Es geht schon", preßte sie hervor, schlug seine Hand weg.

„Was ist denn, Anna?" Karo beugte sich über sie.

„Ihr wurde schwarz vor Augen, konnte sie gerade noch auffangen."

„Du kannst einem aber auch einen Schrecken einjagen!"

---

[27] Pyramidon

„Schrecken?", knurrte Anna. „Du weißt nicht, was Schrecken bedeutet!"

„Nein, wahrscheinlich nicht. Du solltest mehr trinken. Es ist tagsüber schon viel zu heiß und ich schickte ihn extra zu dir, damit …"

„Sei still, Kara!"

„Sag nicht immer Kara zu mir! Ich mag das nicht!"

Erinnerst du dich nicht an die klingelnden Isisamulette? Warst du nicht dabei, als ich diesen Namen in die Rinde ritzte? Oh, bitte! Ich wünschte, du könntest dich erinnern, so wie Ranofer … Raphael! Ich brauche dich, Kara! Deinen gesunden Menschenverstand! Deine Fröhlichkeit, deine Liebe zu mir! Und nicht diesen alten, aufgeblasenen Widerling. Was hast du dir nur dabei gedacht ihn hier ins Haus zu holen?

Anna blieb ein paar Augenblicke sitzen, trank widerwillig den Tee, stand auf, schnauzte „Ich mach für heute Feierabend!" und verschwand in ihrem Zimmer.

Zeit nachzudenken! Zeit, ein neues Leben anzufangen! Zeit, sich endgültig den Tatsachen zu stellen, ihnen ins Auge zu blicken!

Wütend knüllte Anna, auf dem Bett sitzend, das Kissen in Händen, schaute blicklos in den alten, schäbigen Ventilator, der sich mit schrappendem Schaben zweifelsfrei die allergrößte Mühe gab, die stickige Luft im Raum gleichmäßig zu verteilen.

Sie konnte sich nicht mehr länger davor drücken, nicht mehr länger die im Augenblick so verhaßte Arbeit vorschieben, die Augen verschließen. Sie mußte sich ein für allemal Klarheit verschaffen! So konnte sie nicht leben! In der Luft hängend, ohne die Gedanken zu ordnen, die Verhältnisse zu klären.

Was hatte sie sich nur dabei gedacht, zu Georg nach Berlin zu gehen? Was fiel ihr nur ein, mit ihm zu schlafen? Er mußte doch annehmen, daß sie zu ihm zurückkehren wollte, so wie sie dastand! Ihm das Kind gebracht hatte, und gleichsam als Dreingabe, Morgengabe sich selbst. Er ging zurecht davon aus, ihre Ehe sei, wenn schon nicht zu retten, so doch wenigstens dem Kinde zuliebe zu kitten, sei es wert, einen Neuanfang zu wagen. Am liebsten hätte sie sich im nachhinein noch für diese kindische Dummheit ohrfeigen mögen, für den heißen, unüberlegten Sex verfluchen können! Dafür, daß sie ihm so weh getan hatte, seinen Traum zum Platzen gebracht hatte, seine ohnehin angeschlagene Welt endgültig zum Einsturz brachte. Aber – verdammt nochmal – er und seine vermaledeite Arroganz! Daß er ohne Rücksicht auf Verluste sich die Gelegenheit einen Vorteil zu sichern nicht entgehen ließ! Sich Anna wie einen überreifen Apfel pflückte, ihr eigenes angeschlagenes Seelenleben gnadenlos zu seinem eigenen Vorteil nutzte.

„Ich liebe dich, Georg!" Wütend warf sie das Kissen gegen den ratternden Ventilator, mit blechernem Scheppern fiel er vom Schreibtisch, hauchte sein nerviges schabendes, klapperndes Leben aus. „Trotz allem was passiert ist, passieren wird! Aber ich will dich nicht mehr! Zeit, ein neues Leben anzufangen! Zeit, daß ich mir zurückhole, was ich verlor!"

LUXOR, WESTBANK
RAPHAELS HAUS, AM GLEICHEN ABEND

Vor ihr, im letzten Licht der Abenddämmerung, tauchte das Haus mit dem Kuppeldach wie schon schlafend hinter seiner hohen Mauer auf, mitten im Nirgendwo, rundum Felder, Wiesen, Dattelpalmen, Weiden. Die schmale, bucklige Straße eingeengt durch den parkenden Transporter eines Pool-Services. Sie erlaubte sich einen Blick über den Nil, gegenüber Luxor, davor glitzerte die Beleuchtung vom Mövenpick auf King Island. In der hohen Mauer öffnete sich das Tor zu einer breiten Durchfahrt, einer Garage. Sie fuhr mit dem Defender hinein, er paßte knapp hinter seinen schwarzen BMW. In der Garage selbst der knallrote Käfer.

Seit einem Monat hatte sie weder was von ihm gehört, noch hatten sie sich gesehen, seit sie letzte Woche wieder in Luxor aufgetaucht war. Er wußte überhaupt nicht, daß sie wieder da war.

Tief durchatmend entstieg sie dem harten Sitz, schnappte den hellbeigen Shopper und das Köfferchen, betrat den Innenhof durch die offenstehende Tür, begrüßte Chica, die erst knurrend mißtrauisch abwartete, dann ausgelassen um sie herumhopste. Rundherum das Chaos eines aufgewickelten Wasserschlauches, eines Hochdruckreinigers, Kabeltrommel, Werkzeug, Eimer, Schrubber und Besen. Raphael, am leeren Pool stehend, starrte sie wie einen Geist an und Anna meinte frechweg: „Ich komm meine Sachen holen!"

„Tu dir keinen Zwang an!" knurrte Raphael, der Typ vom Poolservice sammelte sein Werkzeug ein, murmelte was, und ihm blaffte er ein unwirsches „Yalla!" entgegen. Anna verschwand im Haus, hörte wie der Mann sich mit „Salam!", verabschiedete, betrachtete durch die Jalousien vom Schlafzimmerfenster Raphael, der, mit einiger Verwirrung und Zorn im Gesicht wie hilfesuchend in den leeren Pool starrte, erst sich den kurzen Bart reibend, dann die Faust vorm Mund geballt, offensichtlich grübelnd wie er aus dieser Sache wohl ungeschoren davonkommen sollte.

Ihr überraschender Auftritt verfehlte seine Wirkung nicht. Das hochgesteckte Haar, das seidene grünschillernde Kleid, der weiße Schal, der Shopper, die Sonnenbrille, die High Heels. Mittlerweile alles, bis auf die High Heels, dekorativ ums Bett verstreut, auf dem sie sich jetzt wie ein Kätzchen kuschelte. Sie bemerkte, wie er den Schalter für das Tor betätigte, sah ihn durch die Haustür huschen, hörte seine Schritte und wie er „Ich hab…" sagte, abrupt in der offenen Schlafzimmertür stehenblieb, „*Was* machst du in meinem Bett?", polternd.

„Ich weiß nicht wohin! Ibrahim hat mein Zimmer vermietet, weil ich ihm sagte, ich wohne ab jetzt bei dir. Schon vergessen?" Sie löste schmollend die Spange aus dem Haar, griff sich mit einer gezierten Handbewegung in den Nacken, warf die ganze glänzende dunkle Pracht ihres Haares über die linke Schulter nach vorne, spielte mit einer Strähne, legte dabei den Kopf schief, schaute ihm in die dunkelgrünen, vor Zorn leuchtenden Augen.

„In Luxor gibt es hunderte, wenn nicht gar tausende Hotelzimmer ... Und dein ... Affe ... hat doch neuerdings Wohnungen und Appartements für zahlende Gäste in seinem Angebot! Und schließlich kannst du immer noch bei deinen Kollegen wohnen!"

„Dort kann man nicht wohnen!", sie streifte lasziv erst den einen Schuh ab, das Fußkettchen klingelte lockend, „Höchstens hausen. Ich bleib hier!", dann den anderen, der polternd zu Boden fiel. „Außerdem bin ich müde, ich fahr heute nicht mehr. Ist mir zu spät."

„Ich schlaf auf der Couch, gute Nacht!" Schon wollte er verschwinden.

„Bist du so unversöhnlich?"

„Gute Nacht!" Er zog die Tür hinter sich zu.

Das ging ja nun gründlich in die Hose! Anna biß sich auf die Unterlippe, zog die Decke höher, bis an die Nase, genoß seinen Duft, der ihr entströmte, war sich nur allzusehr bewußt, wie billig diese Nummer wirken mußte.

„Ich bin nicht auf dieser Welt, um *keine* Fehler zu machen!", plärrte sie durch das gekippte Fenster, „Würde ich niemals fehlen, wäre ich Gott!"

„Und ich bin *nicht* auf dieser Welt um *deine* Narrheiten zu dulden!", brüllte er zurück.

„Es tut mir leid, Raphael!"

„Und mir erst!", kam es voller Spott bärbeißig zurück.

„Gibst du so schnell auf? Kann du mir denn nicht verzeihen? Hast du mich denn überhaupt nicht mehr lieb? Dann komm her, du Feigling und sag es mir ins Gesicht!"

Schon riß er die Tür auf, brutale Urgewalt verbreitend, stürmte auf das Bett zu, riß sie an den Oberarmen hoch, starrte sie an, „Ich bin kein Feigling!", knurrend.

„Dann sag es! Sag, daß du mich nicht mehr liebst! Sag es!"

Er schüttelte sie durch, schubste sie in die Kissen zurück, verließ das Schlafzimmer ohne ein weiteres Wort, knallte die Tür hinter sich.

„Ich geh hier nicht eher weg!", rief sie ihm zankend hinterher.

„Und wenn *du* nicht aufhörst, mir die Hölle heißzumachen, setz ich dich wie du bist an die frische Luft!"

„Das wagst du nicht!"

„Willst du es erleben?", brüllte er.

„Tju!"

Schon riß er abermals die Tür auf, packte sie erneut bei den Armen. Das war zuviel! Sein hübsches Gesicht so dicht über ihr. Der gnadenlose Zorn in seinen Augen! Nichts sonst war mehr darin zu lesen, zu erkennen. Noch nicht einmal seine höfliche Distanziertheit, seine leidenschaftslose Kühle. Als ginge ihn das alles hier überhaupt nichts mehr an! Er packte sie, nahm sie auf den Arm, wollte offensichtlich mit ihr - wie eine traurige Karikatur, wie ein schwarzes Negativ des über-die-Schwelle-tragens - durch die Haustür hindurch. Das trieb ihr die heißesten Tränen in die Augen, mit aller Macht krallte sie sich an ihn, schaute ihm in sein wütendes Gesicht.

„Laß los!", knurrte er.

„Nein! Sag, daß du mich nicht mehr liebst! Dann geh ich freiwillig!"

„Laß mich los, Anna!"

Gleich hatte er es geschafft, die Haustür zu öffnen. Anna sah sich schon nackt auf dem Terrassenboden winden, über sich ihre Klamotten, die er ihr nachgeworfen hatte. Mit dem letzten Rest verzweifelten Mutes stemmte sie die Füße gegen die Tür, küßte ihn, krallte sich noch fester in seinen Bizeps und seinen Rücken, biß ihm in den Hals, wisperte in sein Ohr:

„Wenn du mich von dir schubsen willst, reiß ich dir die Haut in blutigen Fetzen vom Leib! Ich bin ein loderndes Feuer, eine wilde Woge, ein heißer Wind. Meine Liebe ist immerwährender Kampf, Erobern und süßer Sieg! Raphael! Ich liebe dich!"

Nur für einen kurzen, Hoffnung verheißenden Herzschlag lang hielt er inne, versuchte dann abermals die Türklinke der Haustür zu erreichen, „Wie oft willst du mich noch verraten? Verleugnen? Verrecken lassen?", knurrend.

„Ich habe dich nicht sterben lassen! *Keinen Tag mit dir wollte ich missen. Ich bereue keinen Augenblick mit dir. Ich würde es genau wieder so machen! Leb wohl, Schönheit!*", flüsterte Anna. „Das hast du mir gesagt, und dann wolltest du dich, obwohl schon halbtot, umbringen! Dir das eiserne Messer in den Hals rammen! Daher hast du diese Narbe! Es war die schwarze Pest, Ranofer! Niemand hätte dich retten können außer mir! Der Preis für dein Leben und meine Verfehlung war der Verlust deiner Liebe! Und wenn ich mich nicht für dich geopfert hätte, wärest du gestorben. So hast du mich bloß vergessen. Vergiß mich nicht noch einmal, das überlebe ich nicht!"

Er stand da, in seinem Wohnzimmer, mit der Frau im Arm, die er zur Tür hinauswerfen wollte, schaute ihr ein paar Herzschläge in die flehenden Augen, machte einen Schritt vor, setzte Anna schließlich sanft wie eine wertvolle Kostbarkeit auf die Couch, deckte ihre Schultern und ihre Blöße zärtlich mit der dort liegenden Decke zu, drückte ihre Hände zusammen, ließ sich vor ihr auf die Knie.

„Was du …", hauchte er heiser, räusperte sich „was du in *deinem* Haus, in *deinem* Schlafzimmer, mit *deinem* Mann in *deinem* Bett machst, geht mich alles gar nichts an. Du gehörst mir nicht. Du gehörst zu ihm. Ich bin in deinem

Leben nur ein Gast. Und ich werde nach Assuan gehen."

„Ich gehöre niemandem, Ranofer. Ich bin eine freie Frau. Und doch gehöre ich zu dir! Zu niemand anderem sonst! Ich habe dich nicht sterben lassen, das mußt du mir glauben! Ich würde mich immer wieder für dich opfern! Ich will, daß du mir verzeihst. Bitte!"

Wie demütig legte er schweigend den Kopf in ihren Schoß, die Arme um ihre Hüften geschlungen.

„Steh auf, mein Herz, nicht!", schluchzte sie überwältigt vor alten, uralten Erinnerungen.

„Nie, Bent, nie werde ich dich vergessen! Bis über meinen Tod hinaus nicht! Das habe ich dir geschworen. Aber ich ertrage es nicht! Ich kann dich nicht mit ihm teilen! Ich *will* dich nicht teilen und ich will nie wieder das sehen, was ich da gesehen habe! Er liebt dich. Er hat ein Kind. Geh zu ihm zurück, hilf ihm. Bring deine Ehe auf Vordermann und laß mich nach Assuan gehen."

Bent schwieg, wischte Tränen von den Wangen, hob zögernd die Hand über seinem dichten Haar, das im Licht der Lampe wie dunkles Gold und Kupfer schimmerte, streichelte schließlich zärtlich, voller Hingabe darüber.

„Ich habe meinen Schwur gebrochen. Den Schwur, den ich *dir* einst gab. Sagte ich nicht: Ich liebe dich, Ranofer, mehr als mein Leben! Seit dem Tag, als du das erste Mal bei mir zu Gast warst. Ich werde dich nicht mehr leugnen! Ich will mich zu dir bekennen! Dir für alle Zeiten hingebungsvoll und treu zur Seite stehen. Ich habe auch diesen Schwur gebrochen und werde damit leben müssen."

„Dieser Raum", meinte er flüsternd und setzte sich auf, „Dieses Bild an Weihnachten hat mich wieder erinnert ... dieser Raum, in blutiges Rot getaucht. Ein tödlich kalter Sitz. Diese Frau, nein, Priesterin, blutverschmiert, schreiend, klagend, betend ... Das warst du! Du warst eine Heilerin? Du warst die Herrin dieses Hauses ..." Er richtete sich auf, schaute sie an. „Ich bin gar nicht gestorben! Eine Reise ... Wir machten danach eine Reise ... du suchtest jemanden ... ich war dein ... dein ... *Leibwächter*?"

„Du bliebest mir ein Freund!"

„Freund?"

„Du wußtest nicht mehr, daß du mich liebtest. Aber ich konnte damit nicht leben. Und so suchte ich immer wieder deine Nähe! Schon damals wolltest du in *Swenu* bleiben, denn dort lebte deine Familie, war deine Heimat. Deswegen willst du wieder dorthin zurück! Nicht, weil du meinst, du würdest dort wieder zufrieden leben können! Nicht weil du dich Elena verpflichtet fühlst und ihr Grab dort liegt. Es ist deine Heimat, Ranofer. Warum ist der Pool leer?"

„Er brauchte eine Generalüberholung. Wie alles hier! Es soll alles in Schuß sein, wenn ich das Haus verkaufe!"

„Mach das nicht! Ich bitte dich!"

„Das hast du nicht mehr zu bestimmen!"

Sie schaute ihn an, betrachtete sein Gesicht. Er schien müde, geschlagen und aller Hoffnung beraubt, als hätte er den Lebensmut endgültig verloren. Im sanften Schein der Schreibtischlampe schimmerten seine Augen wie rot gerändert, ja fast schon blutunterlaufen.

„Du bist ja unendlich müde!"

„Hab die Nachtschicht eines erkrankten Kollegen übernommen und anschließend noch meinen normalen Bürokram gemacht."

„Du solltest zu Bett gehen! Nicht hier auf der Couch! Du brauchst Ruhe und eine erholsame Nacht. Komm mit mir mit."

Er stand auf, reichte ihr die Hand, starrte sie eine Weile schweigend an, flüsterte dann: „Nein! Ich kann dich da nicht mit hineinziehen!" Anna blieb wie erstarrt sitzen, er ließ sie los, setzte sich schnaufend neben sie, Ellbogen auf der Armlehne, die Faust vor dem Mund.

„Was ist denn?" Sie bemerkte seine unglaublicher Selbstbeherrschung und wurde auf einmal das drohende Gefühl nicht los, daß ihn unbändige Mordlust aufrecht hielt. Er drehte den Kopf zu ihr hin, fast schrak sie vor ihm zurück. Seine Augen! Rot, tränentriefend, als hätte er eine böse Bindehautentzündung!

„Ich habe ihn gefunden! Oben, über Qurna. Er versteckt sich anscheinend in den Ruinen von Deir el Medine. Oder noch weiter oben. Es ist besser, ich verschwinde, wenn es soweit ist, ich ihn habe", stöhnte er und in seiner Stimme lag unendliche traurige Verzweiflung. Sie spürte beinahe körperlich seine unterdrückte, brutale Wut und die gnadenlose Entschlossenheit sich an dem Alten zu rächen, es ihm endlich heimzuzahlen.

„Nicht doch! Du bist nur müde. Wir sollten uns schlafen legen."

„Ich habe das Gute in mir verloren, Anna! Und ich finde den Weg nicht mehr zurück!"

Noch einmal ließ sie den Blick prüfend über den liebevoll gedeckten Frühstückstisch gleiten. Alles da! Selbst die kleine Blüte der Bougainvillea neben seinem Teller.

Anna, schon den ganzen frühen Morgen so richtig scharf auf ihn, ungeduldig sehnsüchtig auf ihn wartend, schob sich den heruntergerutschten Träger ihres süßen Seidenhemdchens wieder über die Schulter hoch. Sich voll im Bewußtsein, daß er dieses lockende Angebot nicht ignorieren konnte, sie lieben würde, alles ins Lot kommen würde. Doch er sollte von selbst kommen, sich nicht überrumpelt fühlen. Sie mußte sich richtig beherrschen, nicht zu ihm unter die Decke zu schlüpfen um ihn nach Strich und Faden zu vernaschen. So horchte sie über das Blubbern der Kaffeemaschine und dem Brutzeln der Eier in der Pfanne hinaus, ob sie ihn nebenan hörte. Anscheinend war er wach, denn sie hörte erst das Bett knarzen, dann die

Schlafzimmertür gehen. Schon huschte er an ihr vorbei; nackt, schön wie ein Gott.

„Guten Morgen", versuchte sie ein strahlendes Lächeln, „Gut geschlafen?"

„Moin. Muß auf's Klo!", raunzte er verschlafen.

„Schon ok."

Anna setzte sich, schmollte ein bißchen wegen seiner unerwarteten Mißachtung, wartete, schaute genervt zu der scheinbar endlos vor sich hin blubbernden Filtermaschine, die röchelnd und fauchend wie ein kleiner, asthmatischer Drache den letzten Tropfen Wasser aus dem Tank zog. Jetzt hörte sie nebenan kurz die Dusche, erhob sich, um die Pfanne zu greifen.

Raphael trat unverhofft hinter sie, packte sie, riß ihr brutal das Hemdchen runter, küßte ihr den Hals, faßte zwischen ihre Beine, griff mit der anderen Hand nach der Pfanne, schleuderte das heiße Ding mit samt den Eiern in die Spüle, schob Anna zu dem Tisch, fegte alles in der Nahe stehende polternd und klirrend herunter, katapultierte rücksichtslos den Stuhl zu Seite, knickte sie bäuchlings über den Tisch, drückte sie im Nacken nieder wie einen ungezogenen jungen Hund, fickte sie derb und rücksichtslos durch. Der Tisch polterte wummernd im Takt seiner gnadenlosen Wut gegen die Wand und Anna, schreckensstarr und zu keiner Gegenwehr fähig – die angesichts seiner Kraft sowieso zu nichts führen würde – meinte, die Kälte der Resopalplatte ließe ihr Herz gefrieren. Unvermittelt spritzte er ab, ließ sie los, holte die Pfanne wieder aus der Spüle, knallte sie auf den Untersetzer auf dem Tisch.

„Hast du sie noch alle!", keuchte Anna entsetzt, während sie vorsichtig versuchte sich aufzurichten um nicht in die Scherben am Boden zu treten.

„Was ist denn bei dir los?", kam es gleichzeitig aus dem Garten von vor dem gekippten Küchenfenster. „Raphael? Was rumpelt, klirrt da so?"

„Rechtlich gesehen war das eine Vergewaltigung!", kreischte Anna geradezu hysterisch durch das gekippte Fenster.

„Ok, dann feiert weiter euer Wiedersehen. Tschuldigt, ich wollte nur Wäsche aufhängen. Schön, daß du wieder da bist, Schätzchen!"

Wortlos schloß Raphael das Fenster, stellte den Stuhl wieder auf die Beine, griff nach einer Gabel und einem neuen Teller, setzte sich, schaufelte sein Frühstück rein.

„Länger kann sein Fick auch nicht gewesen sein", brummte er zwischen zwei Bissen. „Ich war keine Viertelstunde weg. Und wenn du mir jetzt was von wegen fehlendes Vorspiel vorjammerst, kannst du gleich verschwinden! Beim ihm brauchtest du das auch nicht. Du bist nur sauer, weil du nicht gekommen bist."

Angesichts dessen verschlug es Anna komplett die Sprache, schaute ihm wortlos zu, wie er mit gutem Appetit frühstückte, betrachtete das angerichtete Chaos: Die unzähligen Scherben auf den schwarz-weißen Fliesen, das zerrissene Seidenhemd, die herumkullernden Äpfel, Möhren und

Paprikaschoten, das zertretene Brot, spürte, wie sein Sperma langsam erkaltend ihren Oberschenkel herablief, auf den Boden tropfte.

„Was stehst du da? Hm?", fuchtelte er mit der Gabel herum. „Nimm dir einen Teller aus dem Schrank, iß mit. Das gute Geschirr ist leider auf Grund meiner glühenden, hitzigen Leidenschaft für dich zu Bruch gegangen. Bei unserem letzten gemeinsamen Frühstück warst du doch auch nicht so zimperlich!" Mit gnadenloser, eiskalter Ruhe stand er auf, nahm einen Humpen und einen Teller aus dem Hängeschrank, schenkte Anna Kaffee aus, reichte ihr ein paar Blatt von der Küchenrolle, drückte sie auf den anderen Stuhl.

„Was ist das für ein Arschloch? Hm? Kommt daher, drückt dir sein Kind aufs Auge! Und ich Idiot helfe dir auch noch! Lacht mir schön ins Gesicht, macht einen auf Freundschaft, geht hin und bumst dich! Was ist das für ein Ding? Das mußt du mir mal erklären! Vielleicht bin ich zu doof das zu kapieren? Hm? Nur ein Proll, was? Gehört *ihm* die Welt? Glaubt, er kann sich *alles* herausnehmen? Was für ein arroganter Drecksack! Geh zurück zu ihm, ich bin fertig mit dir!"

Schweigend schaute sie ihm weiter zu, wie er offensichtlich heißhungrig mit stoischer Ruhe aß.

„Das kauf ich dir nicht ab!", flüsterte sie schließlich. „So bist du nicht!"

„Aber sowas von!"

„Du kannst mir nicht das Ekelpaket vorspielen! Das glaube ich dir nicht!"

„Glaub was du willst!"

„Ich geb nicht auf, Raphael! Selbst wenn ich für deine Liebe in den Krieg ziehen müßte!"

„Der Satz ist schon ein bißchen abgenutzt, Fätzlein!"

Mit kalter und doch schwitziger Hand griff Anna nach einem Löffel, schaufelte sich aus der Pfanne ein bißchen von dem Rührei auf den Teller, nippte an dem Kaffee, meinte dann, als wäre nichts geschehen: „Ich mach mal ein wenig Konversation, solange das Frühstück dauert. Weißt du, ich mach gern einen auf vornehme Dame. Wenn manche in mir auch nichts anderes als eine billige Nutte sehen."

„Ach nee, wer behauptet denn sowas?"

„Den Eindruck wolltest du mir doch mit deiner außergewöhnlichen befremdlich wirkenden Aktion vermitteln."

„Hm." Er ließ die Gabel sinken, schaute sie mit einem wütenden Funkeln in seinen grünen Augen an: „Hab ich dir weh getan?"

„Nein …" Anna hielt die Tränen zurück und sich die Hand ans Herz. „Doch … Hier!"

„Meins tut auch weh", brummte er ungehalten zurück. „Wie geht's an der Ausgrabung?"

„So lá lá."

„Und der … Kurze?"

„Georg hat vorrübergehend eine Tagesmutter gefunden."

„Pf!"

„Leon geht's gut. Aber er vermißt seinen fafel."

„Iss mir doch schnurz!"

„Er liebt das Holzauto abgöttisch. Wehe, man nimmt es ihm ab. Dann plärrt er die Welt zusammen."

„Ich hatte mal n Bagger …" Nur kurz verlor er die Kontrolle, räusperte sich, bevor ihm beinahe ein schelmisches Lächeln übers Gesicht gehuscht wäre.

„Ich hätte das nicht zulassen sollen, Raphael. Aber … ich liebe ihn auch … lebte solange mit ihm Seite an Seite, das kann man doch nicht gerade mal so beiseite schieben und vergessen! Oder hast du Elena schon vergessen?"

„Das ist doch wohl was völlig anderes! Sie stieg nicht mit einem Dahergelaufenen einfach so in die Kiste!"

„Es war ein bißchen wehmütige Sehnsucht, er wollte sich eigentlich nur bedanken und von mir verabschieden. Das er mich nackt im Schlafzimmer antrifft, damit konnte er doch nun wirklich nicht rechnen."

„Jo, geht mir genauso! Sobald ich eine Nackte sehe, spring ich drauf!"

„Hör doch auf!"

„Opa hat ihn bestimmt noch. Den kriegt er irgendwann von mir."

„Bitte *was*?"

„Den Bagger! Aus Blech! Sowas wirft man doch nicht weg, ist heute bares Geld wert!"

„Aha!"

„*Du* sagtest doch, ich soll aufhören. Hab lediglich Konversation gemacht."

„Sind wir wieder Freunde?"

„Oh! So kleinlaut, Frau Berger?"

„Bitte mein Liebling!"

„Gerade eben noch stelltest du mich vor meiner Mutter als Vergewaltiger hin!"

„Das war nicht richtig was du da gemacht hast! Das weißt du selbst!"

„Was du gemacht hast, war erst recht nicht ok!"

„Es ist aber nun mal passiert und ich kann es nicht rückgängig machen. Ich kann dafür auch keine Vergebung verlangen. Es kam eben über uns … er schämt sich wahrscheinlich deswegen genauso! Gerade weil ihr euch ein wenig angenähert habt."

„Schämt sich?" Raphael entschlüpfte ein kurzes gehässiges Lachen. „*Der*?"

„Für was hältst du ihn?"

„Für'n Arschloch, Anna! Ein hundsgemeines, hinterlistiges, rücksichtsloses Arschloch!"

„Und du bist immer noch sauer, weil ich deine Heiratsanträge nicht angenommen habe! Ich versteh das. Aber ich konnte an Weihnachten deinen

Antrag nicht annehmen, Raphael", unterbrach sie ihn. „Sagte ich dir nicht einmal, du darfst mich nicht lieben, mein Herz! Ich bin verbranntes, totes Fleisch, eine Wiedergängerin. Ich liebe nicht … niemals … ich zerstöre … Habe ich dich damals nicht gewarnt, Ranofer? Georg und ich haben Weihnachten 1981 geheiratet. Wir waren an diesem ersten Weihnachtstag dreißig Jahre verheiratet."

Raphaels Faust knallte so heftig auf den Tisch, daß Teller, Tassen und Besteck klirrend hüpften.

„Das ist natürlich ein Argument!", preßte er, sich beherrschend, hervor. „Das versteh ich. Das kann ich entschuldigen. Nein, schon gut, Lady, alles andere wäre unpassend gewesen, du hast Recht. Ich muß mich anziehen, muß zur Arbeit. Fahr mal deine Karre aus meiner Garage und schließ die Tür hinter dir zu, wenn du gehst."

LUXOR, WESTBANK
DIENSTAG, 14. FEBRUAR

Sie ließ das Ramesseum hinter sich, bog auf den breiten Pfad ab, der hinter dem verlassenen Dorf hinauf ins Gebirge führte. Dröhnend robbte der alte Defender sich über das holperige Gelände nach oben. Sie konnte fast nicht auf den buckligen, rechts von ihr steil abfallenden Weg hoch über dem alten Qurna achten, so sehr ging ihr der Streit mit Raphael nach. Er zeigte sich kaum versöhnlich, und so hatte sie versucht, im Winter Palace ein Zimmer zu bekommen. Darauf hoffend, daß in ein paar Tagen endlich Gras über die Sache gewachsen wäre, sie am Donnerstag wie früher bei ihm zwei Tage übernachten könnte.

Anna zog die Handbremse, öffnete die knarzende Tür, stieg aus, nahm den Rucksack, machte sich auf den Weg zu der einsamen Felsenkammer. Es schien ihre letzte Hoffnung zu sein, SIE hier anzutreffen. Nirgendwo anders hatte Anna sie getroffen. Nicht am Hotel, nicht in der Stadt, nicht an den Tempeln. Wahrscheinlich war alles Erlebte sowieso einfach einem gräßlichen Alptraum, ihrer dummen Phantasie entsprungen. Sie konnte doch nicht wirklich davon ausgehen, hier eine Göttin getroffen zu haben … Angesichts aller anderen Probleme schob sie all diese abstrusen Gedanken sowieso allmählich in die Richtung von total plemplem …

Unten im Rucksack nach dem Schlüssel kramend, blieb sie abrupt stehen, bemerkte die geöffnete Tür. Wenn sie auch dem Penner unerlaubterweise die Kammer als Unterschlupf, als Versteck vor Raphael gewährt hatte, so hatte er ihr doch in die Hand versprochen, acht zu geben und das Eisentor stets ordentlich hinter sich zu verschließen.

Da drin war jemand! Das Licht einer Taschenlampe flackerte! Aber der Alte fegte und werkelte doch im Haus der Archäologen, jedenfalls noch vor gut einer Stunde. Sie selbst wollte die ausgedehnte Mittagspause nutzen um hier irgendwie irgendeinen ... völlig gaga ... ja was nur? Kontakt herzustellen? Wie lächerlich sich das anhörte!

Anna bückte sich, hob einen dicken Stein auf, trat leise zum Eingang unter dem Felsvorsprung hin, ließ den Rucksack auf den Boden gleiten. Scheppernd riß sie die Tür ganz auf, „Was machen Sie hier drin?", rufend, gleichzeitig den Unterarm vor die Augen legend, weil das Licht der Lampe bösartig blendete, im gleichen Augenblick verlöschte.

„Schon gut, Lady!"

„Raphael!"

„Ich dachte, ich finde ihn hier."

„Wen?"

„Du weißt, wen ich meine! Sah ihn hier drin verschwinden, gestern!"

„Hier ist niemand!"

„Was ist das für eine Höhle? Ein Grab? Was machst *du* hier?"

„Darin stand die Statue!"

„*Deine* Statue?"

„Die ist nicht mein! Wie siehst du nur aus?"

„Wir sind hier im Gebirge. Da brauchst du anständige Kleidung!"

„Das sind Tarnklamotten vom Bund! Und was soll dieses Messer an deinem Gürtel? Du könntest glatt in den Krieg ziehen!"

„Hab's im Schrank gefunden."

„Laß ab, Raphael! Versündige dich nicht!"

„Meine Sünden sollten dir schnurz sein! Auge um Auge, Anna! Er wird mir nicht entkommen!"

„Denk an deinen Großvater!"

„An ihn denke ich ständig! An die Angst und den Schmerz, den der alte Mann hätte haben können, wenn er erfahren hätte, daß sein Enkel in Luxor auf offener Straße wie eine abgestochene Sau krepiert wäre!"

„Und Sara..."

„Ich sehe noch die Angst in ihren Augen, als ich im Krankenhaus wieder zu mir kam, sie an meinem Bett saß, verheult, krank vor Sorge! Und deine Angst! Deine Verzweiflung. Das wird er mir büßen, Anna. *Wo* ist er?"

„Das weiß ich doch nicht!"

„Warum bist *du* hergekommen?"

„Ich suchte jemand."

„Hier? In dieser Ödnis? Weitab vom Strom und der Wege der Touris? Du weißt, wo er ist! Und du weißt, daß er hierherkommt! Da stehen ein paar Wasserflaschen, eine Decke, Kissen, eine Sportmatte liegen da in der Ecke hinter der Steintür! Ein bißchen Krempel, eine Kerze. Und in dieser Tüte sind ein paar haltbare Lebensmittel, Konserven! Wer haust hier?"

„Ein alter Mann, mein Junge!", polterte es vom Eingang her. Eine Stimme wie Donnerhall, die wie ein unheimliches Echo in der düsteren Kammer widerhallte! Anna krallte sich erschrocken in Raphaels Arm, trat mit ihm hinaus in den blendenden, grellen Sonnenschein.

„Der Herr Roth! Sieh an! Auf einem Ausflug?", zischte Raphael böse spöttelnd. „Auf der Suche nach Antiquitäten?"

„Madame Berger wollte mir etwas geben! Nicht wahr?" Er stützte sich lässig auf seinen schlichten Wanderstab mit dem verzierten, dicken Knauf, nickte grüßend zu Anna hin.

„Seid *ihr* hier verabredet?"

„Nein! Raphael, laß uns fahren! Sofort!" Sie hob den Rucksack vom Boden hoch, hievte ihn mit Schwung an einem Riemen auf die linke Schulter.

„Nicht, bevor Sie mir gegeben haben, um was ich Sie bat!"

„Von mir kriegst du gar nichts!"

„Was für ein kleines, aufmüpfiges Mädchen du dir da gesucht hast!"

„Was willst du von Anna? Verschwinde, du Sack, sonst lernst du mich kennen!"

„Sie gibt es mir jetzt, sonst lernst du *mich* kennen! Ich weiß nicht, ob dir das gefallen würde! Die Herrin des Hauses schickte mich übrigens hierher. Sie hat vermutet, daß Madame Berger in der Nähe ihrer Arbeit zu finden sei. Ihr Kuchen war mal wieder ausgezeichnet."

„Raphael! Laß ihn quatschen und uns fahren!"

„Noch bin ich höflich, Madame!" Er trat ihr mit einer eleganten, fast schon tänzerisch anmutenden Geste in den Weg.

Anna starrte wie gebannt in dieses Gesicht! Das Antlitz eines älteren, gutaussehenden, dunkelblonden Herrn, groß gebaut, wuchtig, vielleicht ein paar Zentimeter größer als Raphael, wenn nicht gar bald zwei Meter hoch. Vermutlich unter der legeren Leinenkleidung gewaltig muskulös. Lediglich die roten, tränentriefenden Augen erweckten kein Vertrauen. Wind kam auf, Sand wurde hochgewirbelt, die Welt schien plötzlich hinter einem gelben Schleier zu verschwinden. Anna schob sich hastig die Sonnenbrille über die Augen, das Halstuch vor den Mund, Raphael hustete, versuchte sich den feinen Sand aus den Augen zu reiben, erreichte aber nur, daß sie jetzt genauso rot schienen und gewaltig tränten.

Dshrt säuselte der Sand, die Zeit schien einzufrieren und Anna meinte, in einem düsteren Saal zu stehen, ein Gemälde betrachtend, auf dem irgendein Mensch dem Nichts huldigte.

... *„Das ist sein Reich!"*

„Ich sehe nichts! Wessen Reich?"

„Das Reich von Seth, dem Roten! Der Herr der Wüste, dem Herrn des Krieges! Deshret ist seine Heimat." ...

„Wo war er?", hustete Raphael.

Bürgerkrieg in Syrien!

Der chaotische, immer noch andauernde Arabische Frühling!

Die Sonne wird sich wieder verfinstern! Eine Dürre wird kommen! Hurrikans das Land vernichten! Bereits jetzt schon mehrere Erdbeben, Schiffskatastrophen, Flutkatastrophen, diese Kältewelle, der viele Schnee! Explosionen, Brände und Flugzeugabstürze! Schon wieder Tausende Tote! Und am Jahrestag der Revolution Regen! In Kairo! Wenn das auch als gutes Omen gelten mag! *Ich* glaube das nicht!

Das alles hast du zu verantworten!

DU!

Anstifter der Verwirrung!

„Der Rote!", krächzte Anna und versuchte den sandigen, kratzenden Staub in ihrer Kehle zu ignorieren, ebenso den boshaften, beißenden Geruch nach verbranntem Metall, Schweiß, Blut und Sperma, machte einen Schritt auf Roth zu. „Er war bei Sara! Was hast du ihr angetan, du Schwein!"

„Der Herrin des Hauses würde ich niemals etwas tun! Nur bei ihr finde ich das Gute in mir!"

„Anna! Bleib weg von dem Irren, der Wichser hat eine Waffe!" Flüchtig fühlte Anna Raphaels verfehlende Hand, anscheinend wollte er sie hinter sich, in Sicherheit ziehen.

„Das ist ein Spazierstock! Was will er damit? Ihn mir auf den Kopf hauen! Laß mich los, Raphael!" Sie schüttelte unwirsch seine grob zupackende Hand ab.

„Die Drecksau war in *meinem* Haus!", brauste Raphael auf. „Dir werd ich Manieren beibringen!"

Als wäre Raphael gar nicht anwesend meinte Roth gelassen: „Das ist mein Zepter, Madame Berger! Man sagt, es wiege zweitausend Kilogramm und ich könnte damit selbst Götter erschlagen! Soll ich dir zeigen, was es außerdem kann?", rammte gleichsam damit den Stock erbarmungslos in die Erde, gnadenlos, mitleidslos in den Leib seines Vaters, daß sie bebte, erschauderte, Raphael stürzte im gleichen Moment vor Schmerz laut aufbrüllend auf die Knie, die Handflächen am Boden, stöhnend in unerklärlichen Qualen sich krümmend.

„Raphael! Steh auf!"

„Ich tue ihm nichts! Keine Sorge! Gib mir das Herz aus Glas, Madame Anna und seine Pein ist ausgestanden!"

„Leck mich!"

„Willst du auch so am Boden liegen? Willst du, daß meine Geduld endlich ist? Du willst nicht wissen, wie ich üblicherweise mit Damen verfahre! Bin ich nicht schon meiner Mutter *Nut* aus der Seite gesprungen, ihren Leib zerreißend? Hat nicht selbst die liebliche Hathor mir nicht wiederstehen können? Wie sie sich kreischend in Schmerzen gewunden hat, als ich sie liebte! Wie sie sich gewehrt hat als mein eherner Speer sie durchbohrte ... Soll ich das auch mit dir machen?"

„Verdammt, Anna, gib der Sau was sie will, ich halt das nicht mehr aus! Was ist das für eine Scheiße? Ein Taser?", preßte Raphael zähneknirschend hervor.

„Ich kann es ihm nicht geben!", rief Anna ihm verzweifelt zu.

„Dann muß ich es mir nehmen!"

Anna machte ein paar vorsichtige Schritte rückwärts, den Blick auf Raphael geheftet, der vom Schmerz zu Boden gedrückt, das Gesicht schweißbedeckt, zu ihr hinschaute. „Gib es ihm endlich!", schnaubte er unter Aufbietung all seiner Kraft.

„Nein! Du weißt nicht wer er ist!"

„Anna!"

Sie schaute sein vor Pein verzerrtes Gesicht, ihm in die Augen. Tränen und Schweiß liefen über seine Wangen, vermischten sich mit dem gelben Staub, der klebrige Dreck sammelte sich in jeder Falte, er schien unerträgliche Schmerzen zu haben. Schon brach ihr selbst heißer, beißender Schweiß aus allen Poren, fühlte sie wie sich ihre Augäpfel verdrehen, sie immer schärfer sah, Wut ihr Denken beherrschte …

„Laß ihn los, du Ungeheuer!", fauchte sie giftig.

„Wenn ich habe, was ich will!" Roth entriß der Erde seinen Stock, *Geb* schien aufzustöhnen wie von einer schweren Last befreit, Raphaels Leiden dagegen waren noch nicht ausgestanden. Abermals spürte Anna die geballte Gewalt die von diesem Mann ausging, spürte seinen ehernen Leib mit dem harten Glied, fühlte seine heiße, rohe, brutale Hand in ihrem Ausschnitt, an ihren Brüsten …

Reich mir deinen Arm …

Du hinterhältiges Miststück! Wo bist du?

„*Sie* wird dir nicht helfen! Du hast ihr in *diesem* Leben nicht geschworen! Das sagte ich dir doch schon einmal!" Roths höhnisches Lachen brachte endlich ihr hitziges Blut in Wallung.

„Und *ich* bin die Zauberreiche, die den Dämon mit den Worten ihrer Lippen vertreibt!"

„Oh nein! Du wirst sie nicht rufen!" Ungestüm hob er seinen Stock, sein mächtiges Zepter, bereit zuzuschlagen, eine Frau zu schlagen! Anna, unfähig sich zu rühren, hörte ein verzweifeltes „Madame!", fühlte sich brutal zur Seite geschubst, landete auf der harten, felsigen Erde, schürfte sich Hände und Ellenbogen auf, erblickte in diesem gelben unheimlichen staubigen Dunst Amenhotep Hapu, der den erbarmungslosen Schlag mit seinem alten Körper abfing, taumelnd zur Seite wich. Funken stoben durch die Luft, Anna war, als fülle sich ein Vakuum, als hielte selbst die Erde für den Bruchteil einer Sekunde den Atem an. Jetzt stampfte Roth auf Raphael zu! Mit fliegenden Fingern durchstöberte Anna den Rucksack, fand die in Luftpolsterfolie eingewickelte Phiole! Weg damit! Die Nubbel der Folie zerplatzten mit einem lächerlichen blob blob unter ihren fahrigen Händen.

„Ist es das, was du suchst?", zürnte sie heiser. „Was du begehrst? Damit du die Welt endgültig ins Chaos stürzen kannst?" Anna hob den Glasflakon hoch gegen die milchig gelbe Sonne, er leuchtete funkelnd, glitzerte bösartig in einem grausamem, roten Licht! Das in seinem Innern seit mehr als dreitausenddreihundert Jahren eingefangene Blut der Göttin so flüssig und rot als wäre es eben erst geflossen, pochte so pulsierend lebendig wie ein Herzschlag. Mit zitternden, verschwitzten Fingern versuchte sie den Stöpsel zu lösen.

„Ich werde das zu verhindern wissen, *Sutech*! Niemals wirst du es bekommen!"

„Das wirst du nicht wagen es auszugießen!" Er wendete sich, sein Augenmerk von Raphael ab, stieg über den alten Mann hinweg, kam auf Anna zu. Im letzten Augenblick gelang es ihr, den Stöpsel abzuziehen, nur einen Herzschlag lang zögerte sie, dann setzte sie die Phiole an die Lippen, trank …

„Du wirst diesen Schrecken nicht beschwören wollen!", hörte sie es wie aus weiter Ferne donnern.

„Schrecken?", geiferte sie, Blut spuckend, fauchend, knurrend. „*Du* weißt nicht was Schrecken bedeutet!"

Bent warf die Phiole mit Wucht zu Boden - sie zerplatzte mit einem ohrenbetäubenden Knall auf dem felsigen Boden - breitete mit einer großen Geste die Arme aus, so als wären sie weiße, mächtige Schwingen. Gleichsam damit fegte stürmischer Wind heran, ein heißer brennender Sturm aus der Tiefe der glühenden, südlichen Deshret vertrieb den elenden sandigen Staub aus der Luft. Dem heißen Wind folgte ein Schwarm grausamer, ekler Heuschrecken. Millionen ihrer kleinen, rasselnden Leiber verdunkelten Res helles Tageslicht. Bents alte Brandwunden brachen auf, ihr Gesicht eine vom Feuer zerstörte Fratze, Blut floß aus den schrecklichen Wunden, ihren grün leuchtenden Augen, ihrem Mund, ihren Tattoos.

„Ich bin Sachmet!", brüllte sie einem Donnerschlag gleich, legte den Kopf in den Nacken, verdrehte die Augen, beschwor mit den schrecklich verbrannten Klauen den heftigen heißen Wind. Grell brennende Lohe schlug ihr aus der Kehle und Roth entgegen.

„Ich bemächtige mich der Frevler! Ich allein bin das verzehrende Feuer! Ich allein bin die Wahrheit und die Gerechtigkeit! Mein strafender Atem wird dich vernichten! An meiner Seite *Sia* und *Schai*! Weiche von hier, Anstifter der Verwirrung! *Ich* besitze Isis Macht auf Erden! *Ich* allein bin die Hexe von Uaset! Siehe! Ein Wesen bin ich, doch vielerlei Gestalten! Mein Blut für die, der der Gott nahe ist! Mein Blut für die Tochter! Ich allein bin die große und mächtige Herrscherin aller Götter, deren Namen die Götter preisen! Ich allein vertreibe den Dämon mit den Worten meiner Lippen! Geisterfürstin, Totengöttin! Gehorche, *Sutech*! Denn ich bin Isis!"

Einer verheerenden Explosion gleich zerriß ein bösartiger, knallender Donnerschlag die heiße Luft, so laut, daß selbst die Felsen erzitterten. Mit einem unheimlichen Echo setzte sich das Grollen in den Bergen fort, wurde leiser …

Plötzlich herrschte Stille!
Der Staub aus der Luft verschwunden, die Heuschrecken ebenso, der Blick hinunter über das Niltal geradezu klar, nur der ewige Dunst schwebte über den Wassern …
Das helle Rufen eines Falken eroberte den blauen Himmel …

Anna fand sich zitternd und ermattet am Boden kniend, mit blutbesudelten Händen, Kleidung, erblickte Raphael zusammengekrümmt, wie vollkommen erledigt, nach Atem ringend, halb auf dem Bauch am Boden liegend.
„Raphael!" Sie rappelte sich schluchzend hoch, kroch zu ihm hin, er zuckte zurück, setzte sich auf, rutschte von ihr weg.
„Bleib mir vom Leib!"
„Raphael! Bitte …"
„Wo ist das Schwein hin?"
„Keine Ahnung, er ist weg! Was hat er dir angetan?" Mitfühlend legte sie die Hand auf seinen Arm, er schüttelte sie ungestüm ab.
„Nichts … Verschwinde! Horrorfilm oder was? Hexe von Waset? Hau ab, Anna! Hau einfach ab!"
„Lange Winterabende, Ranofer … ich habe es versäumt … ich wußte mir nicht anders zu helfen … oh, was habe ich getan? Das hättest du niemals sehen dürfen … verzeih mir!"
„Ein Alptraum!", grollte er schnaufend, „Das habe ich nicht wirklich erlebt!" Er schaffte sich umständlich auf die Füße, schaute auf sie herab, als wäre er imstande, sie zu seiner Verteidigung treten.
Noch ganz von dem vergangenen Schrecken erfüllt angelte Anna aus dem Rucksack eine Flasche Wasser, versuchte sich fahrig das blutige Gesicht, die aufgeschürften Hände und Ellbogen zu waschen, nicht daran zu denken, was sie gerade getan, erlebt hatte, trank, spülte sich angewidert, schaudernd den Mund aus … Blut! Sie hatte Blut getrunken! … schaute über die Flasche hinweg, bemerkte den Alten, der sich sitzend neben der Eisentür mit dem Rücken an die Felswand lehnte.
„Amenhotep!" Sie kam auf die Füße, hastete zu ihm hin, fiel neben ihm abermals auf die Knie.

„Ein Krankenwagen! Raphael, ruf einen Krankenwagen!"

Er kniete sich neben dem Alten, fühlte seinen Puls, schüttelte unmerklich, resigniert und wenig Hoffnung verbreitend, den Kopf, flüsterte: „Es war eine Eisenstange", betrat die Kammer. Heraus kam er mit dem kleinen Kissen und der verschlissenen Decke, hob des Alten Kopf vorsichtig an, schob ihm das Kissen unter, deckte ihn mit der Decke zu. Füllte ein wenig Wasser in die Hand, rieb damit über seine Lippen und die Stirn.

„Bent!", hörte Anna es leise seufzen, „Dein Name ist Bent, ich habe ihn nicht vergessen."

„Ja!" Mitleidig griff sie seine alte, faltige Hand, betrachtete verstört den dünnen Blutfaden, der ihm aus dem Mundwinkel lief.

„Und er?"

„Raphael!"

„Worte der Hebräer!", er schaffte ein kleines, schwaches Lächeln, *„Gott heilt die Seele!* Meinst du, Krieger, er würde auch meine verdorbenen Seelen heilen?"

„Das weiß ich nicht. Ich bin kein Gott!"

„Aber ein Mann von Ehre. Meinst du, du könntest mir verzeihen?"

Raphael wandte sich ab, kickte aufgewühlt einen Stein ins Gelände, „Ich bin nicht mein Großvater!", brummend, „Ich halte nicht noch die andere Wange hin!"

„Es tut mir aufrichtig leid! Was ich dir angetan habe geschah aus reiner Niedertracht. Ich kann es nicht ungeschehen machen. Bist du wie… wieder ganz gesund geworden?"

„Ja. Du solltest nicht soviel reden, Alter. Der Krankenwagen kommt gleich. Spar dir deine Kraft."

„Lügen kannst du auch nicht!"

„Nein … Fuck! Ok, ich verzeihe dir …! Verdammt …!"

„Bent?"

„Ja?"

„Du hast das Böse vertrieben! Mit dem Feuergesicht… So wie du mich dereinst…"

„Nicht doch!"

„Ich vergaß mein Versprechen… die Tür zu schließen, kam deshalb her… A… Angst… Der Feuersee… *Hetemit*… Hab… ich genug gebüßt?"

„Tju!", schluchzte Anna.

„Er hätte dich totgeschlagen… das… das konnte ich nicht zulassen, Madame Anna… " Die alte, schwache Hand in ihrer schien immer leichter, als wäre er schon nicht mehr da, drückte Annas Hand ganz schwach. „Ich… ich… habe es wieder gut gemacht, ja?"

„Du hast mein Leben gerettet, Amenhotep! Dich selbstlos geopfert! Wahrscheinlich die einzige gute Tat in deinem Leben. *Dwa Netjer ink!*"

„*Hasti… Ist es… vorbei?*"

„Das weiß ich…" Anna schwieg, schaute in das alte, eingefallene Gesicht mit den gräßlichen, entstellenden Narben, die aussahen als hätte ihn vor Äonen ein großes Tier gebissen. Sie verschwanden! Verblaßten! Mitleidvoll strich sie ihm über die Wange, „… nicht… Ja, Amenhotep, *tju, tju,* es ist vorbei! Deine Strafe wird aufgehoben!"

„Wir werden uns… niemals mehr wiedersehen. *Seneb ti…*" Müde fielen ihm die Augen zu, hauchte er ein letztes Mal den Atem aus.

„Mögest du endlich deinen Frieden finden, Amenhotep, Sohn des Hapu!"

Schniefend legte Anna die schlaffe Hand auf seinen Brustkorb, wider besseren Wissens auf seine Antwort wartend, hoffend daß er den nächsten Atemzug tun würde, ja er wieder wach würde, sie mit seinem überheblichen, fiesen Grinsen anschauen würde.

… Sagte ich nicht, so schnell wirst du mich nicht los! Ich kriege dich! Immer und überall! …

„Er ist tot, Anna! Komm." Raphael nahm die Decke, bedeckte gefühlvoll das Gesicht des Entschlafenen. „Es ist besser für ihn. Was hatte er denn noch vom Leben?"

„Er wird wieder wach werden! Mach die Decke weg!", schluchzte sie ungläubig. „Er kann doch nicht sterben!"

„Anna!"

Sie zog an dem fadenscheinigen Lappen, das alte Gesicht so unverändert wie gerade eben, friedlich eingeschlafen, frei von allen Makeln. Raphael stand auf, kramte in ihrem Rucksack nach den Zigaretten, steckte sich eine an, setzte sich ein paar Schritte weiter von dem Toten auf den Boden, den Rücken an der Felswand, warf Anna das Päckchen mit dem Feuerzeug hin.

„Sag Bescheid, wenn du fertig bist!", knurrte er ihr zu, lehnte den Kopf an den Fels, starrte hinauf in den blauen Himmel.

„Er ist …"

„Hm?"

„… dreitausendvierhundertfünfunddreißig Jahre alt und sein Name ist Amenhotep Sa Hapu."

Raphael bekam tatsächlich ein abfälliges Schnaufen zustande.

„Sein größter Wunsch war hundertzehn Jahre alt zu werden. Sein Onkel war Men und sein Vetter war Bek. Er hat mich, als ich dreizehn Jahre alt war, im *Ipet Sut* vergewaltigt, geschwängert. Jahre später hat er im Suff mit seinen Kumpel mein Haus abgefackelt, mein Kind erschlagen. Dabei kamen außerdem meine Freundinnen, mein Gesinde ums Leben. Ich verbrannte beinahe mit, fiel dem Irrsinn anheim. Im Tempel der Isis geschah ein Wunder, ich wurde geheilt und habe ihn, als er mir abermals über den Weg lief, verflucht niemals zu sterben."

„Aha." Raphael verbuddelte den Zigarettenfilter im Sand, schaute zu Anna herüber, bemerkte die Fliegen, die sich zum Festmahl einfanden. „Unsterblich hin oder her – jetzt ist er jedenfalls mausetot. Wenn er noch weiter da in der Sonne liegenbleibt, fängt er gleich an zu zerlaufen. Er kann hier nicht liegenbleiben, wir müssen die Behörden verständigen. Und die Polizei, damit dieser Kerl, der ihn erschlagen hat, gefaßt wird!"

„Man sagt …"

„Hm?"

„… Ptolemaios IV. Philopator hätte über dem Grab von Amenhotep einen Tempel errichten lassen. Dort wurden er", Anna nickte mit dem Kopf zu dem Toten hin, „und Imhotep noch bis ins 2. Jahrhundert nach Christus als Götter der Heilkunst verehrt … Man hat weder den Tempel noch das Grab bis heute gefunden!"

„Hörst du mir eigentlich zu? Hörst du, was ich sage? Da läuft ein Killer rum, erschlägt mit einer Eisenstange Leute … Anna! Der turnte in meinem Haus rum! Bei meiner Mutter! Ich kann sie nicht anrufen, hier oben krieg ich kein Netz. Was hast du da getrunken?"

Anna legte Amenhotep endgültig die Decke über das Gesicht. „Nur *er* hatte das fertig bringen können! Nur *Sutech*… Erschlägt er nicht Apep Nacht für Nacht?"

„Sutech? Du solltest wirklich mal in eine neurologische…"

„Ich habe ihn außerdem ein zweites Mal verflucht", flüsterte sie, ohne auf Raphael zu achten. „Jetzt, in diesem Augenblick, in dieser dunklen Stunde werden alle seine sieben Seelen im *Hetemit*, in der ewigen Finsternis, dort, wo die Feinde der Götter und der Verstobenen vernichtet werden, ausgelöscht … niemand, auch kein Gott, wird ihn je wieder finden, sollte man seinen Namen rufen …" Sie kramte ein Taschentuch aus der Hosentasche, schneuzte sich. „Und die zuständigen Behörden werden ihn wahrscheinlich irgendwo verscharren, ihn vielleicht sogar in die Wüste bringen oder gar auf den Müll werfen. Er war der Stadt ein Dorn im Auge. Niemand wird ihn bestatten. Ich glaube, ich weiß was wir machen! Wenn die alten Ägypter etwas noch mehr liebten als das Jenseits, dann war es die Familie! Beks Grab ist hier in der Nähe …"

… Welch eine Ehre, Bent, inmitten der Großen, die Pharao dienen! Welch eine erlesene Gesellschaft, in der ich mich eines Tages befinde! …

„… Oberhalb davon sind kleine ausgewaschene Höhlen im Fels. Bringen wir ihn dorthin. Nein! Keine Polizei! Bitte nicht! Wir machen uns lächerlich. *Sutech* ist längst auf und davon!"

„Ist das Roths richtiger Name? Wer ist das? Du kennst ihn doch!"

„Der Gott des Kriegs und des Chaos!", hauchte Anna. „Und er wollte mein Herz! Ich habe es geträumt, vor mehr als dreitausend Jahren …"

„Du spinnst doch!"

„Blutmond", murmelte sie so leise, daß man sie kaum verstand. „Du hast mit dir selbst geredet! Es war eine Warnung! In dem Flakon befand sich kein Parfüm ... Es war eine Vorsehung ... Nur weil Iaret Teje aufmuntern wollte konnte ich ihm heute entgegentreten ... Alles ist für irgendwas gut, selbst ein paar Tropfen Blut ..." Sie stand auf, „Es ist vorbei!", flüsternd. „Es ist endlich vorbei! Und alles fängt von vorne an! Ein Flaschengarten, Ranofer, und wir sind die Wassertropfen! Bringen wir es zu Ende! Bringen wir ihn in eine der Höhlen."

„Auf das Gesicht der ersten Touristen der ihn findet bin ich jetzt schon gespannt!"

„Dort geht kaum einer hin. Und in diese Höhlen klettert niemand; da ist nichts zum Abgreifen. Bitte, Raphael. Er ist – mit dir – das letzte Glied meiner Vergangenheit, wenn ich ihn auch verachtete, mein ganzes Leben lang Haß auf ihn verspürte, jetzt, im Angesicht seines Todes, tut er mir einfach leid. Was hat er nicht alles durchgemacht in all der Zeit ... was mag er nicht alles erlebt haben in den Jahrtausenden, mit dem Wissen niemals zu sterben! Schrecklich! Er sollte endlich Ruhe finden."

„Schon gut Lady. Ich helfe dir ein letztes Mal! Ich mach den Totengräber für dich! Für dich beerdige ich sogar meinen Mörder." Er stand auf, hievte sich den toten alten Mann mühelos auf seine Schultern. „Geh voran! Mach, bevor er ganz steif wird!"

Fast schon liebevoll richtete Anna die wenigen Habseligkeiten des Alten neben ihm. Die Lebensmittel, die Kerze, das Wasser, die paar persönlichen Dinge, die Brille. Richtete die Steine, mit denen sie die Decke beschwerte, zupfte noch einmal an der Decke, die ihn – auf der Seite mit angewinkelten Beinen und Armen auf seiner Schlafmatte liegend - ganz bedeckte.

„Mögest du, entgegen aller Hoffnung, Frieden finden, Amenhotep, Sohn des Hapu!", flüsterte sie.

„Na komm schon, Anna. Wir sind hier fertig!" Raphael robbte sich rückwärts aus der kleinen Höhle, reichte Anna die Hand, half ihr heraus, schaltete die Taschenlampe aus, nahm ihren Rucksack. Müde und ausgebrannt ließ Anna sich draußen auf den Boden fallen, starrte auf die gelben Felsen des Thebanischen Gebirges, registrierte wie nebenbei, daß Raphael große Steine, fast schon Felsbrocken vor dem Loch stapelte, „Ist vielleicht besser so", brummend.

„Haß ist ein schlechter Ratgeber!", murmelte Anna. „Wir sollten einander mehr achten, lieben. Verständnis aufbringen, vergeben können ... Sagte ich einst nicht: *Solltest du nicht bereuen, Abbitte leisten, soll Ammit dies, dein faules, niederträchtiges, verderbtes Herz ins dunkelste Hetemit reißen und verschlingen am Ende aller Zeiten!* Er hat Abbitte geleistet, Ranofer! Meinst du, ihm wird verziehen?" Schnell kramte sie aus dem Rucksack ihren Notizblock, riß ein

Blatt heraus, schrieb Amenhoteps Name darauf, steckte den Zettel durch einen Spalt zwischen den gestapelten Steinen.

„Ich bin eher der Typ von wegen so dich dein rechtes Auge ärgert, reiß es heraus! Gehen wir! Ich muß nach Sara sehen! Zeit von hier zu verschwinden!"

„Könntest du dich freuen, wenn in deinem Pool Wasser wäre!", feixte Anna schon beinahe gehässig, als sie in der Garage hinter seinem Coupé aus dem Defender stieg, über die grünen Wülste des aufgerollten Wasserschlauchs hinweg die Terrasse betrat. Dieses Erlebnis hatte sie fast an den Rand eines Nervenzusammenbruchs gebracht und irgendwie mußte sie sich Luft machen, selbst wenn es durch sinnlosen Zank war.

Chica sauste an ihr vorbei - tief grollend, knurrend - hinaus auf die Straße. Mit einem scharfen Pfiff rief Raphael sie zur Ordnung.

„Spinnst du? An deinen Platz!" Sie ließ sich nicht beruhigen, bellte lauthals.

„Was kannst du froh sein, daß du das Haus noch nicht verkauft hast! Siehst du jetzt ein, wie sinnlos das gewesen wäre?" Total erledigt ließ Anna sich auf der Couch der Gartengarnitur nieder, sich nach einem heißen Bad sehnend um endlich all den Staub, das Blut und den anderen, imaginären Dreck abzuwaschen. Raphael sah nicht besser aus, war genauso von oben bis unten verdreckt, trat gerade zu dem Schalter um das Tor runterzufahren.

„Das ist noch nicht entschieden. Ich muß rüber, nachsehen, daß bei Sara alles ok ist. Chica! Aus! Ruhe jetzt!"

„Was hat sie de…?"

„Behalt bloß den Köter bei dir!", hallte es über den Hof. Jemand kam durch die noch offene Garage in den Innenhof, draußen schien ein Taxi wegzufahren. Wie von einer Tarantel gestochen fuhr Anna von der Couch hoch.

„Georg!"

„nana"

„Mein Schatz! So ein großer Junge! Komm zu mir! Langsam! Nicht stolpern! Chica! Weg von dem Kind!"

„wau wau lieb"

„Ich schlag dich tot du Sau!", ging Raphael wutschnaubend, mit brutaler Gewalt sofort auf Georg los, „Für dich bin ich gerade in der richtigen Stimmung!" Schon hatte er ihn am Kragen, schon flogen die Fäuste, blitzschnell waren beide in eine handfeste, derbe Schlägerei verwickelt.

„Raphael! Aufhören! Sofort! Hört auf! Doch nicht vor dem Kind!" Anna riß den schreienden Kleinen hoch, nahm ihn auf den Arm, verfrachtete ihn ins Wohnzimmer, schloß die Tür, fummelte geistesgegenwärtig am Schalter vom Hochdruckreiniger, drehte das Wasser auf, schrubbte die beiden Raufbolde gründlichst ab. Chica, die bellend um die beiden herumhopste, vergeblich – weil ohne Aufforderung – versuchte, Raphael vor dem vermeintlichen

Angreifer zu schützen, bekam auch ihren Teil ab.

„Auseinander!"

„Arschloch!", giftete Raphael, schüttelte sich das nasse Haar aus dem Gesicht, fuhr mit dem Handrücken über seinen blutigen Mundwinkel.

„Du bist doch völlig irre!", brüllte Georg schnaufend, boxte Raphael erbarmungslos. Schon ging die grobe, gewaltsame Prügelei von vorne los.

„Ich mach das Ding wieder an!", drohte Anna mit der Pistole vom Hochdruckreiniger. „Aufhören! Alle beide! Unverzüglich!"

Georg ließ Raphael los, trat prustend einen Schritt zurück, fummelte in der Hosentasche seines tropfnassen Leinenanzugs, an der Innentasche vom Jackett, klatschte alles zusammengeklaubte außer sich vor Zorn, fluchend auf den Tisch.

„Smartphone! Flugtickets! Börse! Schlüssel! Alles naß! Prima, Anna, das hast du prima hingekriegt!"

„Das Handy hat ne Hülle! Wird schon nichts passiert sein!", giftete sie.

Er starrte sie einen Moment lang entgeistert an, bemerkte das verschmierte Blut an ihrer Kleidung, den Händen und anscheinend auch in ihrem Gesicht. „Was ist mit *dir* passiert? Anna? Was ist hier los? Ich hörte doch, daß ihr gestritten habt! Hat *er* dich geschlagen?"

Mit Wucht klatschte Raphael ihm sein nasses Hemd um die Ohren.

„Drecksarsch!"

„Sauhund! Hast du sie geschlagen?"

„Halts Maul!"

„Er war das nicht! Ich bin im Gelände gestolpert!", ging Anna dazwischen.

„Wage es ja nicht, Raphael! Wenn du auch nur einmal die Hand gegen sie erhebst! Das würdest du nicht überleben!"

„Leck mich!" Voller Wut zog Raphael seine Stiefel aus, warf einen nach dem anderen mit lautem Brüllen quer durch den Garten, über den riesigen Pool hinweg an die gegenüberliegende Wand der fast drei Meter hohen Grundstücksmauer, Chica setzte nach, brachte brav einen der Stiefel zurück, schüttelte sich ausgiebig, freute sich aufgeregt auf einen zweiten Wurf.

„Das Vieh stinkt!"

„Wie eben ein nasser Hund so stinkt! Genau wie du! *Dein* Mist stinkt meilenweit gegen den Wind an!", brüllte Raphael, zog dabei die klatschnasse Tarnhose aus, warf sie mit Schwung auf den Boden.

„Sie ist immerhin meine Frau, Raphael!"

„Ich gehöre niemandem, ihr Idioten!"

„Kann ich mich hier irgendwo umziehen?"

„Zeig ihm wo das Bad ist, Anna. Und dann werf ich dich auf die Straße, du aufgeblasener Affe, dorthin, wo du hingehörst!"

Wütend schob Anna Georg durch die Eingangstür, quer durchs Wohnzimmer, schubste ihn, den Tropfnassen, ins Bad, knallte hinter ihm die Tür zu, zog ein Handtuch aus dem Regal, warf es ihm zu, wusch sich die aufgeschürften Hände.

„Bist du noch zu retten? Was machst du hier? Was fällt dir ein?"

„Der ist doch total plemplem!" Gesicht und Haar trocken reibend betrachtete Georg sich schnaufend im Spiegel, bewegte das Kinn hin und her, musterte seine geschwollenen, aufgeschürften, hier und da blutenden Fingerknöchel, kühlte sie kurz unter dem kalten Wasser, zog die nassen Sachen aus, kramte aus dem Koffer Jeans, Unterhose und T-Shirt.

„Und du? Bist du vielleicht besser? Du konntest dir doch ausrechnen, daß er dir die Fresse polieren würde!" Einen Moment lang besah sie sich die großen roten Abdrücke von Raphaels Fäusten auf seinen Rippen, seinem Brustkorb, kramte aus dem Schrank über dem Waschbecken Pflaster und Schmerztabletten, knallte sie ihm hin.

„Genau das hat er diesmal wenigstens nicht geschafft! Zeig mal deine Hände! Du bist doch im Leben nicht hingefallen! Was ist mit deinem Gesicht?"

„Soll dir doch egal sein! Er hat dich gehabt! Viel fehlte nicht mehr! Wo? Hör auf, den Starken zu markieren!"

„Nirgends! Hättest du jetzt die Güte zu verschwinden?"

Mit einem Handtuch in der Hand trat sie wieder aus dem Badezimmer, holte aus dem Schlafzimmerschrank Shorts und T-Shirt, reichte alles Raphael, der, in Unterhosen da sitzend, den Kleinen auf die Couch neben sich gestellt hatte. Kuschelnd, schmusend und kichernd hing das Kind freudestrahlend an seinem Hals.

„Mein Großer! Wie kann man nur so wachsen! Bald bist du ja so groß wie ich!"

„doßa junge fafel naß", und fröhlich mit dem Ärmchen nach dem Hund reichend, „wau wau"

„Aber wirklich! Ein großer Junge! Ja, ich bin naß. Und welcher Trottel bringt meinem großen Jungen so einen Scheiß bei, hm? Wer war das? Ich glaub, den kenn ich! Der ist eben mit seinem affigen Pilotenkoffer in meinem Bad verschwunden!"

„papa"

„Ich glaub's auch!"

„eije ffesse sheiss"

„Das sagt man nicht!" Raphael drückte das Kind zärtlich an sich, schaute über sein Köpfchen zu ihr her, „Ich könnte dich niemals schlagen", flüsternd, wischte sich eine Träne aus dem Augenwinkel, bemerkte wie Anna das Georg hinter ihr in der Tür stand. Sie machte einen Schritt beiseite, ließ ihn vorbei.

„Scheiß? Fresse? Du bist nicht unbedingt besser, was das anbelangt, Nachtwächter!", knurrte er, überheblich grinsend seine nassen Sachen in die Nylontüte stopfend, die Anna ihm hinhielt. Raphael stellte Leon auf den Boden, wo der sofort begeistert dem Hund hinterherlief.

„wau wau"

„Wenn dein Köter …! Um Gottes willen, der leere Pool!"

„Chica, laß ihn nicht von der Terrasse! Hol's! Aufpassen, lieb sein!" Beide Männer rannten zu dem Kind hin, Chica war schneller, schnappte blitzschnell nach Leons Ärmchen, hielt ihn vorsichtig fest. Georg packte den Kleinen schnell bei seinen Hosengalliern, die knurrende, zähnefletschende Chica nicht aus den Augen lassend.

„ei de wau wau"

„Keine Angst, sie tut ihm nichts!"

„Wenn dieses Vieh…"

„Sie heißt Chica! Laß ihn los, Chica, braves Mädchen!"

„Das ist mir sowas von egal!" Georg, den Ärmel des kleinen, zarten Pullis hochschiebend, drehte prüfend Leons Ärmchen hin und her, vergeblich nach Spuren eines Bisses suchend, wischte aufgebracht den Sabber ab, drückte das Kind an sich, fassungslos den Kopf schüttelnd beim Blick in die blaue Tiefe des Pools.

„Was willst du hier, du Arschloch?"

„Ibrahim gab mir deine Adresse. Ich konnte Anna nirgends ausfindig machen. Gib mal den Lappen. Wenn du jetzt nicht von dem Hund wegbleibst, Leon, nehm' ich dich nie wieder mit! Sie geht ja nie an ihr Handy, vergißt es aufzuladen. Ich glaub fast, sie macht das absichtlich!"

„He!"

„Du kannst ruhig hören, wie ich über dich herziehe! Du mit deinem blöden Handy! Ich mußte hier einen dringenden Termin wahrnehmen wegen der Ferienwohnungen und die Tagesmutter … ich fand niemanden der auf ihn aufgepaßt hätte. Da dachte ich, ich nehm' ihn mit und du wärst vielleicht so lieb und nimmst ihn zwei drei Tage lang tagsüber. Du hast es versprochen, Anna! Ich hab mich darauf verlassen! Ihr beide habt es versprochen! Es tut mir ehrlich leid was passiert ist, Raphael! Ich wollte es nicht, das war ein Fehler. Tut mir leid!"

„Das glaubst du doch selbst nicht!"

„Was hättest du denn an meiner Stelle getan? Du hättest sie auch zum Abschied geküßt! Spiel dich nicht zum Moralapostel auf! Bist du nicht mit meiner Frau fremdgegangen! Zu einer Zeit, da von Trennung keine Rede war?"

„Ach, jetzt hab ich den schwarzen Peter? Das kannst du gut, was! Es so verdrehen, daß der andere Schuld hat! Am besten, du hältst das Maul! Oder noch besser, nimm deine Frau, deinen Bas… dein Kind und verschwindet einfach für alle Zeit aus meinem Leben!"

„Ich bin noch wegen etwas anderem hier." Georg setzte Leon auf einen der Sessel, trat zu seinem Koffer, holte aus der Außentasche einen großen Briefumschlag, legte ihn auf den Tisch. Griff nochmals nach dem Handtuch, wischte seine Papiere, das Handy, Schlüssel und das Portemonnaie trocken, steckte Telefon, Schlüssel und Börse in die Taschen der Jeans, das Flugticket in die Lasche des kleinen Koffers. Anna schielte an ihm vorbei auf den aufgedruckten Absender des Einschreibens:

```
Anwaltskanzlei Rainer Engelhard
Engelhard und Partner
Kaiserweg 38
66111 Saarbrücken
```

Irgendwo tief in ihr drin wurde etwas eiskalt, zerbrach. Als würde es aufhören zu leben. Als gäbe es da drin etwas, das nun sterben würde, die banale Hülle Anna Thiel zurücklassend.

Heiße, brennende Tränen stiegen ihr in die Augen, als Georg das Kuvert öffnete, ein zweites hervorholte - Amtsgericht Saarbrücken - ihr die Scheidungspapiere überreichte.

„Rainer hat es schnell hingekriegt", er zwinkerte eine Träne weg, „Das Trennungsjahr brauchen wir nicht extra einhalten. Wir leben seit Jahrzehnten nachweislich getrennt, auf zwei Kontinenten. Bei unserem Lebenswandel gilt unsere Ehe als zerrüttet. Und wenn du unterschreibst ist sie hiermit offiziell beendet, Anna. Das ist es doch, was du von mir wolltest, fordertest. Im Januar, als ich dich so wütend gemacht habe … Ich wünsch dir alles Gute, mein wildes Mädchen! Sie ist frei, Raphael. Sie ist mich endgültig los. Sie gehört dir!"

„Was für ein schaler Triumpf!", flüsterte Raphael, „Ich weiß nicht ob ich sie noch will! Sie kann dir bei lebendigem Leib das Herz aus der Brust reißen… Ihre Liebe ist ewiger Kampf, Erobern und ich weiß nicht ob ich um diesen Preis noch immer siegen will… "

Achet, 5. Tag des Ka her Ka im Jahre 2 der Pandemie
(20. Oktober 2021)

Die Göttinnen	Ihre Ehegatten
Sachmet: *Die Mächtige*	**Ptah:** *Der Bildner*
Isis: *Thron, Herrin des Lebens*	**Osiris:** *Stätte des Auges*
Nebethat (Nephtys): *Herrin des Hauses*	**Seth:** *Anstifter der Verwirrung*
Neith: *Die Schreckliche, Herrin des Wassers*	**Chnum:** *Der Widder/Schaf* *(Verbindung zu Neith unter Vorbehalt)*
Selket: *Die, welche atmen läßt*	
Maat: *Wahrheit und Weltordnung*	**Thot:** *Melden oder Erschlagen*
Nut: *das Himmelsgewölbe*	**Geb:** *der Erdgott, die Erde selbst*

Real existierende Personen zur Zeit dieser Geschichte:

Amenhotep III.	Pharao
Amenhotep IV. /Echnaton	Sohn von Amenhotep III., sein Nachfolger
Amenophis Hapu/ Amenhotep Sa Hapu	Baumeister, Seher, Schreiber, Berater unter Amenhotep III.
Bek	Vater des Tutmosis
Djehutimes/Thutmosis IV.	Amenhoteps III. Vater
Eje	Großwesir unter Amenhotep III.
Elke Bassler	Sie hat sich zurecht einen Platz unter meinen Helden verdient! Hat sie mich doch selbstlos bei allen meinen Romanen mit ihren grandiosen Bildern für die Cover unterstützt!
Juja	Tejes Vater
Meriptah	Hohepriester des Amun unter Amenhotep III., Ptahmoses Nachfolger
Mutemwija	Amenhoteps III. Mutter
Neferrenpet	Pharao Amenhoteps Kammerdiener
Ptahmose	Hohepriester des Amun und Bürgermeister von Uaset unter Amenhotep III.
Satiah	Große Königliche Gemahlin von Thutmosis III.
Taduchipa/Nofretete	Vermutlich die Tochter des Eje, Gattin Echnatons (Amenhotep IV.)
Teje	Große Königliche Gemahlin von Amenhotep III.
Tie	Ejes Gattin
Kent Weeks	US-amerikanischer Ägyptologe. Entdeckte 1995 KV5, ein Grab aus der Zeit Ramses II., mit über 150 Räumen. Zudem leitet er seit 1978 das *Theban Mapping Project*.
Zudem sämtliche Gäste der Hochzeitsfeier, die Ramose Bent vorstellt, bzw. über die er ihr berichtet	

Die Anwaltskanzlei und die erwähnte Adresse sind selbstverständlich rein fiktiv!

Die wichtigsten Titel und am häufigsten gebrauchten Anreden

Hem Netjer Tepi en Amun	Oberster Priester des Amun
Imi ra Mescha	Oberster Heerführer
Imi ra nut Tjati	Großwesir
Imi ra perui hedj	Schatzhausvorsteher
Iripat/ Iritpat	Hoher Adeliger/Adelige, höchster Rangtitel
It	Vater
Mut	Mutter
Mut Nesut	Königinmutter
Neb	Herr
Nebet	Herrin
Nesu/Nesu Bity	König/König der zwei Länder
Nesut	Königin/königlich
Sa/Sen	Sohn/Bruder
Sat/Senet	Tochter/Schwester
Schepsi/ Ta Schepsi	Vornehmer/Vornehme Dame
Semher/Semhert wati	Einzigartiger Freund/Freundin des Königs
Tjai chu her wenemi Nesu	Wedelträger zur Rechten des Königs

Die Hieroglyphe unter dem Titel ist das Zepter und zugleich der Name von
Uaset, der Stadt des *Was*-Zepters.
Joann Fletchters *Tagebuch eines Pharao* und Erik Hornungs *Tal der Könige*
waren mir beim Schreiben dieses Romans ein große Hilfe

<u>Der ägyptische Kalender</u> (Die Monate beginnen immer am 15.)

Achet (Zeit der Überschwemmung)
Juli - Oktober, **Herbst**, umfaßt die Monate:
Djehuti: Juli,
Pa-en-ipet: August
Hut-heru: September
Ka-her-ka: Oktober

Peret (Zeit der Saat)
November - Februar, **Winter**, umfaßt die Monate:
Ta-abet: November
Mechir: Dezember
Pa-en-Amenhotep: Januar
Pa-en-Renenutet: Februar

Schemu (Zeit der Ernte)
März – Juni, **Sommer**, umfaßt die Monate:
Pa-en-Chonsu: März
Pa-en-inet: April
Ipip: Mai
Mesut-Re: Juni

Dazu kommen fünf Zusatztage, die *Heriu-renpet*:
Vom 30. Juni – 04.Juli die Geburtstage des Osiris, Horus, Seth, der Isis und
der Nebethat

Bent scheint endlich angekommen, hat ihre Ruhe, ihr inneres Gleichgewicht gefunden. Doch alles deutet darauf hin, daß die Geschichte um Bent und Sachmet einem weiteren grandiosen Höhepunkt zustrebt: Die Verdrängung der allmächtigen Amunpriester zugunsten von Aton, des einzigen Gottes.

Die folgende Zeit des Umbruchs wird Bent nutzen, um meinen geneigten Lesern Echnatons Politik näher zu bringen. Amenhoteps III. glanzvolle Zeit ist bald vorbei, die weitere Zukunft steht unter der Herrschaft seines Sohnes, Amenhotep IV., der sich von allem abwendet, was Ägypten seit mehr als zweitausend Jahren ausmachte. Er wird seinen Namen in *Echnaton* (*Achanjatin, Der Aton dient*) ändern, Aton – die Sonnenscheibe - zu seinem Gott erheben, alles althergebrachte verwerfen und – wenn auch nur für kurze Zeit – eine neue Ordnung heraufbeschwören.

Ich werde, nach einer kleinen künstlerischen Pause, darangehen, die Geschichte von *Am Horizont der Sonne*, mein Roman über Echnaton und Tut-Ench-Amun, aus der Sicht von Bent/Sahu-Re zu schreiben … Und ich glaube, da nehme ich mir wahrhaftig Großes vor!

Abermals möchte ich an dieser Stelle betonen, daß die Ansichten meiner agierenden Personen das Lebensgefühl der damaligen Zeit und nicht mein eigenes Wunschdenken wiederspiegeln. Amenhoteps III. Aussage, er achte die Weisheit der Frauen ist keineswegs einer romantischen Sichtweise auf ihn entsprungen. Es ist wissenschaftlich belegt, daß er sich nicht nur gern mit Frauen umgab, sondern sie auch eine gehobene, geachtete Stellung bei ihm einnahmen. Allen voran die Damen seiner Familie, mit denen er sich auffallend oft auf Abbildungen zeigt. Zudem ließ er sich gerne in Begleitung von Göttinnen abbilden, vor allem Maat, der Göttin der Weltordnung, der auch der Titel dieses Buches und die Hieroglyphe über der Danksagung gewidmet sind. Amenhoteps III. Verehrung der Göttin Sachmet gegenüber zeigt sich allein auch schon an den unzähligen Statuen von ihr, die im Karnak-Tempel (*Ipet Sut*) und in seinem Totentempel, Kom el Hettan gefunden wurden. Allein in Karnak fanden sich bisher ca. siebenhundert Statuen der Göttin und in Kom el Hettan werden es wohl 365 - eine für jeden Tag des Jahres - gewesen sein.

Herzlichst Ihre
Katharina Remy

21.10.2021

Mehr Infos über die fantastische, exotische Welt des alten Ägypten und über die Autorin natürlich auch auf Katharina Remys Internetseite:
http://www.amhorizontdersonne.de

Alle bisher von Katharina Remy erschienenen Ägyptenromane sind sowohl in den Buchhandlungen wie in jedem Online-Buchshop verfügbar. Alle Romane sind selbstverständlich auch als E-Book erhältlich

Am Horizont der Sonne
ISBN: 9783749497249
Historischer Roman um Pharao Tut-Ench-Amun

Tut-Ench-Amun lebt!
Jedenfalls in der Erinnerung der Menschen und in meinem Roman. In dieser Geschichte lebt Pharao Tut-Ench-Amun, Sohn der Sonne, Starker *Stier, vollkommen an Wiedergeburten,* sein nicht erfülltes, allzu früh beendetes Leben weiter!

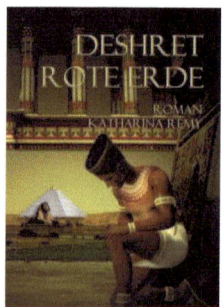

Deshret Rote Erde
ISBN: 9783839183243
Historischer Roman um den Bau der
großen Pyramide von Giza und dem Bau der Sphinx

Baumeister Chenu haßt Pharao Chufu von ganzem Herzen. Doch beide sind durch das Wissen um brutale Morde und Familiengeheimnisse auf Gedeih und Verderb aneinander gebunden…

Sachmet Flammende Herzen
ISBN: 9783752667547

9 Kurzgeschichten rund um die Helden der Sachmet-Reihe
Nur als E-Book erhältlich

Sachmet Band 1 Der Schwur
ISBN: 9783752848717
Historischer Roman um die Hohepriesterin Sahu-Re

Das Mädchen Bent schwört im Zorn der grausamen und tückischen Sachmet, der mächtigsten und gewaltigsten Göttin Ägyptens einen blutigen Schwur…

Sachmet Band 2 Blutmond
ISBN: 9783748146889
Historischer Roman um die Hohepriesterin Sahu-Re

Eine unheimliche Himmelserscheinung bedroht das *Schwarze Land*. Bent, von Visionen geplagt, fürchtet, Sachmet wolle ein zweites Mal die Menschheit vernichten…

Sachmet Band 3 Die beiden Herrinnen
ISBN: 9783751907408
Historischer Roman um die Hohepriesterin Sahu-Re

Grausame Morde geschehen in Uaset! Selbst auf den Stufen des Isistempels findet man ein Mordopfer. Doch Bent, obwohl sie bereits ein Jahr dem Tempel der Isis als pflichtgetreue Hohepriesterin Sahu-Re vorsteht, vergißt selbst über all diesen Sorgen niemals ihren schmerzvollen Leidensweg…

Sachmet Band 4 Die Rache der Löwin
ISBN: 9783751929813
Historischer Roman um die Hohepriesterin Sahu-Re

Ranofers Tod wäre vielleicht zu verkraften gewesen. Doch daß er Bent und ihrer beider große Liebe einfach vergessen hat, stürzt die ehrbare Hohepriesterin der Isis in tiefste Betrübnis. Von diesem erneuten Schicksalsschlag grausam getroffen, im Herzen kalt, fühlt Bent sich außerstande ihr Leben weiterzuführen…

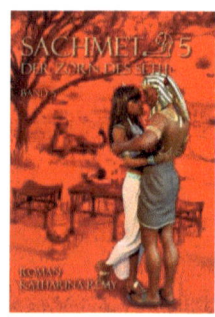

Sachmet Band 5 Der Zorn des Seth

ISBN: 9783752658330

Historischer Roman um die Hohepriesterin Sahu-Re

Von *Uaset* bis hinunter in das entfernte *Swenu* führt ihr
Weg, hinein in unbekannte Regionen, zu fremden Städten
und prächtigen Tempeln. Bent lernt Kemet, *Das Schwarze
Land*, mit seiner betörenden Schönheit auf eine völlig neue
Weise kennen. Und sollte auf dieser Reise ihrer beider Liebe
tatsächlich erneut aufflammen, Ranofer wieder zu ihr
finden?